O CONDÊ que Eu ARRUINEI

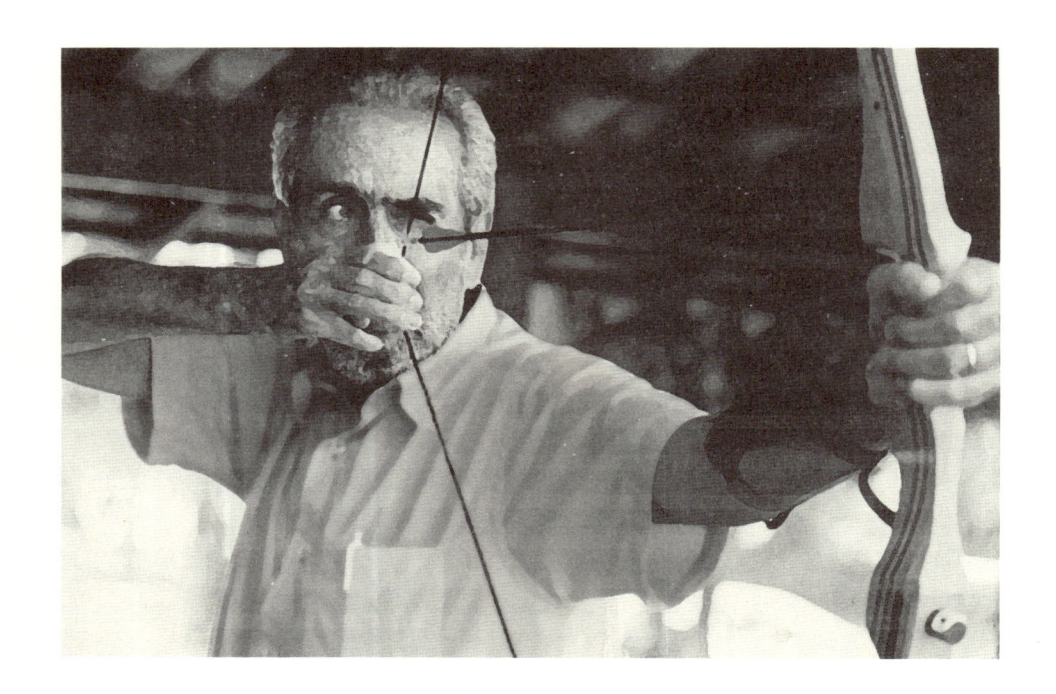

O Arqueiro

Geraldo Jordão Pereira (1938-2008) começou sua carreira aos 17 anos, quando foi trabalhar com seu pai, o célebre editor José Olympio, publicando obras marcantes como *O menino do dedo verde*, de Maurice Druon, e *Minha vida*, de Charles Chaplin.

Em 1976, fundou a Editora Salamandra com o propósito de formar uma nova geração de leitores e acabou criando um dos catálogos infantis mais premiados do Brasil. Em 1992, fugindo de sua linha editorial, lançou *Muitas vidas, muitos mestres*, de Brian Weiss, livro que deu origem à Editora Sextante.

Fã de histórias de suspense, Geraldo descobriu *O Código Da Vinci* antes mesmo de ele ser lançado nos Estados Unidos. A aposta em ficção, que não era o foco da Sextante, foi certeira: o título se transformou em um dos maiores fenômenos editoriais de todos os tempos.

Mas não foi só aos livros que se dedicou. Com seu desejo de ajudar o próximo, Geraldo desenvolveu diversos projetos sociais que se tornaram sua grande paixão.

Com a missão de publicar histórias empolgantes, tornar os livros cada vez mais acessíveis e despertar o amor pela leitura, a Editora Arqueiro é uma homenagem a esta figura extraordinária, capaz de enxergar mais além, mirar nas coisas verdadeiramente importantes e não perder o idealismo e a esperança diante dos desafios e contratempos da vida.

O CONDE que Eu ARRUINEI

SEGREDOS DA CHARLOTTE STREET

LIVRO 2

SCARLETT PECKHAM

ARQUEIRO

tradução: Livia de Almeida
preparo de originais: Marina Góes
revisão: Melissa Lopes e Tereza da Rocha
projeto gráfico e diagramação: Ana Paula Daudt Brandão
capa: Aero Gallerie: aerogallerie.com
adaptação de capa: Gustavo Cardozo
impressão e acabamento: Bartira Gráfica

CIP-BRASIL. CATALOGAÇÃO NA PUBLICAÇÃO
SINDICATO NACIONAL DOS EDITORES DE LIVROS, RJ

P384c
    Peckham, Scarlett
       O conde que eu arruinei / Scarlett Peckham ; tradução Livia de Almeida. - 1. ed. -São Paulo : Arqueiro, 2021.
       288 p. ; 23 cm.   (Segredos da Charlotte Street ; 2)

       Tradução de: The earl I ruined
       Sequência de: O duque que eu conquistei
       Continua com: O lorde que eu abandonei
       ISBN 978-65-5565-063-1

       1. Romance americano. I. Almeida, Livia de. II. Título. III. Série.

20-67377
                           CDD: 813
                           CDU: 82-31(73)

Meri Gleice Rodrigues de Souza - Bibliotecária - CRB-7/6439

Todos os direitos reservados, no Brasil, por
Editora Arqueiro Ltda.
Rua Funchal, 538 – conjuntos 52 e 54 – Vila Olímpia
04551-060 – São Paulo – SP
Tel.: (11) 3868-4492 – Fax: (11) 3862-5818
E-mail: atendimento@editoraarqueiro.com.br
www.editoraarqueiro.com.br

Queridos leitores,

Embora este seja um livro muito leve e divertido, ele contém recordações de um momento de agressão sexual e a revelação dos gostos eróticos de um dos personagens. Se você for sensível a esses temas, por favor, consulte as resenhas disponíveis.

Para Chris,
que torna reais os sonhos mais selvagens
das mulheres malvadas.

Capítulo um

Mayfair, Londres
Abril de 1754

Lady Constance Stonewell acordou com uma brisa fresca e primaveril, o canto dos pássaros entrando pelas janelas e a sensação de que estava, por razões que não conseguia recordar muito bem, incrivelmente exasperada.

Deixou-se cair outra vez sobre o vertiginoso monte de travesseiros de penas, irritada por estar acordada antes de seu horário habitual, ao meio-dia. Um pedacinho de papel saiu dos cabelos emaranhados e arranhou seu rosto.

Ela estreitou os olhos para a carta amassada. *Maridos em potencial para Gillian Bastian.*

Todas as razões para o mau humor que sentia ficaram claras de imediato.

Constance examinou os nomes que escrevera na noite anterior. Lorde Avondale. *Não, libidinoso demais.* Lorde Rellfare, *mal-humorado demais.* Sir Richard Voth, *pobre demais.*

Fez uma bola com o pedaço de papel e a jogou no chão, onde se juntou a uma pilha com outros nomes que ela havia rejeitado antes de adormecer. Viu no espelho o próprio rosto cansado e gemeu.

O desastre com o conde de Apthorp estava tirando seu sono e a deixando com um ar abatido. O que não era surpreendente: ela sabia que lorde Chato sempre poderia descobrir formas novas e criativas de drenar sua juventude e beleza.

Suspirou e se levantou da cama, passando a mão em uma mancha de tinta em uma das bochechas. Àquela altura, Gillian já deveria ter visto o poema e descoberto que lorde Apthorp não era o virtuoso espécime de hombridade que ele se esforçava tanto para simular. A amiga teria que decidir se não se importava em se casar com um homem que gostava de coisas ilícitas e tinha uma queda pela hipocrisia ou se preferiria outra pessoa. Constance apareceria armada com uma lista de alternativas adequadas.

Era o mínimo que poderia fazer, depois de tê-la encorajado a conhecer melhor Apthorp.

A porta do quarto se abriu e um garotinho entrou correndo, vestido com uma camisola cheia de babados e usando a peruca empoada de um adulto.

Constance conteve o riso.

– Ora, bom dia para você, Georgie. Que penteado bonito está usando hoje. Vai fazer um discurso para juristas?

– Sou o lorde Asnotorpe! – berrou o pequeno, pulando na cama.

Ela soltou uma gargalhada. O filho de sua prima, de apenas 3 anos, sempre falara de modo peculiar, mas aquela era uma forma nova e bastante divertida de errar o nome de lorde Apthorp.

Constance endireitou a peruca na cabecinha cheia de cachos louros.

– O certo é *Apthorp*, meu querido, mas devo admitir que prefiro sua versão. E você está bem parecido com ele hoje. Embora ele não aprove que cavalheiros apareçam na frente de damas sem a roupa de baixo.

Pelo menos ele não admite isso em público.

– Sou Asnotorpe! – insistiu Georgie, pulando no colchão, o que fez a cabeça de Constance começar a doer.

– Já que insiste... Vamos procurar o homem em pessoa e perguntar o que ele acha do conjunto?

Ela jogou o roupão de seda sobre os ombros e sorriu para o reflexo no espelho. Apthorp via com maus olhos o costume de Constance de sair pela casa vestida com o robe de chambre. Provocar as sensibilidades pudicas dele era um dos maiores prazeres de sua vida, mesmo antes de ela descobrir que essas sensibilidades eram parte de um comportamento fingido e hipócrita.

Pegou a criança no colo e desceu o corredor na direção dos aposentos de Apthorp. Na verdade, Constance vinha esperando por uma desculpa para voltar a falar com ele desde que descobrira seu segredo. Mas ele mantinha um horário escrupulosamente madrugador, e ela quase nunca se levantava antes das badaladas do meio-dia. Fazia uma semana que não se viam.

Ela parou diante da porta.

– Aqui estamos nós – disse para Georgie. – Bata na porta.

A criança acertou a madeira com a palma da mão.

– Asnotorpe! – gritou.

– *Apthorp*, querido.

Ela esperou, perguntando a si mesma se ele pareceria diferente agora que ela sabia de seu segredo sórdido.

Ou se, de algum modo, *ela* estaria diferente aos olhos dele.

Não conseguia entender por que ele havia bancado o puritano por todos aqueles anos. Especialmente diante dela. Por circular no ambiente teatral, Constance mantinha relações de amizade com muitos canalhas desavergonhados. Colecionava protagonistas de escândalos como outras damas colecionavam fitas de cabelo e obras de arte.

Para o suposto horror de Apthorp.

Desde que o primo dele se casara com a prima dela, oito anos antes, ele se chocava com suas companhias, não deixando passar nenhuma oportunidade de considerar seus modos extravagantes e pouco dignos de uma dama. Colocava-se na posição de um futuro e solene estadista, suportando pesadas responsabilidades com postura perfeita. Bem diferente dela, a órfã frívola e escandalosa que gostava de organizar festas em vez de fazer trabalho beneficente e de colecionar mexericos em vez de grandes feitos. Ele não escondia que a via como uma criança travessa que exigia supervisão constante, caso contrário poderia acabar pendurada de camisola em um dos enormes candelabros da casa. Ou pior: poderia cobrir a família de vergonha com seus modos imprudentes.

E durante todo aquele tempo ele...

– ASNOTORPE! – berrou Georgie, chutando a porta com o pezinho.

Não houve resposta, o que fez Constance sentir ao mesmo tempo decepção e alívio.

Georgie riu da própria travessura, contorcendo-se no seu colo.

– Você é um garotinho muito danado, jovem lorde Lyle. Assim como essa sua prima Constance. – Ela deu um beijo ruidoso no pescoço do menino. – Apthorp deve ter descido para tomar café da manhã. Vou deixar você com a sua ama. Imagino que ela o esteja procurando. Assim como o pobre lacaio que, sem dúvida, deve estar atrás dessa peruca.

Encontraram a Sra. Williams na ala das crianças. A mulher mais velha virava o pescoço na direção de uma cacofonia que adentrava pela janela aberta, vinda da rua lá embaixo.

– Asnotorpe! – gritou Georgie com ânimo renovado, gesticulando para a rua.

A Sra. Williams deu um salto e fechou a janela rapidamente, o rosto da cor de um *sorbet à la framboise*.

– Lorde Lyle! Isso não é coisa que se diga. – A mulher balançou a cabeça num pedido de desculpas dirigido a Constance e tomou Georgie de seus braços. – Ah, meu Deus. Venha, vamos pedir desculpas ao pobre homem que ficou sem o cabelo.

Constance assumiu a posição da ama e, muito curiosa, abriu a janela para saber o que ela observava na rua.

Um vendedor de jornais reparou na sua presença e a saudou.

– O mais recente *Santos & Sátiros*, madame – disse ele, empunhando um jornal com uma piscadela maliciosa. – Lorde Asnotorpe e o pecaminoso...

Constance fechou a janela com violência e recuou.

Asnotorpe.

Ah, Deus. Georgie tinha ouvido aquilo na rua? Isso queria dizer que...

Não. Pressionou as têmporas com as pontas dos dedos. *Impossível.* Ela não pronunciara aquele nome em lugar nenhum. Enviara apenas para as damas que formavam seu público habitual e discreto, escrito em um código que somente elas poderiam decifrar.

É uma coincidência. Você está exausta pela falta de sono.

Mesmo assim, Constance desceu correndo a escada até o salão; precisava garantir a si mesma que estava imaginando coisas. Era bem cedo, e o sujeito em questão ainda devia se encontrar à mesa, balbuciando alguma coisa tediosa sobre irrigação ou falando de seu chá favorito. Com seus modos pacientes e condescendentes, provavelmente faria uma pausa naquela chatice para lembrá-la de que não deveria aparecer para o desjejum sem estar vestida de maneira apropriada.

Ele seria o mesmo de sempre: *insuportável.*

Mas o assento de Apthorp na sala de jantar estava vazio.

Hilary, prima de Constance, e o marido dela, lorde Rosecroft, estavam à mesa sozinhos, em silêncio.

Parecia que alguém havia morrido. Alguém querido.

– Que manhã gloriosa! – exclamou Constance, esforçando-se para parecer animada embora sentisse as palmas das mãos úmidas.

– Acha mesmo? – Rosecroft olhou para fora com irritação, como se o bom tempo fosse uma afronta a seu péssimo humor.

Hilary fitou o prato de ovos. O que era estranho, porque no quinto mês de gravidez ela nunca ficava só olhando para a comida.

– Vejo que acordou excepcionalmente cedo – disse Hilary, por fim.

A voz soou rouca, como se ela tivesse chorado.

– Como ousa criticar meus horários? Sempre acordo com as galinhas – retorquiu Constance.

Esperou que um dos dois risse ou explicasse o que estava acontecendo, mas o casal apenas trocou um olhar aflito, daquele jeito que os casais usam para comunicar coisas terríveis sem falar.

Ela se obrigou a mencionar a cadeira vazia, onde Apthorp deveria estar sentado.

– Onde se encontra o jovem lorde Chato esta manhã? Apthorp nunca perde o desjejum. Ele gosta demais da própria rotina.

Hilary gemeu e pôs uma das mãos na barriga, como se ouvir o nome de Apthorp fosse tão perturbador que agitasse o bebê.

– Minha querida – disse ela –, temo que tenha acontecido uma coisa terrível. Veja bem, publicaram algumas calúnias muito desagradáveis sobre Julian num jornal.

– Mentiras – resmungou Rosecroft. – Mentiras vis inventadas por aquela gente de nariz em pé...

Hilary ergueu a mão para interromper.

– Por favor, James.

Constance engoliu em seco.

– Entendo. É sobre... as dívidas dele?

Por favor, que seja sobre as dívidas dele.

A situação de insolvência cada vez mais desesperadora de Apthorp era uma espécie de segredo conhecido por todos em Londres, mas jamais mencionado por alguém de bons modos. Um escândalo desse tipo poderia ser superado, e não tinha qualquer relação com o que ela escrevera.

Hilary suspirou.

– Os detalhes não são pronunciáveis. Basta dizer que estão circulando uns versinhos sórdidos e que são desonrosos para ele.

Rosecroft bateu com o punho na mesa.

– Não! Desonroso é o maldito canalha que foi capaz de escrever um lixo daqueles e não teve a decência de...

– *James* – repreendeu Hilary. – Assim você vai passar mal.

Talvez não tão mal quanto Constance se sentia. Ela sabia exatamente qual era o tipo de canalha capaz de escrever um lixo daqueles.

Ah, Deus. O que tinha feito?

Como aquilo tinha ido a público?

Tentou esboçar um sorriso reconfortante.

– Estou certa de que tudo isso vai passar bem depressa, seja o que for. Afinal de contas, a reputação de Apthorp não poderia ser mais imaculada. Ele é o homem mais entediante da Inglaterra.

Fora precisamente a chatice infame de Apthorp que causara aquela confusão. Fingir uma insipidez que ele não possuía no âmbito privado criava equívocos, a ponto de soar traiçoeiro quando o referido cavalheiro se apresentava como candidato ao ofício vitalício de marido. Não era raro a felicidade feminina ser diminuída pelos segredos que os homens da sociedade afirmavam ser muito difíceis para as delicadas damas suportarem antes de se casarem, quando já seria tarde demais para criar objeções.

Constance considerava ser sua obrigação corrigir esse desequilíbrio usando os meios de que dispunha.

Ou seja, os mexericos.

– Talvez Constance tenha razão – disse Hilary. – Talvez não haja necessidade de nos preocuparmos, James.

– O projeto de lei dele vai ser lido hoje na Câmara dos Comuns – retumbou Rosecroft. – Os malditos protestantes estão pessoalmente distribuindo jornais para todo mundo. Passaram a noite inteira cantando na frente do Parlamento. E com as eleições se aproximando...

Ele interrompeu a frase, como se a natureza terrível de suas palavras fosse óbvia demais ou trágica demais para merecer explicações.

Com um peso no coração, Constance percebeu que ele tinha razão.

Afinal de contas, ela apenas *fingia* quase desmaiar de tédio quando Apthorp discorria sem parar sobre a legislação a ser examinada. Constance conhecia tão bem os detalhes do precioso projeto de lei que seria capaz de recitar o texto. Apthorp passara meia década concebendo aqueles canais hídricos – duplicando suas dívidas. Todo o seu futuro dependia da aprovação daquela lei.

Se não fosse aprovada, ele estaria arruinado. Total e completamente arruinado.

E a responsabilidade por sua destruição caberia a certa pessoa que por acaso dividia o teto com ele.

Exatamente como previra seu irmão, com considerável fúria, quando a proibira de usar boatos para guiar o destino na direção que desejava. Essa discordância desagradável tivera a ver com sua decisão de expor o caso dele com a florista em um jornal de circulação nacional, obrigando-o a se casar para preservar a honra dela.

Constance argumentava que o tinha salvado de um casamento terrível e sem amor com alguém de quem ele não gostava, possibilitando que o irmão agora desfrutasse de uma vida feliz ao lado da mulher de seus sonhos. Ele, por sua vez, argumentava que ela tratara do futuro de sua esposa como se fosse um jogo de azar, de um modo tão imprudente que beirava a crueldade.

Tinham concordado em discordar.

Ou melhor, deixando de lado sua famosa indiferença, ele havia gritado com ela com tanto vigor, durante tanto tempo, que Constance ficara preocupada com a saúde do irmão. *Você vai acabar destruindo a vida de alguém de forma irreversível com essas fofocas. Prometa que não voltará a escrever nem mais uma palavra. Por favor, Constance...*

E, claro, como ele era seu parente mais próximo, o homem que se encarregara, mesmo que sem muito afeto, de criá-la desde a primeira infância e a única pessoa cuja opinião importava, ela prometera.

Na ocasião, tinha sido uma promessa sincera.

O irmão então a perdoou pelo que havia feito e os dois fizeram as pazes. Mas não sem que ele guardasse certa cautela em relação ao caráter dela, e não sem que houvesse certas ressalvas da parte dela por ter sido qualificada como vilã, quando só tivera a intenção de ajudar.

E, a partir daí, toda vez que alguém mencionava notícias mais palpitantes do que as condições climáticas, ele fazia questão de lembrá-la que ela *não podia escrever sobre aquilo.*

Se descobrisse que Constance não apenas violara a única regra que ele impusera como também fizera isso às custas da reputação e do futuro financeiro de alguém muito próximo da família...

Ele nunca, jamais, a perdoaria.

O que significava que era preciso *consertar* a situação.

Com urgência.

Antes que ele descobrisse e ela perdesse a única família que lhe restava.

Mais uma vez.

Capítulo dois

The Strand, Londres
Abril de 1754

Havia uma série de vantagens em ter a vida completamente arruinada. Para começar, a bebida alcoólica tinha um gosto melhor. Em segundo lugar, não havia mais motivo para não consumi-la às quatro da tarde.

Julian Haywood, o conde de Apthorp, engoliu com uma careta mais uma boa dose de conhaque. Com toda a certeza, embebedar-se não era a solução mais indicada para suas dificuldades. Mas era compreensível quando a pessoa saía da cama como um dos jovens políticos mais promissores da Câmara dos Lordes e, ao cair da tarde, era reduzida a objeto da zombaria nacional.

Os gritos estridentes dos jornaleiros vinham da rua movimentada sob a janela. Eles o chamavam de... era insuportável só de pensar...

Asnotorpe.

Lorde Asnotorpe.

E essa era a coisa mais branda.

A votação de seu mais importante projeto de lei tinha sido adiada para o fim do mês, quando, sem dúvida, pereceria de envenenamento político, provocando a cobrança de suas dívidas e a expulsão da mãe e da irmã da própria casa. Isto é, se a humilhação causada por sua infâmia não as matasse antes.

Com certeza o episódio tinha acabado com suas esperanças de finalmente pedir em casamento a mulher que amava havia oito anos. Suas perspectivas de matrimônio estavam tão mortas quanto suas ambições políticas, pois nenhum pai que tivesse lido a edição de *Santos & Sátiros* da noite anterior permitiria que a filha chegasse a 100 metros de distância dele.

Não poderia culpá-los.

Se tivesse uma filha, ele também não permitiria.

Não por causa dos pequenos pecados de que era acusado. Os boatos eram imprecisos – a maioria deles –, e, fosse como fosse, ele nunca tivera uma amante que não compartilhasse de seus entusiasmos.

Não. Ele proibiria qualquer mulher de se casar com ele pura e simplesmente em razão de sua estupidez. Só um idiota se permitiria a ruína duas vezes.

A primeira podia ser perdoada. Ele não tinha a mínima ideia do que estava fazendo quando aplicou o que sobrara da fortuna da família em algumas minas de sal, um negócio malsucedido. Passara quase uma década corrigindo esse deslize. Provando que não era um incompetente. Construindo uma coalizão que restauraria seu patrimônio e traria prosperidade à parte ocidental das Midlands.

E naquele momento, apesar de todos os seus esforços, Westminster estava cheia de gravuras mostrando suas nádegas vermelhas de chicotadas. Ele teria sorte se tivesse condições financeiras de abastecer suas propriedades com carvão durante mais um mês.

Julian se serviu de mais conhaque. Derramou o líquido sobre a mesa. *Nem afogar as mágoas direito ele conseguia...*

– Pai misericordioso! – balbuciou, mas achou a interjeição fraca demais. Em seus anos penitentes, ele havia deixado de praguejar. – Que merda de maldição! – disse, tentando outra vez.

Sim, assim era melhor.

Mais de acordo com o que ele sentia: inflamado pela ira à pessoa – fosse ela quem fosse – que havia exposto segredos que deveriam permanecer mais protegidos que as joias da Coroa.

Só que a maior parte dessa raiva era dirigida a si mesmo. Porque ele estava prestes a fracassar em algo que a maioria dos homens de sua posição parecia mal ter necessidade de experimentar. Mais uma vez.

Ouviu batidas distantes na porta da cozinha, no andar de baixo. Devia ser Tremont, o criado pessoal, com os artigos que ele mandara trazer de seus aposentos na casa do primo Rosecroft, em Mayfair.

Toc-toc.

– Calma! – resmungou. – Não há necessidade de entrar correndo pelos portões do inferno.

Desceu a escada até a cozinha e abriu a janela para ver quem era.

O rosto que o saudou não era o de seu criado.

Era lady Constance Stonewell.

Não. Deus do céu... *Não.*

Ela acenou, fez um gesto pedindo que ele a deixasse entrar e correu para debaixo do beiral para proteger da garoa o cabelo louro-prateado preso em um penteado elaborado.

O que ela estava fazendo ali? Alguém poderia vê-la sozinha no seu jardim e aí *os dois* estariam arruinados.

Ele abriu a porta da cozinha, colocou um dedo sobre os lábios para que ela fizesse silêncio, puxou-a para dentro e observou o topo dos muros do jardim, cobertos de musgo, em busca de olhares curiosos.

O jardim estava silencioso. As janelas da casa vizinha estavam fechadas. É claro.

Ninguém mais vivia na Strand. Pelo menos ninguém capaz de reconhecer a irmã do duque de Westmead.

Ele voltou para dentro e bateu a porta ao passar.

– Meu Deus, Apthorp, que lugar é este? – perguntou Constance, torcendo o nariz para a umidade. – Tremont disse que você havia se mudado para Apthorp Hall, mas não mencionou que o lugar estava abandonado.

Isso se devia ao fato de Apthorp não ter encontrado forças para informar a Tremont que seu novo alojamento permanecera desocupado desde 1742 e que havia manchas de fezes de rato como prova.

Uma aranha grande, uma falsa viúva-negra, desceu de um enorme candelabro enferrujado e despencou diretamente sobre a mão enluvada de Constance. Ela ergueu uma sobrancelha loura e sacudiu a mão para se livrar do inseto.

– Foram os fantasmas que o atraíram para cá ou as aranhas?

Ele queria rir, mas, se começasse, acabaria chorando. E ninguém chorava diante de uma mulher como lady Constance Stonewell.

Meu Deus, ela era uma visão. A boca sempre num leve sorriso, aqueles olhos azuis luminosos e o cabelo tão claro e platinado que parecia o de uma fada mitológica.

Ela se inclinou para a frente e tocou no ombro dele com um único dedo, inacreditavelmente delicado.

– Apthorp? Você está bem?

Ele encontrou a própria voz.

– Você não deveria estar aqui. Vou chamar uma liteira para levá-la para casa.

– Não há necessidade. Meu cocheiro está aguardando no estábulo. Avisei que demoraria uma hora. Preciso falar com você. Há algum lugar mais... limpo... onde possamos conversar um pouco?

– Constance! – exclamou Apthorp, com mais ênfase do que seria educado. Ela estava acostumada a vê-lo em sua melhor forma, ou seja, sempre como um cavalheiro, independentemente de como estivesse se sentindo. Talvez o inapropriado uso de seu nome de batismo a abalasse a ponto de lhe dar ouvidos. – Você precisa ir. *Agora.*

Em resposta, ela esticou o pescoço, aproximou-se dele e deu uma fungada. Seus olhos se iluminaram com a malícia que a tornava uma presença bastante polêmica nos salões mais aristocráticos do país.

– O que é isso, lorde Chato? – disse ela, com um sorriso dissimulado. – Andou bebendo?

– Menos do que gostaria – balbuciou ele. – Por favor, você precisa ir embora.

Ela deu uma risada, como se ele tivesse acabado de contar uma piada engraçadíssima, e permaneceu plantada no mesmo lugar.

Doía olhar para ela, parada ali naquela cozinha imunda com seus olhos risonhos, naquele belo vestido amarelo, o cabelo claro se encaracolando na umidade.

Ele precisava salvá-la.

– Vamos lá para cima. Se você for embora de liteira e mantivermos as cortinas fechadas, ninguém saberá que esteve aqui. Mandarei sua carruagem de volta para casa.

– Tudo bem, já que insiste. Mas primeiro preciso falar com você.

Ele respirou fundo. Só havia uma explicação para tanta persistência: ela não tinha ouvido os boatos. Seria mesmo adequado à sorte dele: aquela seria a única vez na história que lady Constance Stonewell deixara de ser a primeira a saber de todas as fofocas em dois continentes.

Precisava fazer o que a honra exigia. Algo sofrido, humilhante, porém honroso.

Precisava contar a ela tudo o que andavam dizendo a seu respeito.

Então se desvencilhou do último resquício de dignidade.

– Lady Constance, espero que me perdoe por falar de assuntos impróprios, mas houve um escândalo e, se alguém descobrir que esteve aqui, você estará...

– Tão arruinada quanto você – interrompeu ela, sem rodeios.

Ele se encolheu, apoiando-se na porta.

– Então você sabe... Ah, é claro. Todos sabem.

O ar de quem achava graça se desfez do olhar de Constance, e ela ergueu os olhos para as manchas de umidade no teto, soltando o ar, trêmula.

– Eu sei porque fui eu que escrevi o poema.

Constance assentiu com rigidez, piscando, como se não acreditasse muito nas próprias palavras.

A urgência de Apthorp de tirá-la dali a qualquer custo subitamente foi substituída por um grande silêncio. Um silêncio que começou em seus ossos e se apoderou de seu sangue. Era o tipo de silêncio que o corpo impunha quando a mente necessitava de toda a energia disponível para encontrar sentido no que havia acabado de ouvir.

Aquela declaração não podia – *não deveria* – ser verdade.

Julian nunca havia implorado por nada na vida. Era orgulhoso demais para isso.

Mas naquele dia, naquele momento, tudo o que conseguiu fazer foi sussurrar uma súplica:

– Por favor, me diga que entendi errado.

Constance o fitou, mas logo desviou o olhar.

– Imagino que ficará zangadíssimo comigo – disse ela, em voz baixa.

Zangadíssimo não era a palavra adequada. Ele se agarrou à mesa empoeirada para não vomitar.

Ela contornou o móvel e se aproximou, o amarelo manteiga de seu vestido juntando poeira à medida que a bainha se arrastava pelo piso sujo de madeira.

Constance começou a dizer coisas numa voz estridente que não lhe era típica, a ponto de ele mal conseguir compreendê-la.

– Por favor, acredite em mim. Eu não tinha a menor intenção de lhe causar mal. O texto era destinado aos olhos de algumas poucas damas. Eu estava tentando evitar um desastre. Mas vejo que o significado de desastroso é diferente para você e a Srta. Bastian. Seja como for, não faço ideia de como isso foi parar nas páginas de *Santos & Sátiros*. Mas, veja bem, nem tudo está perdido, porque...

O que ela dizia não fazia sentido, mas não importava. O coração de Apthorp estava tão partido que, se ela dissesse o nome dele, ele teria dificuldade para compreender.

– Por que veio até aqui? – perguntou ele.

Ele percebia o tom de sofrimento na própria voz e não se importava se ela também percebesse porque, pela primeira vez na vida, não estava nem aí para o que ela pensava dele.

Constance se virou, fitando-o com grandes olhos azuis doces e melancólicos.

– Vim consertar as coisas – disse ela.

E então, como se num passe de mágica, o brilho de seus olhos se intensificou até retomar o tom cintilante de azul-cobalto que ele tantas vezes admirara: um olhar de determinação feroz e reluzente.

– Lorde Apthorp, estou aqui para fazer o que a integridade exige quando os atos de alguém, mesmo que de forma inadvertida, destroem a reputação de outra pessoa. Vim lhe oferecer a minha mão em casamento.

Embora Constance tivesse escrito o discurso naquela manhã e praticado o texto o dia inteiro, as palavras saíram num jorro, apressadas pela culpa. Ela desejava ser eloquente e sincera em suas declarações. Dizer o tipo de coisa que uma pessoa séria, íntegra e de bom senso diria.

Ah, como desejava ser assim. Honrada, sábia. Mas era muito difícil quando se tinha um temperamento descuidado e tanta segurança a respeito das próprias convicções. Até se ver numa dessas situações desconfortáveis em que, olhando em retrospecto, uma abordagem mais cautelosa poderia tê-la poupado de muitos problemas.

E talvez arrependimentos.

Constance mordeu o lábio e aguardou que Apthorp respondesse.

Sabia muito bem que a ideia de se casar com ele era absurda, mas era a única solução que poderia salvá-los. E não seria o primeiro casal aristocrático a embarcar num casamento de conveniência em nome da reputação.

Além do mais, havia a chance, por menor que fosse, de que a vida secreta dele revelasse que Apthorp era bem mais interessante do que parecia. Talvez ela conseguisse convencê-lo a se juntar a ela nas fileiras das pessoas que levavam uma vida imoral sem se desculparem por isso.

Ou talvez não.

Afinal, naquele momento, ele estava parado, calado, com os olhos bem fechados, como se até olhar para ela pudesse feri-lo.

Mesmo na escuridão daquela cozinha imunda, seus cachos dourados e os traços simétricos o faziam parecer mais uma estátua em bronze do que um ser vivo. O homem tinha uma beleza tão resplandecente que chegava a ser ridículo. E muito injusto.

Estar perto dele sempre a fazia se sentir varrida pelo vento, molhada de chuva e deplorável, mesmo nos dias em que estava mais comportada. Com aquela beleza tranquila, modos corteses e perfeito conhecimento sobre a ordem hierárquica, o conde era tudo o que ela não conseguia ser.

Embora não tivesse tanta certeza disso ao observá-lo naquela casa caindo aos pedaços.

Ele havia descartado a peruca bem aparada que usava no Parlamento e seu cabelo louro curto estava despenteado. As sombras sob seus olhos e em seu queixo lhe davam um ar ameaçador apesar dos traços harmoniosos. A camisa de linho estava aberta na altura do pescoço.

Em todos aqueles anos em que dividiram o mesmo teto, ela nunca o vira daquele jeito. Todo... desarrumado e largado.

Talvez devesse ter arruinado a reputação de Apthorp muito antes, pois naquele estado ele era a visão mais atraente que ela já tivera.

Os olhos dele, cor de mel, se abriram de súbito.

– Casar com você? – disse ele com a voz rouca, como se a palavras arranhassem sua garganta ao sair.

Não era um começo auspicioso.

– Sim, sei que pode parecer ligeiramente improvável, mas, na verdade, é bem engenhoso. Veja bem...

– Constance – ele a interrompeu.

Julian a encarou de uma forma que não costumava fazer com muita frequência quando discursava à mesa do café, ou quando corrigia o modo como ela segurava o garfo.

Ele a fitava com tanta intensidade que ela sentiu calor.

– Sim?

– *Pare.*

E disse isso tão baixo que por um momento ela não entendeu. Constance examinou o rosto dele, que parecia ainda mais atormentado do que quando ela chegara.

Ele reparou que Constance o examinava e abruptamente se virou de costas para ela antes de dizer:

– Vamos até o andar de cima, por favor.

Ele estendeu uma de suas mãos de dedos longos e elegantes na direção da escadaria.

– Sim, claro.

Ela obedeceu, com alívio por estar fazendo alguma coisa, qualquer coisa, para quebrar aquela tensão.

O homem marchou atrás dela a passos lentos, deliberados, como se os pés fossem compostos inteiramente de raiva.

– A porta da esquerda, por favor – disse ele, no mesmo tom que um pirata extremamente bem-educado usaria para mandar um prisioneiro saltar da prancha. Um tom que subentendia um "caso contrário...".

Uma luz fraca entrava pelo vidro sujo da janela na sala do andar de cima. Entre a chuva do lado de fora, o mau estado do lado de dentro e a aura de hostilidade emanada por Julian, tudo parecia muito sombrio.

– Devo acender uma vela? – perguntou Constance. – Digo, tem alguma vela aqui?

Era difícil associar o aspecto dilapidado do lar ancestral do conde com suas roupas bem cortadas e seus modos educados. Ela sabia que ele não tinha fortuna, mas Apthorp sempre fora tão cuidadoso com a aparência – as roupas, a caixa de rapé, o chá importado – que estar diante da evidência de suas verdadeiras circunstâncias a deixava chocada. A casa parecia não passar por reformas desde os tempos em que os Tudors governavam a cidade. Na verdade, ela até apreciava aquele vago perfume medieval.

Constance seria capaz de lançar mão desse romantismo e encher o lugar de vinho de ótima qualidade e pessoas divertidas. Sim. Começava a ver como aquilo poderia funcionar. A narrativa que fabricaria para aquele enlace surpreendente.

Eles seriam *interessantes* juntos.

Apthorp se inclinou, recuperou uma folha de papel amassada de uma pilha no sofá e a ergueu para que Constance pudesse ver. Era uma edição de *Santos & Sátiros*.

Ela engoliu em seco. Preferia não ser confrontada diretamente com a prova do dano que causara. Preferia seguir em frente e falar sobre seu plano genial para resolver o problema.

– Devemos discutir os termos da minha proposta? – perguntou ela. – Acho que vai considerá-la bastante atraente.

Algum músculo no rosto dele sofreu um espasmo. Ele respirou fundo, como se a ideia de se casar com ela fosse tão sufocante que lhe exigisse fôlego extra.

– Não é necessário.

Minha nossa. Ela havia imaginado que ele estaria chateado, mas a gravidade daquele ressentimento era pior. Tinha calculado mal. Deveria ter começado a conversa com um pedido de desculpas e só depois mencionado o matrimônio.

Constance arregalou os olhos e assumiu uma expressão mais tristonha e sincera.

– Lamento muito, Apthorp. Como eu disse, foi totalmente sem querer. Tenho realmente esperanças de conseguir compensá-lo. Se puder me ouvir...

Ela parou de falar quando ele caminhou em sua direção, fazendo um sinal para que se calasse. Nunca tinha percebido que o homem era tão alto. Ele estendeu a palma da mão.

Ela a fitou, confusa.

– Sua mão, por favor.

Ela obedeceu, insegura. Apthorp segurou os dedos dela de leve e a conduziu para o centro do aposento, deixando-a diante da antiga escrivaninha que ocupava metade do salão.

– Fique aqui – ordenou ele, posicionando-a como uma atriz num palco.

Colocou o jornal amassado em suas mãos.

– Leia – disse ele em voz baixa.

A tranquilidade do seu tom de voz a deixou nervosa.

– Ler? Para você?

– Sim.

Ele se virou e se sentou em um sofá muito gasto em frente à escrivaninha e olhou para Constance com uma frieza que ela nunca vira antes.

Não havia traço algum do jeito atencioso que ele costumava exibir. Apthorp parecia tão seguro de seus poderes quanto um imperador.

– Leia.

Constance sentiu a boca ficar seca.

Escrever aquelas palavras tinha sido uma coisa. Mas recitá-las em voz alta – ainda mais diante dele – era simplesmente impossível. Ela não lidava bem com o constrangimento. Morreria de vergonha, e suas chances de resolver aquela situação difícil não seriam boas se seu cadáver fosse encontrado na sala de estar dele.

– Não consigo. – Ela pigarreou, pois a garganta começara a coçar, e tentou apelar para os escrúpulos que ele costumava manifestar. – Não é apropriado. Para uma dama.

Ele deu um sorriso amargo, sarcástico, que ela imaginava merecer. O conde a conhecia bem o bastante para saber que nunca havia se importado antes com o que seria apropriado para uma dama.

– Se você foi capaz de escrever isso, lady Constance, então suponho que também seja capaz de ler.

Seu tom de voz era venenoso como uma toxina.

E ele tinha razão. Mas aquilo não facilitava as coisas.

Ela respirou fundo, trêmula.

– *Uma palavra de alerta sobre um senhor respeitável* – começou.

– Mais alto, por favor.

Ela queria torcer as mãos. Em vez disso, alinhou as costas, pigarreou, olhou-o bem nos olhos e repetiu *"UMA PALAVRA DE ALERTA SOBRE UM SENHOR RESPEITÁVEL"*, em um tom de voz suficientemente alto para ser ouvida até em Southwark, do outro lado do rio.

– Pela princesa Cosima Ballade – acrescentou ela, com afetação.

Havia sido gentil da parte do Sr. Evesham dar crédito a seu *nom de guerre* ao roubar sua obra.

Apthorp sacudiu o punho no ar, num sinal para que ela prosseguisse. Constance assim o fez:

Esta semana, princesa Cosima faz clamor
E aconselha cautela em relação a certo senhor.
As damas casadoiras devem estar cientes
De que tal figura cuja presença nos salões da praça St. James é frequente,
Como também nos corredores do Parlamento,
Onde se percebe com algum lamento,
É conhecida por divagar sobre as leis da decência
E sobre as cabeças d'água de Midlands com igual frequência...

Ela estremeceu. Aquelas palavras eram mais cruéis do que ela se lembrava.
– Prossiga – ordenou ele.

Anda em busca de uma esposa que tenha muito ouro
Com quem possa trocar seu título por um bom quinhão.
Saberá quem é por seu ar altivo e grande educação
E pela beleza de seu cabelo louro.

– Muito gentil – balbuciou ele.
Ela ergueu os olhos. O rosto dele tinha uma expressão parecida com a de uma pessoa com o pé esmagado pela charrete do leiteiro.
– Se não está apreciando, posso parar?
Ele apoiou as costas no encosto do sofá e voltou a cruzar os tornozelos.
– E perder o final? Muitos dizem que é a melhor parte.
– Muito bem. – Ela respirou fundo e recitou o resto depressa, para acabar o mais rápido possível:

Tantas qualidades fariam dele um ótimo marido
Para quem não soubesse dos segredos por ele escondidos.
Uma reputação de virtude, calma e ponderação
Oculta uma tendência à depravação.
Princesa Cosima tem a obrigação de anunciar:
Esse senhor frequenta uma CASA SECRETA ONDE SE FAZ CHICOTEAR
E onde foi surpreendido pelos mais bem informados da cidade...

– Desfrutando de atos indignos de constar em páginas de qualidade –

acrescentou Apthorp, lentamente, com a excelente eloquência que o tornava conhecido na Câmara dos Lordes.

– Um canalha disfarçado de exemplo virtuoso – disseram juntos.

É o tipo de canalha capaz de ferir o que há de mais precioso.
Ou, pior, capaz de tornar-se uma fonte de amargura
No dia em que vier à sua procura
E suplicar... ah, ironia do diabo...
Que a esposa lhe cause dor fustigando seu rabo.

Com os olhos ainda bem fechados, ele deu uma longa e lenta salva de palmas para a atuação de Constance.

– Inspirado. Embora a métrica careça de muitos reparos.

Ela teve a sensação de que estava prestes a explodir de tanta vergonha. Saiu correndo e sentou-se no braço do sofá onde ele se recostava com uma aparência um tanto imperial.

– Por favor, me deixe explicar. Entenda...

– Entendo – disse ele. – Não há mais nada para ser discutido. Siga seu próprio conselho, lady Constance. Fique longe de mim.

Ele se levantou e atravessou o aposento para pegar o decantador com o conhaque.

O coração de Constance batia alucinadamente. Ela não previra um comportamento tão rebelde da parte dele. Precisava consertar tudo antes que as coisas saíssem do controle.

Ainda dava tempo de corrigir a pior parte do estrago, mas apenas se Apthorp concordasse com seu plano. E era preciso que ele concordasse, pois, se o irmão dela descobrisse que Constance era a autora daquele poema antes que a situação fosse resolvida... pois bem. Seria o fim.

Ela o perderia.

Constance sabia perfeitamente que ninguém tinha direito garantido ao afeto da família. Ninguém tinha direito garantido ao lar, nem a um país. Era preciso conquistar um lugar pelo caráter e pelos méritos. E, se o caráter da pessoa era suscetível a ocasionais lapsos de julgamento, era necessário recorrer aos poderes mais confiáveis da sedução, da engenhosidade e dos ardis.

Ela entrelaçou as mãos diante do corpo.

– Apthorp, me escute, por favor. Tudo isso saiu do controle. *Cartas da princesa Cosima* é uma correspondência particular que envio a um número reduzido de senhoras para compartilhar informações relevantes sobre possíveis pretendentes... o tipo de assunto que os homens discutem nos clubes mas que as damas nunca descobrem antes que seja tarde demais. Não faço a menor ideia de como esse poema chegou a *Santos & Sátiros*, nem de como se transformou numa canção, muito menos de como os Spences ouviram falar disso e sustaram seu projeto. Minha única intenção era que a Srta. Bastian estivesse ciente das suas – Constance estremeceu, pois aquilo era delicado – excentricidades... antes de se casarem.

Meu Deus, aquilo tudo era tão horrível que ela queria sumir.

– Como é? Me casar com a Srta. Bastian? – repetiu ele, franzindo a testa, como se ela fosse ao mesmo tempo muito cansativa e muito confusa. – Mas eu nem sequer gosto da Srta. Bastian.

Capítulo três

Constance estreitou os olhos, como se seu interlocutor estivesse lhe pregando uma peça.

– Não é hora de bancar o recatado, Apthorp – disse ela, com a voz arrastada. – Você praticamente me disse que pretendia pedi-la em casamento. Me perguntou o tipo de presente de noivado que ela gostaria de receber.

Ela estava brincando, certo? Ou será que era mesmo tão tonta? Ele não havia perguntado a Constance sobre presentes de noivado porque estava pensando em se casar com a Srta. Bastian. Havia perguntado porque estava pensando em se casar com *a própria*!

Porque estava apaixonado por ela fazia tanto tempo que o sentimento parecia tão natural quanto respirar. Porque sonhara com o dia em que finalmente seria capaz de dizer a ela quanto a adorava. Porque passara os últimos oito anos tentando se tornar o tipo de homem com mais a oferecer do que minas de sal falidas, propriedades arruinadas e mais dívidas do que ele gostava de se lembrar.

Por anos ele lutara para não fazer papel de bobo diante dela e para não deixar que seus sentimentos transparecessem em cada jantar de família, em cada sarau no salão de baile, em cada encontro casual nos corredores da residência de seu primo.

Evidentemente, tinha feito isso melhor do que imaginara.

Contou até dez antes de falar.

– A senhorita está equivocada. Eu não tinha a menor intenção de pedir a mão da Srta. Bastian.

Constance torceu o nariz de um modo que ele sempre considerara, até aquele dia, muito atraente.

– Mas deu todos os indícios de ter uma grande estima por ela – disse, num tom indiferente. – Ficou atrás dela durante meses.

Ele se conteve para não dizer que isso acontecia apenas porque a dama estava o tempo todo na companhia de Constance. Sem dizer nada, deu-lhe as costas e começou a recolher as roupas jogadas pelo chão, pois sentia dor só de olhar para ela.

Constance sempre gostara de fofocas. Sempre fora mais impetuosa do que cautelosa com as palavras. E sempre fora uma mulher provocadora – determinada a fazer com que o mundo se encaixasse em sua visão muito vibrante de como ele deveria ser.

Anteriormente, ele considerava essas qualidades marcantes. Junto de seu brilho, seu encanto, a inteligência mordaz, o riso, faziam dela quem ela era. Uma pessoa adoravelmente, irrepreensivelmente fiel a si mesma.

Naquele momento, porém, Constance parecia apenas imprudente.

Cruel.

Julian não queria mais ouvir os supostos motivos dela para expô-lo. Não queria imaginar quanto ela o desprezava, a ponto de levar esse desprezo a público.

Na forma de um *maldito poema*.

Só queria que ela saísse de sua casa.

– Está na hora de você ir.

Ela se pôs ao lado dele e encostou os dedos em seu braço.

Julian ficou paralisado. O corpo, que ainda não desaprendera a desejar aquele toque, se arrepiava de empolgação mesmo quando a mente o repudiava.

– Apthorp, lamento muito, sinceramente. Por favor, escute. Você não me deixou terminar minha proposta.

Ele puxou o braço, liberando-o do toque de Constance.

– Não, não a levei em consideração. Nem pretendo fazer isso.

Estava a ponto de começar a gritar. Sabia que precisava se acalmar, mas ouvi-la propor casamento – o que ele desejara por tanto tempo – naquele momento, quando não havia mais esperanças, quando ela mesma provara que nunca existiram esperanças, que ele havia sido louco por ter cogitado isso... Meu Deus. Era como uma fábula sinistra: o homem avarento que ganha algo que sempre quis em troca da própria ruína.

– Por que não? – perguntou ela, num tom mais baixo.

– Porque a ideia de me casar com você depois de ter feito o que fez é tão absurda quanto insultante, Constance! – berrou ele em resposta.

A expressão dela fez algo que ele não havia visto em anos: desmoronou.

Desabou completamente, como se ele estivesse vendo a jovem mais confiante e independente de Londres voltar a ser a menina desajeitada que era quando os dois se conheceram. Espirituosa, impulsiva, sensível e facílima de magoar.

Parecia tão ferida que ele ficou desnorteado.

Mas por que *ela* deveria se sentir ferida?

E por que *ele* deveria se importar com os sentimentos dela?

Ela abriu a boca, mas dessa vez nada saiu.

E então, rápido como aparecera, a fragilidade sumiu de seus olhos e ela recobrou a compostura, como se tivesse sido novamente inflada.

– Ah, creio que me interpretou mal – disse ela com um sorriso seco. – Não estava sugerindo que nos casássemos de verdade. – Ela estremeceu de um modo teatral. – Seria motivo de muitos pesadelos, não seria?

<hr />

– Imagine só! – Constance obrigou-se a prosseguir com ar bem-humorado, jogando o cabelo para o lado, de modo que Apthorp não pudesse enxergar as camadas de humilhação que, de dentro dela, buscavam assumir o controle. – Constance Ultrajante e lorde Chato unidos por uma vida inteira de infelicidade.

Ela fingiu sentir arrepios diante daquela ideia absurda. E era mesmo absurda, por isso era estranho que o horror demonstrado por ele a abalasse a ponto de se sentir prestes a chorar.

Por que essa rejeição a feria tanto? Não era como se realmente quisesse se casar com ele. Nem gostava dele. Ele a perseguira durante anos.

– Não precisamos chegar a nos casar – continuou ela, pois, se fizesse uma pausa, talvez a voz vacilasse e ele percebesse que ela estava atuando. – Só precisamos convencer a sociedade disso até você restaurar sua reputação e garantir a aprovação do seu projeto.

Ele cruzou os braços.

– O projeto está morto.

– Não é verdade. Rosecroft disse que só houve um adiamento da leitura final.

– Uma tecnicalidade. Voltará à pauta em um mês, mas não passará sem os votos de lorde Spence, e não há a menor chance de obtê-los enquanto a esposa dele estiver convencida de que sou um depravado.

Constance sorriu, aliviada por estar de volta à base sólida da própria estratégia. Pois ele tinha razão. Lady Spence era a principal patrocinadora de uma piedosa congregação religiosa e passava seu tempo tentando arrebanhar a aristocracia para a sua seita. Se não interferissem, ela certamente faria tudo a seu alcance para obstruir o caminho de Apthorp, pois não havia nada que ela odiasse tanto quanto aristocratas que não usavam sua augusta posição para servir de modelo à virtude cristã.

Mas Constance não pretendia deixar lady Spence agir sem interferência. Constance pretendia manipulá-la por meio de uma fraqueza muito óbvia.

– Lady Spence é minha madrinha – disse ela, triunfante. – A melhor amiga de minha falecida mãe.

Apthorp pareceu não se abalar.

– Sim. Sua madrinha, que sempre desaprovou você quase da mesma forma que me desaprova agora.

Constance estalou a língua.

– Ah, Apthorp. Com certeza você, dentre todas as pessoas, deve saber o que as pessoas desaprovadoras amam acima de tudo.

– Induzir seus maridos a votar contra notórios patifes pecadores? – perguntou ele, sombrio.

– *Reformar* notórios patifes pecadores. *Salvar suas almas.*

Ele revirou os olhos.

– Você é ainda mais ridícula do que eu imaginava.

Constance olhou para ele com fúria. Como pôde ter passado o dia realmente pensando que poderia se casar com aquele homem? A culpa era tanta que a deixara temporariamente insana.

– Apenas escute. Vamos dizer a todos que mantivemos um compromisso secreto por muitos anos, esperando apenas a aprovação do projeto para nos casarmos. Descartaremos os boatos a seu respeito como calúnias sórdidas plantadas por seus inimigos para impedir a construção dos canais. A bênção do meu irmão será suficiente para reforçar o seu bom caráter junto aos eleitores da cidade, e passaremos o mês inteiro fazendo campanha para conquistar os Spences e todos os demais, até chegarmos ao número necessário. Quando o projeto for aprovado, você poderá construir o canal como planejado. E, nesse ínterim, a promessa do meu dote tranquilizará os seus credores.

Ela sorriu. Um noivado falso pouparia décadas de tortura entre eles. Era tão perfeito que ela chegou a se perguntar por que não tinha pensado naquilo antes.

– Não vai dar certo, Constance.

– Claro que vai.

Ele fechou os olhos e respirou fundo, devagar.

– Você entende que nenhum cavalheiro respeitável se casaria com você depois disso? Estaria arruinada.

Ela riu.

– Apthorp. Nenhum cavalheiro respeitável se casaria comigo de qualquer maneira.

– Não seja ridícula.

Ele disse aquilo de um modo tão rabugento que ela o olhou, surpresa. Será que ele realmente achava que ela era capaz de atrair...

– Seu irmão é duque – acrescentou ele depressa. – Você tem 80 mil libras.

Ah. Isso.

– Sim, e a reputação de ser tão vulgar e indecente quanto rica. Nós dois sabemos que não sou exatamente uma dama. Você vem deixando claro o que pensa sobre o assunto há anos.

Ele ficou boquiaberto, como se tivesse sido ofendido. Parecia genuinamente pasmo.

– Eu nunca disse que você não é uma dama.

Ela bufou.

– Não, porque é educado demais para dizer algo tão direto assim, lorde Chato. Em vez disso, deixa subentendido que corto a carne de forma muito inadequada, que abandono minhas acompanhantes com frequência excessiva, que confraternizo com cavalheiros indiscriminadamente, que faço reverências abruptas demais, que falo alto e fico tagarelando sobre peças teatrais e poesia. Não é preciso dizer com todas as letras que a pessoa é inadequada para transmitir a mensagem.

Ele pareceu tão horrorizado que por um momento Constance ficou constrangida, achando que tinha revelado coisas demais. Isso porque ela nem havia mencionado o incidente da roseira ou o da galeria de retratos.

– De qualquer modo – disse ela com leveza, fazendo um gesto de desdém –, não importa, porque eu não gostaria de me casar com o tipo de homem que deseja uma florzinha delicada, uma mulher tola e sem assunto que simplesmente diga "Sim, senhor".

Como o ar de preocupação no rosto dele desapareceu, ela entendeu que havia encontrado enfim o argumento correto. Procurou enfatizá-lo:

– Consegue me imaginar enfurnada em alguma casa decadente nos cafundós do Judas, me divertindo com costuras e cestas de caridade? Não sei nem se quero ser uma esposa, quanto mais uma condessa deprimida em algum lugar no interior. Desejo escrever peças, viajar e ser livre dessas regras tediosas que uma dama com modos apropriados deve seguir. Minha vocação é ser inadequada.

Ele manteve uma expressão indiferente enquanto ouvia o discurso, mas ela percebeu, pela sombra que apareceu em seu olhar, que as palavras o haviam atingido.

Ótimo.

Ele cruzou os braços.

– Muito bem. Mas, mesmo que isso seja verdade, seu irmão jamais vai permitir que você leve adiante um plano desses.

A serenidade arrogante de Constance evaporou. Ele tinha razão.

Ao ouvir a menção ao irmão, o rosto de Constance se entristeceu. Por um momento ela pareceu menos segura. Mas depois jogou a cabeça para trás e revirou os olhos para Apthorp.

– Ele vai, sim, porque não vai saber de nada. Eu vou convencê-lo de que estamos apaixonados.

– Apaixonados – repetiu Apthorp.

– Loucamente apaixonados. Há eras. Desde que me aproveitei de um momento de distração seu e beijei você em um labirinto no jardim. E desde então você não consegue parar de sonhar comigo.

Ela deu um sorriso amargo.

As palavras eram como um alfinete no coração de Julian. Bem mais próximas da verdade do que ela poderia imaginar. Ele fez o que pôde para ignorá-las.

– Westmead vai me matar se achar que eu a arrastei para essa situação. E estará certo em fazer isso.

– A não ser que ele acredite que meu coração vai se partir ao meio sem você. E ele vai acreditar. Porque vou fazer com que acredite.

O alfinete se tornou mais parecido com uma adaga.

– E o que vai acontecer quando cancelarmos? O que ele vai pensar?

A luz do olhar de Constance embaçou. De fato, ela não tinha pensado em todos os detalhes. Mas, se ela queria fingir que aquele plano não teria consequências para seu futuro, ele não faria o mesmo.

Constance amava profundamente o irmão e a família. Sua lealdade a eles era uma das coisas que Julian admirava nela.

– Não diremos a ele que tudo era uma armação, é claro. Não quero que ele saiba que fui responsável por expor você, e não será bom para você deixar que alguém saiba que conspiramos juntos. Se concordar em não contar a ninguém, eu simplesmente vou fugir.

– Você vai fugir? – repetiu ele. – E sua família? Todos os seus amigos em Londres? Suas peças?

Ela sorriu e deu de ombros, como se as coisas que ela perseguira avidamente pelos últimos cinco anos não significassem nada e ele tivesse sido um tolo por pensar o contrário.

– A Inglaterra é provinciana demais. Estou entediada. Sonho em voltar para Paris.

– Estamos no auge de uma guerra com a França – argumentou ele.

– Então irei para Gênova ou para Viena – retrucou ela. – Não se preocupe com o meu destino, de qualquer modo. Não precisa ser tão honrado. Sua honra é um desperdício quando direcionada a mim. Não está claro?

Não, não está, ele conseguiu se conter para não dizer. Não se rebaixaria apontando a inteligência, a determinação e a astúcia incrível – sem falar dos olhos muito azuis e do tipo de cabelo que raramente se encontra fora dos livros de poesia – daquela que o traíra.

Ela baixou a voz.

– Apthorp, seja sensato. Se não está preocupado em se salvar, pense na sua mãe e na sua irmã. Elas não têm renda própria e serão destruídas. Você tem um dever em relação a elas. Nós dois temos. O dever de consertar tudo.

Ele fechou os olhos. Constance o estava manipulando. Com sucesso.

Ele tinha o dever familiar de salvar o que fosse possível em meio àquele desastre. Já era suficientemente ruim que elas fossem tragadas para um escândalo por causa dele. Mas dizer a elas que teriam que abrir mão dos parcos luxos com que ele ainda conseguia arcar – o chá de boa qualidade, tão importante para a mãe; um vestido novo por ano; a viagem anual para Turnbridge Wells, para banharem-se nas águas e para serem vistas vivendo como se as coisas estivessem como sempre estiveram –, isso ele não conseguia imaginar.

Como poderia pedir que pagassem mais uma vez por seus erros, depois de tudo que ele causara?

Como poderia pedir isso quando havia uma chance, por menor que fosse, de o plano de Constance funcionar?

Afinal de contas, ela gozava de significativa influência na sociedade londrina, circulando com fluidez pelos círculos aristocráticos e o pitoresco mundo dos artistas e escritores que protegia. Seus bailes e saraus eram tão lendários quanto a reputação de rebeldia de sua família. Juntos, ele e Constance teriam todos os olhos de Londres grudados neles. Teriam uma oportunidade.

Mas será que ele seria capaz de suportar?

Será que conseguiria engolir a dor que subia pela garganta como bile diante do que ela fizera e do modo como o fizera? Conseguiria perdoá-la por acreditar que ele ou qualquer um merecia ser ridicularizado e constrangido por algo que gostava de fazer entre quatro paredes? Conseguiria aparecer na frente de sua família e nos salões de baile com uma mulher que o desprezava, como se ela o tivesse tornado o homem mais feliz do planeta? E fazer isso sabendo que estavam mentindo para todos que amavam?

Ele respirou fundo e sentiu o perfume muito característico de Constance, esfumaçado, intenso, de olíbano com flor de laranjeira. Um aroma que sugeria seus trajes formais e a beleza loura e fresca que ocultava segredos que um homem daria qualquer coisa para descobrir.

Abriu os olhos e viu Constance ajoelhada diante dele, em súplica.

Meu Deus. As coisas que ele teria feito, um dia antes, para vê-la naquela posição por vontade própria.

O abismo em seu peito, que outrora se enchia de luz sempre que pensava nela, agora se revolvia num lamento.

Claro que ele poderia fingir.

Claro.

Porque adorá-la era tão natural quanto respirar.

Julian amava Constance havia oito anos. O que eram quatro semanas a mais?

– Muito bem – disse ele.

Ela levantou a cabeça, e seu olhar era levemente malicioso. Por um instante ele quis se abaixar e beijá-la.

E, naquele momento, Julian sentiu-se de luto. De luto por todas as coisas que desejara e que os dois jamais teriam.

Pelos lugares que ele sempre quis apresentar a ela.

Pelas perguntas que sempre desejara fazer.

Por milhares de pequenos momentos que nunca viveriam.

Constance abriu um sorriso.

– Ah, que bom. Vai dar tudo certo, eu prometo. Talvez a gente até se divirta um pouco encenando nosso pequeno teatro. E quando acabar...

O entusiasmo dela era mais do que ele conseguia suportar.

– Quando acabar – Julian a interrompeu –, nunca mais voltaremos a nos falar.

Ela ergueu o olhar, atônita.

– Bem, talvez isso seja difícil, porque seu primo é casado com minha prima, mas com certeza podemos...

– Não – ele voltou a interrompê-la. Precisava que ela realmente o ouvisse, de coração. – O que aconteceu não vai passar, Constance. Não vai. Machucar as pessoas é coisa séria.

A agitação dela, seus trejeitos – a energia nervosa e brincalhona que sempre fervilhava em torno dela –, cessaram.

Ele se abaixou na direção dela, de modo que as cabeças ficaram no mesmo nível.

– Durante as próximas quatro semanas, vou bajular você em público como nenhum homem jamais fez. Mas, aqui entre nós, permita-me ser honesto: as coisas que escreveu sobre mim estão distorcidas. Não faço ideia de onde você ouviu isso ou que direito achou que tinha para mandar publicar.

São assuntos particulares, e, se você acredita que meus gostos na cama fazem de mim alguém tão sórdido a ponto de não ser apto para o matrimônio, deveria ter tratado disso comigo em particular. Me humilhar sem nenhum aviso, causar o sofrimento da minha família... demonstra uma falta de decência que jamais imaginei ser possível na sua pessoa.

O rosto dela ficou tão branco quanto as opalas em torno de seu pescoço.

– Julian – disse ela em voz baixa. – Eu não tive a intenção...

– Dirija-se a mim pelo meu título e me poupe de suas desculpas. O que você fez vai expor um local que funciona deliberadamente nas sombras por ser um santuário para pessoas que, segundo esses homens e mulheres discursando diante da minha porta, vão para o inferno sem terem feito mal a ninguém. Pessoas que eu estimo talvez sejam expostas às consequências, e outras cujo ganha-pão depende da discrição do lugar talvez sofram muito com isso tudo, e para quê? Para que o público possa ter a alegria de uma justa desaprovação?

Julian disse essas palavras com contundência excessiva, uma vez que lady Constance Stonewell, a jovem mais rebelde de toda a cidade de Londres, era conhecida por sua não conformidade com as regras sociais. Era difícil assimilar a hipocrisia de uma mulher que acolhia bailarinas de ópera e ursos dançarinos em seu salão e que era, ao mesmo tempo, capaz de demonstrar a exata combinação de puritanismo e preocupação com a vida sexual alheia que obrigava pessoas como Julian a viver nas sombras.

Ela sempre zombara dele por ter cuidado com as aparências. Mas era por causa de gente como ela que gente como ele precisava ter cuidado.

– Acho – disse ela em voz baixa, com uma aparência ainda mais infeliz do que quando ele a obrigou a ler o poema – que não levei isso em consideração... não me ocorreu que...

Ele ergueu a mão.

– Escute, Constance. Vou seguir o seu plano pelo bem da minha família e da minha reputação. Pelo bem dos meus amigos que estarão correndo perigo se esses boatos não forem calados. Mas, quando essa farsa terminar, não importa para onde você vá ou o que faça, não seremos mais amigos.

Ela engoliu em seco, parecendo muito abalada.

– Certo – disse ela, enfim. – Você tem a minha palavra.

– Ótimo.

Ele se aprumou, sentindo-se enrijecido e vazio, como se sua alma tivesse desistido dele e abandonado o corpo derrotado.

– Vou publicar boatos de nosso noivado na minha circular, dar assunto para as damas. Amanhã, no jantar na casa dos Rosecrofts, convenceremos meu irmão do nosso amor.

Ele assentiu.

– Vou chamar uma liteira.

Ele saiu, encontrou dois robustos carregadores de liteira desocupados na rua e os conduziu pelos degraus até a entrada. Constance aguardava no vestíbulo com o belo vestido sujo por ter se ajoelhado no chão.

Ela segurou as saias e se acomodou na cadeira, arrastando muitos metros de tecido em torno das anquinhas caídas. Parecia uma princesa aninhada numa nuvem de seda.

Julian desviou o olhar e fez um sinal para que os homens a tirassem dali.

Constance pôs a cabeça para fora da janela do veículo.

– Apthorp?

Os olhos dela pareciam úmidos e as bochechas, rosadas.

– Sim?

– Agora eu vejo que você tinha razão. E lamento muito, de verdade.

A voz vacilou, mas, antes que ele pudesse reagir, Constance fechou as cortinas.

Julian sentiu um aperto dolorido no peito e inspirou profundamente para resistir ao desejo de abrir aquelas cortinas, encostar a testa na dela e dizer que perdoava tudo, porque vê-la chorando o impedia de respirar direito.

Mas esse seria um gesto do tipo de homem que ele não tinha mais condições de ser.

Para não correr o risco de ouvir os soluços abafados de Constance, Julian se virou e entrou na casa.

Tinha quatro semanas.

Quatro semanas para salvar a própria vida.

Quatro semanas para aprender a deixar de amar Constance Stonewell.

Capítulo quatro

Ontem meu verso foi equivocado
Sobre o senhor do cabelo ensolarado...
As falas sobre seu corpo dolorido
Eram invenções de um inimigo enfurecido
Para destruir sem piedade e de modo deliberado
O tão ponderado projeto do lorde Dourado.

Peço perdão a lorde D... quem diria...
Por sujeitá-lo a tamanha zombaria
E lhe desejo toda a felicidade
Em sua futura domesticidade!
Pois ouve-se de fontes muito confiáveis
Que está noivo de uma admirável herdeira.
Com 80 mil libras, é vista como adorável pela cidade inteira
Com madeixas prateadas e vestidos elegantes
(Contra o que não há argumentação
Tendo em vista que tem um duque como irmão).

Então felicidades desejo para a dama e seu amado
E novamente peço que me perdoe seu traseiro injustiçado!

CARTAS DA PRINCESA COSIMA

Apthorp verificou o nó da gravata diante da porta da casa dos Rosecrofts.
Ainda perfeito.

Olhou para as luvas, para garantir que não tinham se sujado durante a caminhada de Strand até Mayfair.

Ainda imaculadas.

Fez uma inspeção final nos punhos da camisa – ainda impecáveis – e se amaldiçoou por estar procrastinando.

Seu criado pessoal tinha se esforçado para devolvê-lo aos padrões habituais de aparência. O fato de se sentir um libertino e inapropriado até os ossos ficaria entre ele e os botões de sua alfaiataria perfeita.

Obrigou-se a levantar a mão em direção à aldraba pesada de ferro. Antes que seus dedos a tocassem, a porta se escancarou, revelando justamente a pessoa que ele mais temia ver: o irmão de Constance, o duque de Westmead.

Parecia ainda mais irritadiço que o normal.

– Apthorp – disse Westmead de forma arrastada. – Estava aqui me perguntando quanto tempo o senhor levaria para reunir a coragem de bater na porta, mas acabei ficando entediado de observá-lo olhando para ela. Entre. Chegou bem a tempo. Estou me coçando de vontade de bater em alguém.

– Vossa Graça – cumprimentou Apthorp, curvando-se, entrando no vestíbulo e tentando não se encolher diante da ameaça.

Westmead bateu a porta com tanta força que o som ecoou pelo corredor e sacudiu as portas até a sala de jantar a 10 metros dali.

Ninguém se mexeu.

Um silêncio palpável envolvia a casa, que costumava estar tomada pela agitação de crianças, criados e cachorros nas noites dos jantares familiares das segundas-feiras. Apthorp olhou o corredor à espera de algum sinal de Constance. Mas ela, a covarde, estava tão ausente quanto o resto da família.

Westmead cruzou os braços.

– Tem algo a me dizer?

Apthorp pigarreou.

– Onde está lady Constance?

O duque deu um sorriso tenso.

– Imagino que esteja se escondendo para não virar testemunha quando eu tentar lhe dar um tiro.

Ele suspirou.

– Concluo que já tenha ouvido a notícia.

– Não, não "ouvi", Apthorp, porque ninguém considerou adequado se dirigir a mim. *Vi* seria a palavra mais apropriada. Vi em uma gazeta de terceira classe ao entrar em um café em Shoreditch. – Ele bateu com a palma da mão no peito de Apthorp e o empurrou contra a parede. – Em Shoreditch, Apthorp. Hoje à tarde, um grupo de negociantes de peles em *Shoreditch* discutia as notícias do iminente casamento da minha irmã com um trouxa arruinado. Então, se me permite perguntar, com mil demônios, o que estava passando pela sua cabeça?

Apthorp se encolheu.

– Peço desculpas, Vossa Graça. Pretendia contar tudo, mas os jornais se anteciparam. Admito que a situação não é ideal.

– "Não é ideal." Hummm. Está se referindo à parte em que você destruiu o projeto de lei do qual, durante dois anos, tentei convencer os outros por sua causa ou a parte em que, sabe-se lá como... contrariando todo o bom senso... o senhor se comprometeu com minha irmã?

Westmead podia ser cáustico em seus melhores momentos, mas costumava permanecer absolutamente controlado. A força crua da sua ira era como um soco nas costelas e deixava uma dor que demorava a passar.

Em grande parte, a dor existia porque Apthorp concordava com ele.

Westmead tinha sido seu aliado mais próximo na política, o defensor improvável de seu projeto quando ele tivera pouco mais do que a determinação para recomendá-lo. E Apthorp havia não só fracassado do ponto de vista político como vinculado seu fracasso à única irmã de seu aliado sem dar uma palavra de aviso.

Seu comportamento era realmente tão abjeto quanto insinuava o olhar desgostoso do duque.

– Vossa Graça, sinto muito. Não tive a menor intenção.

Westmead mexeu com os dedos no ar, como se procurasse um pescoço para esganar.

– Não me fale de intenções, Apthorp. O que gostaria de tratar é de decência. Uma qualidade que, antes do dia de hoje, eu não diria que lhe faltasse.

– Primeiramente, eu gostaria de assegurar que esses boatos sobre minha suposta devassidão são exagerados. Não precisa se preocupar porque...

Westmead estendeu a mão para interrompê-lo.

– Pare. Não é disso que estou falando. Sejam lá quais forem seus negócios na casa da senhora Brearley, isso é assunto seu.

– Casa da senhora Brearley? – repetiu ele.

A pergunta era pouco sincera, pois ele sabia exatamente ao que Westmead se referia. Simplesmente não conseguia imaginar como Westmead sabia de sua existência.

– Não banque o inocente na minha frente – rosnou Westmead. – Sou um investidor do clube. Embora me deixe perplexo o seu descuido, ao permitir que sua participação nele se tornasse motivo de fofocas, não precisa explicar seus gostos para mim. Sejam lá quais forem, não são da minha conta.

Apthorp o fitou sem saber ao certo se sentia alívio ou se ficava ainda mais alarmado.

– Muito obrigado, Vossa Graça, por sua mente aberta...

– O que não altera o fato de que o senhor *não se casará com minha irmã* – disse Westmead, e seus olhos pareciam perfurar o outro.

Apthorp engoliu em seco e tentou ignorar que Westmead o encarava como se ele estivesse coberto de mofo.

– Com todo o respeito, Vossa Graça, temo dizer que me casarei, *sim*, com ela. Ela concordou em se tornar minha esposa. Para minha imensa honra.

O duque contraiu os lábios.

– Imensa honra, entendo. Ou melhor, não entendo, Apthorp, porque estou me prendendo a um detalhe: Constance não suporta você.

– Não suporto? – indagou uma voz feminina estridente, muito ofendida.

Constance subiu flutuando pela escada, usando um vestido cor-de-rosa cintilante com anquinhas tão largas que ela parecia uma escuna cheia de bailarinas. Estava corada e um tanto despenteada, com um pouco de poeira no cabelo, exatamente como se apresentaria caso estivesse entreouvindo a conversa na despensa, no andar de baixo. E isso explicaria sua ausência, considerando que ela costumava se refugiar ali sempre que alguém da casa se aborrecia com ela.

– Que disparate, Archer – disse ela, alcançando o topo da escada e recuperando o fôlego. – Eu adoro Apthorp.

Westmead girou.

– *Você*. O que tem a dizer em sua defesa?

– Surpresa! – Ela abriu os braços na direção dele, como se esperasse por um abraço caloroso. – Não é maravilhoso?

– Maravilhoso? – repetiu Westmead. – Pela destruição de Sodoma, onde você estava com a cabeça?

– Estou apaixonada! – exclamou ela. – Perdidamente! – Constance girou, deixando que a saia farfalhasse, fazendo círculos festivos. – Ah, Archer, eu estava morrendo de vontade de contar, mas tinha medo de que tentasse me impedir.

Ele se aproximou e pousou as mãos nos ombros dela, obrigando-a a parar de girar.

– Sem a menor dúvida, vou impedir.

– Ah, não seja cansativo – gorjeou ela, desvencilhando-se dele. Cambaleou para trás, num equilíbrio precário graças à saia volumosa e aos sapatinhos de salto. – Estou tão feliz que sinto que vou desmaiar.

Apthorp avançou e pôs a mão no ombro dela para impedi-la de cair em cima de um dos armários. Constance sorriu carinhosamente e tomou sua outra mão.

– Meu herói – sussurrou em seu ouvido, alto o suficiente para que o irmão ouvisse.

Westmead olhou para os dois e fez a careta de um homem sofrendo de vertigem ou de náusea.

– Que tipo de artimanha vocês andaram articulando?

Constance franziu o nariz.

– Artimanha? Finalmente encontrei a coragem de declarar meu amor pelo homem por quem eu sofro desde garota, e você vem me acusar de artimanha? É cinismo demais até para você, Archer.

– Constance. Você realmente não espera que eu acredite que você quer se casar com Apthorp.

Apthorp tentou não se sentir ofendido pelo grau de desprezo naquela frase, embora intimamente ele concordasse com boa parte dos pensamentos de Westmead.

– Por que não? – perguntou Constance, e então esticou os braços e envolveu o rosto de Apthorp em suas mãos como se ele fosse uma cerâmica de valor inestimável dentro de um museu. – Ele não é o homem mais belo que você já viu?

Apthorp tentou não se abalar diante do elogio.

Aquilo tudo era apenas para convencer o irmão? Ou será que ela realmente acha que...

Westmead fechou os olhos e virou o rosto, como se a visão da irmã tocando em Apthorp pudesse deixá-lo cego, e lembrou a si mesmo que a pergunta dela era retórica.

– Constance, você passou meia década demonstrando nada além de desdém por Apthorp. Você escreve "Para lorde Chato" em seus presentes de Natal desde 1749.

Constance soltou um suspiro de profundo sofrimento.

– Eu estava *flertando*, Archer. Nunca flertaram com você? – Ela fez uma pausa e olhou para Apthorp com um olhar conspirador. – Pensando bem, acho que não. Não, suponho que nunca flertaram com ele.

Apthorp engoliu a vontade de soltar uma gargalhada. Constance piscou para ele, evidentemente feliz por ter parecido engraçada. Deus do céu. Apesar de seu esforço para desprezá-la, era boa a sensação de estar conspirando com Constance. Era exatamente o que ele sempre quisera.

– Muito bem – prosseguiu Westmead, dando fim ao momento de cumplicidade. – Então Apthorp é seu grande amor? O homem que você acha que merece? *Ele?* Alguém que não faz nada além de lhe passar sermões sobre como você é desagradável e vulgar?

Apthorp ficou paralisado. Sentiu Constance reagir da mesma forma ao seu lado.

Era verdade?

Considerando que ela havia feito exatamente a mesma observação no dia anterior, ele só podia concluir que... sim, era culpado.

Ele revisitou aqueles últimos anos de interações. Desde que chegara da França, aos 14 anos, Constance tinha demonstrado ser uma criatura tão audaciosa, tão caprichosa, que ele vivia temendo que ela dissesse a coisa errada para a pessoa errada. Algumas vezes ofereceu conselhos discretos sobre seus modos e comportamento, mas apenas por querer protegê-la. Sua única intenção era ajudá-la a ver que toda aquela ousadia dava margem a críticas.

Ele nunca tivera a intenção de insinuar que ela fosse uma pessoa imprópria.

Antes que pudesse pensar no que dizer, Constance recuperou a compostura com um gesto leve do punho.

– Ora, eu posso, *sim*, ser desagradável e vulgar, quando isso tem alguma serventia para mim. Faz parte do meu encanto – Ela o olhou com um sorriso maroto. – Claramente, funcionou com Apthorp, não foi, meu bem?

Ele assentiu vigorosamente.

Westmead arrancou a mão da irmã do braço de Apthorp e se dirigiu a ela com uma voz áspera como cascalho:

– Constance, lamento não ter sido sempre o mais atento nem o mais afetuoso dos irmãos. Se pudesse voltar atrás e ser um guardião melhor quando você era mais nova, assim eu faria. Mas, tendo em vista o que aconteceu com nossa mãe, tomei providências para garantir que você nunca precisasse se casar com um homem que não fosse de sua escolha. Por isso eu suplico: antes de cometer um erro irrevogável, reflita bem se não há alguém que você estime e que possa corresponder aos seus sentimentos.

Constance olhou para Apthorp, e pela primeira vez ele encontrou insegurança em seu olhar. Não podia condená-la. Aquele discurso deu *a ele* vontade de chorar de emoção. E ele era o vilão da história.

Havia uma única coisa a oferecer em troca: a verdade.

Ele então deu um passo à frente e encarou Westmead.

– Vossa Graça, amo sua irmã desde que eu tinha 18 anos. Lamento ter escondido meus sentimentos por trás desta fachada rígida, mas só fiz isso porque eu não queria obrigá-la a considerar minhas intenções até que eu estivesse confiante de que poderia ser o tipo de marido que merece uma mulher como Constance. A tragédia da minha vida é talvez nunca chegar a ser tal homem. E o milagre é ver que sua irmã me aceitaria de qualquer modo – desabafou, a voz falhando, para sua total surpresa.

Tanto Constance quanto Westmead o encaravam, tão chocados quanto ele diante daquela declaração. Ele se virou para a parede e se recompôs.

Constance se aproximou e pôs a mão carinhosamente em seu ombro.

– Ah, meu querido. Está tudo bem, está tudo bem.

Ela se voltou para Westmead.

– Está vendo, Archer? Ele parece altivo, mas é só para proteger esse coração frágil. Não é humano ocultar nossas vulnerabilidades?

Apthorp ficou mais um instante olhando para a parede. Na verdade, dizer aquelas palavras para manipular o duque só o fazia se sentir pior. Isso porque, poucos dias antes, ele as teria dito de forma virtuosa. Usá-las a serviço de um golpe, em uma espécie de paródia, era algo pelo qual levaria muito tempo para se perdoar.

Também não se perdoaria por fazer Constance sentir que ele a reprovava pelas mesmíssimas qualidades que a tornavam excepcional. Dava para ver que, por trás do sorriso que ela esboçava ao relevar suas críticas, havia uma mágoa genuína. Como não tinha percebido antes?

Westmead começara a andar de um lado para outro.

– Se tudo isso for verdade... e não estou dizendo que acredito em vocês... então por que fiquei sabendo por um maldito jornal?

– Apthorp queria pedir sua bênção, mas eu o proibi – explicou Constance. – A decisão de escolher um marido é minha. Eu não deveria precisar da sua permissão.

– Nem eu deveria precisar da sua para convocar o homem a dar explicações.

– Convocar? – disse ela com frieza, a alegria juvenil desaparecendo subitamente da sua voz, de um modo assustador. – E isso serviria a que propósito?

– Ao da justiça.

– Pense bem: isso só aumentaria o escândalo. E você é sensato demais para agir assim. Suspeito que, em vez disso, sua atitude será acolher meu futuro marido em nossa família e fazer questão de demonstrar para qualquer um que tente prejudicá-lo que isso terá um preço. E depois você vai ajudá-lo a salvar seu projeto de lei.

– Está superestimando meus poderes de proteger você ou ele – trovejou Westmead. – Se ficar noiva dele, sua reputação será destruída, e não há nada que eu possa fazer. Você será assunto no país inteiro. E a troco de quê?

– Eu gosto da ideia de ser assunto no país inteiro. Ou vai dizer que não percebeu meus esforços propositais de realizar esse objetivo durante todos esses anos? Além do mais, não existe ninguém mais hábil do que eu em moldar uma reputação. Já tenho um plano. E, se você tem mesmo essa grande consideração por mim, como diz, vai me permitir escolher por conta própria e ver em que vai dar.

Westmead esfregou as têmporas, olhando alternadamente para a irmã e para Apthorp várias vezes.

– Vejo que os dois estão determinados. O que eu ainda não entendo é o motivo.

– Eu amo este homem – disse Constance, em um tom tão simples e convincente que ele mais uma vez sentiu vontade de chorar. – Eu amo Apthorp, Archer. Sei que talvez seja difícil de aceitar, pois sempre fiz questão de esconder meus sentimentos. Entendo que você só quer me proteger, mas não é preciso. Apthorp vai cuidar de mim.

Amaldiçoado seria seu coração traiçoeiro se ele não se enchesse de alegria com aquelas palavras. Amaldiçoado seria ele se não decidisse torná-las realidade de algum modo.

– Westmead, nos dê a noite para convencê-lo – pediu ele em voz baixa. – Se ainda duvidar da minha sinceridade, desistiremos de tudo. Tem minha palavra.

Westmead fechou os olhos.

– Muito bem – disse ele. – Então me convença, senão amanhã cedo iremos para um duelo de pistolas.

Constance deu um pulo e lançou os braços em torno do irmão, a postura rígida se tornando tão leve que Apthorp se perguntou se tudo havia sido um sonho.

– Obrigada, Archer. Eu sabia que no fundo você era um romântico. Agora, venham. Está na hora do jantar e todos estão esperando.

Assim que o irmão lhe deu as costas e partiu rumo à sala de jantar, Constance prendeu-se ao braço de Apthorp para escorá-lo. Ele exibia a expressão de alguém que tinha acabado de comer mariscos estragados e estava prestes a sofrer as consequências.

– Seu discursinho foi um toque de gênio – disse ela. – Tão comovente que eu quase acreditei.

Ele começou a se afastar, mas Constance prendeu seu braço com mais força. Ela estava ciente de que o segurava da mesma forma que uma criança aperta um gato pouco cooperativo, mas ela mesma não se sentia muito firme, e acalmava seus nervos poder tocá-lo. Agora que havia começado a fazer aquilo, aparentemente não conseguia parar.

Ele estacou e se virou para ela.

– Você sabe que ele não acredita em nós, certo?

– Ainda não. Mas vai acreditar.

Constance disse aquelas palavras mais para reconfortar a si mesma do que para convencer Apthorp. E o que realmente quis dizer era que o irmão *precisava* acreditar. Porque ela havia escutado tudo o que ele dissera enquanto estava escondida debaixo da escada e, no momento em que ele revelara ser um dos sócios do clube das chicotadas, Constance sentiu como se suas forças estivessem sendo sugadas para as entranhas da terra. E preferiria que de fato estivessem a que ter que enfrentá-lo caso ele descobrisse o que ela havia feito.

O que Apthorp dissera a respeito do clube, sobre como ele era um porto seguro para as pessoas que sofriam com julgamentos moralistas, permanecera amargamente em seus pensamentos por horas na noite anterior, como um gosto de alho cru que fica na boca. Pois nem ela nem o irmão jamais se encaixaram nos lugares designados a eles pela sociedade. Ela mesma até se orgulhava disso, adotando marginalizados e excêntricos, polindo suas qualidades singulares como fazia com as próprias, com vastos estoques de despreocupação e dinheiro. O irmão seguira um caminho diferente, disfarçando sua sensibilidade sob uma fachada fria e se mantendo discreto na maior parte do tempo. Constance não queria pensar em como um local que dispensava chicotadas em seus sócios poderia constar na lista dos prazeres particulares do irmão. Mas, se o lugar lhe oferecera um refúgio para o passado desolador da família... bem.

Era suficiente saber que Archer só investia naquilo em que acreditava. Se ele estava defendendo aquele lugar, devia ser algo com o qual se importava muitíssimo. Ela não suportava a ideia de ver o irmão magoado.

Constance jamais poderia deixá-lo saber que ela estava por trás daquilo tudo.

Apthorp parou de caminhar e a obrigou a olhá-lo.

– Constance, não precisa fazer isso por mim. Ainda não é tarde demais para mudarmos de ideia.

Ela abriu seu sorriso mais sereno.

– Não estou fazendo isso por você. Estou fazendo isso porque cometi um erro que estou determinada a reparar. Basta concordar com tudo que eu disser no jantar.

Ele a olhou com fúria, parecendo infantil em sua petulância e nem um pouco apaixonado por ela. Constance bateu com a ponta dos dedos nos lábios zangados dele.

– E *fingir* que gosta de mim.

Ele levou os mesmos dedos dela à altura do coração, sorrindo para ela como se Constance fosse o mais precioso dos objetos.

– Melhor assim, meu amor?

Ela deu um sorriso forçado, feliz por ele ser capaz de demonstrar uma falsa adoração quando necessário, mesmo que a mera visão dela parecesse repelir Apthorp. Era uma habilidade da qual precisariam.

– Bem melhor. Agora, preste atenção. Durante a refeição, vou pedir licença para sair e me arrumar. Quando eu fizer isso, espere cinco minutos, dê uma desculpa e vá atrás de mim pelo corredor até a sala de bilhar.

A cabeça de Hilary apareceu por trás das portas duplas que davam para a sala de jantar.

– Ah, aí estão os dois. Venham para a mesa antes que Westmead derrube a porta. – Seus olhos pousaram no lugar onde os dedos unidos pressionavam o peito de Apthorp, e ela abriu um ligeiro sorriso. – Minha nossa, vocês dois. Eu sabia. Há anos que venho dizendo para Rosecroft que vocês dois têm uma ligação.

Constance deu um sorrisinho conspiratório para a prima, embora não tivesse muita certeza sobre como a pobre Hilary chegara àquela conclusão, considerando que, até o começo da semana, ela e Apthorp se comunicavam apenas por insultos velados.

Os três seguiram para a sala de jantar, onde a família estava reunida em seus assentos habituais. Na cabeceira, Rosecroft. À esquerda, a cunhada de Constance, Poppy – duquesa de Westmead –, e, ao lado dela, o duque, parecendo mais carrancudo a cada minuto.

No ano que transcorrera desde o casamento, seu irmão passara a expressar as próprias emoções com bem mais fluência. Era bonito ver o carinho que dirigia à esposa e ao bebê, mas nada agradável quando estava com raiva. Ele não olhava mais para a pessoa com indiferença quando sentia impulsos assassinos; em vez disso, valia-se de considerável precisão verbal para deixar esse sentimento bem claro.

– Obrigado a todos por nos acolherem – disse Apthorp para a família reunida. – Peço desculpas se a notícia causou choque. Queríamos ter contado a vocês em particular. Estamos bastante assustados com a forma como os rumores chegaram aos jornais antes de termos a chance.

– Esses jornalecos são uma afronta à decência – completou Constance, feliz por Apthorp ter tomado a iniciativa de distanciá-la dos mexericos.

– Pois bem – interveio Hilary, erguendo a taça. – Suponho que está na hora de um brinde. Rosecroft pode nos dar essa honra?

Rosecroft se levantou e ergueu uma taça.

– À notícia inesperada – começou ele.

– *Salut!* – disse Archer, engolindo todo o seu clarete em um único gole.

Rosecroft, que sem dúvida tinha a intenção de dizer mais, pigarreou, sem graça, e voltou a se sentar.

Hilary olhou para Archer e sacudiu a cabeça.

– Não sei por que está se comportando como se isso fosse um choque. Já estava claro para mim há muitos anos que os dois se gostam.

– Sim! – Constance assentiu com vigor, dando um sorriso grato para a prima. – Foram todos muito tolos por não perceberem.

Ela ouviu o ranger de dentes do irmão, do outro lado da mesa.

Poppy, que com certeza também ouviu, pigarreou e tomou a palavra:

– Bem, minha querida, tente perdoar nossa surpresa. Vocês dois eram um tanto convincentes nas demonstrações mútuas de antipatia. Talvez pudessem nos contar como começou esse... vínculo.

– Ah, sim – comentou Archer, arrastando as palavras. – Por favor. Mal posso esperar para ouvir essa confabulação.

– Não é uma confabulação – retrucou Constance, feliz por Poppy ter lhe dado aquela chance. – Está mais para uma... *conspiração.*

Archer bateu com a taça na mesa.

– Maldição, Apthorp. Eu avisei...

Constance estendeu a mão e segurou o punho do irmão. De certo modo, era tocante ver como estava zangado. Constance ficou um pouco chocada ao descobrir quanto ele se importava.

– Na verdade, eu conspirei com uma roseira para que Apthorp se apaixonasse por mim. Foi anos atrás, no labirinto em Rosemount, alguns dias depois da cerimônia de casamento de James e Hilary. Foi totalmente minha culpa.

Como tudo o que dava errado na família em geral era de fato culpa dela, a resposta pareceu acalmar o irmão. Ele e todos os outros a fitavam, esperando a história.

Claro que isso significava que ela precisaria inventar o resto. Rápido e com emoção.

Constance achava que a melhor forma de criar uma narrativa convincente é baseá-la na verdade e enfeitá-la até cumprir seu objetivo. Então ela fechou os olhos e tentou recordar as emoções precisas daquele dia terrível.

– Foi naquele primeiro verão depois que você me fez voltar para a Inglaterra – disse ela para Archer. – Eu tinha passado tanto tempo na França que estava falando com um sotaque abominável. Lembram?

Todos assentiram.

– Foi antes de termos percebido que *tante* Louise estava doente e, por isso, toda vez que saía como minha acompanhante, a pobrezinha caía no sono. E eu, sendo o terror que todos vocês adoram, me aproveitava disso e fugia para os jardins quando deveria estar descansando no quarto. Então percebi que Apthorp tinha o hábito de sair para dar uma volta no labirinto todas as tardes, às três horas.

Apthorp olhou para ela de um modo estranho.

– No colégio de freiras, na França, eu nunca estava na companhia de rapazes, muito menos de alguém como Apthorp. – Ela gesticulou na direção dele, que parecia perdidamente apaixonado. – Perdoem-me se pareço audaciosa, mas vocês já repararam na aparência dele? Já existiu um homem mais bonito?

Foi um alívio poder reconhecer a beleza prodigiosa de Apthorp em público em vez de apenas lhe lançar olhares de esguelha.

– Ande logo com isso – disse o irmão, que parecia ter engolido um rato.

– Eu era uma menina impressionável de 14 anos, e Julian, que havia acabado de receber o título de conde, estava todo sério e obstinado, então nem notava que eu existia. E vocês sabem que não suporto passar despercebida.

Todos assentiram com uma expressão sofrida.

– Tentei chamar a atenção dele usando todo tipo de truque. Perguntei sobre a irmã, escondi seus livros, tentei persuadi-lo a participar de minhas peças teatrais. Ele me ignorou. Naturalmente, comecei a tramar alguma coisa.

– Naturalmente – resmungou o irmão.

Um bom sinal, pois implicava que ele não descartava a história inteiramente. O que era justo, pois até ali cada palavra tinha sido verdadeira.

– Eu vinha lendo os livros de *tante* Louise quando ela dormia... naquele verão, ela estava encantada com aquelas memórias devassas escritas por cortesãs francesas... e os livros encheram minha cabeça com ideias de sedução. Achei que, se pudesse pegar Apthorp sozinho e declarar meus sentimentos, então eu conseguiria despertar sua paixão no mesmo instante.

Constance viu o rosto do irmão adquirir de novo a expressão de assassino. Voltou a estender o braço sobre a mesa e a dar tapinhas na mão dele.

– Poupe-nos de outra ameaça de duelo com pistolas, Vossa Graça. Vou acabar com o suspense: não funcionou.

Hilary e Poppy deram risadinhas. Até Archer e Rosecroft pareceram um pouco mais descontraídos. Constance não ousava olhar para Apthorp, pois temia perder a coragem. Em vez disso, colou no rosto um sorriso tristonho e se inclinou para a frente, para atrair a simpatia dos ouvintes.

– Então, um dia, esperei que *tante* Louise adormecesse, coloquei meu vestido mais bonito e arrumei meu cabelo como uma jovem mais velha e sofisticada. Depois, fugi para o labirinto de urze e esperei atrás de uma urna que ficava ao lado do banco onde eu sabia que ele gostava de ler.

– "Esperei" me parece passar uma imagem errada – interrompeu Apthorp. – Eu diria que ficou agachada, escondida.

Ela assentiu, concordando, surpresa por ele ainda se lembrar.

– Sim, exatamente. E, assim que ele chegou, eu dei um pulo, joguei os braços ao redor do seu pescoço e tentei beijá-lo. – Ela mordeu o lábio. – Só que não fiz isso... muito bem.

– Quase arrancou a minha orelha – resumiu Apthorp. – Saiu sangue.

Ela sentiu o rubor subindo.

– Bem, isso só porque você deu um salto. Eu estava mirando seu rosto.

– Meu Deus – balbuciou Archer.

– Nem preciso dizer que, em vez de conquistar um nobre pretendente – prosseguiu ela –, recebi uma grande bronca, fui alertada de que poderia trazer desonra para minha família, e Apthorp prometeu contar tudo a Archer se eu não me comportasse. Naturalmente, caí no choro e saí correndo.

– Pobrezinha. Deve ter sido muito constrangedor – comentou Poppy.

– Ah, foi humilhante – concordou Constance. Por algum motivo, ainda não conseguia olhar para Apthorp, embora a lembrança fosse tão antiga que a essa altura já deveria estar desbotada. – Achei que fosse realmente me desfazer de tanta vergonha. Voltei para o quarto e chorei por horas. Naquela noite, fingi que estava passando mal para não ter que encará-lo durante o jantar.

Nesse momento, ela olhou sorrateiramente para Apthorp. Ele parecia um tanto esverdeado e não retribuiu o olhar.

– Na manhã seguinte, acordei muito melancólica, determinada a fazer alguma coisa tão desesperada ou poética quanto me afogar no lago ou cortar todo o meu cabelo. Mas então reparei que havia flores no parapeito da minha janela. Um buquê de rosas vermelhas... todas com caules de diferentes tamanhos, cortados com um canivete e amarrados com barbante. Era o buquê mais feio que eu já tinha visto na vida, mas estava acompanhado de um bilhete, e até hoje eu me lembro de cada palavra dele: "*Querida lady Constance, por favor, aceite estas flores como um pedido de desculpas por minhas palavras rudes. E, com elas, a garantia de que, embora ainda seja jovem demais para pretendentes neste momento, sem dúvida receberá muitos outros buquês, no devido tempo, de cavalheiros que admirarão seu espírito, sua inteligência e sua beleza. Até lá, espero que leve a sério o que me ocorre quando a vejo: as melhores coisas valem a espera. Com grande consideração, Apthorp.*"

Para seu próprio espanto, Constance notou que mal conseguira dizer a última frase, porque precisou enxugar uma lágrima. Um tanto patético, porque, na verdade, a história terminara com a reprimenda sumária de Apthorp e o assunto inteiramente esquecido.

– E, assim – continuou ela –, desde aquele dia eu amo Apthorp. Porque ele é sensível e bondoso, mesmo que às vezes mereça ser chamado de lorde Chato.

Ela usou um guardanapo para enxugar os olhos.

– Perdão – disse ela, levantando-se da mesa. – Preciso me recompor.

⌒

Apthorp olhou o relógio quando Constance deixou o aposento. Eram sete e meia. Tinha cinco minutos.

A família estava em silêncio. Ele não tinha sido o único, pelo que parecia, a se sentir estranhamente abalado pela emoção na história de Constance.

Ela se enganava ao pensar que ele não reparara nela naquele verão. Tinha se deixado intrigar pela jovem precoce, de ar cativante. Mas a menina era quatro anos mais nova do que ele, ainda não havia sido apresentada à sociedade e estava desacostumada com o comportamento dos ingleses. Só conseguia pensar nela como uma criança, e uma criança que precisava da sua proteção.

Além do mais, ele estava apreensivo. Seu pai tinha morrido no ano anterior, e, embora sem dúvida tivesse tido a intenção de organizar os negócios antes que se tornassem um problema para o herdeiro, o conde não imaginara que seu coração pararia de bater subitamente aos 48 anos. Com o título, veio uma nova realidade: a propriedade estava engolindo dinheiro e com dívidas enormes. A mãe ficou agitadíssima, sem querer que ninguém soubesse das circunstâncias da família. Algo precisava ser feito para estancar a sangria.

Os passeios de Apthorp pelo jardim estavam longe de ser o passatempo idílico de um jovem despreocupado. Ele ficava ao ar livre para que a família não o visse revolvendo as estratégias de investimento, tentando organizar cada detalhe e analisar o custo dos empréstimos em relação aos futuros ganhos da propriedade – conceitos com os quais não estava familiarizado e que se esforçava para compreender. Vinha desesperadamente buscando esconder sua tensão, quanto era despreparado para a tarefa.

Era nesse estado que se encontrava quando uma figura pequenina veio correndo em sua direção e quase o derrubou em cima de uma roseira, arranhando sua orelha. O susto foi tamanho que ele a afastou antes de perceber o que era e muito menos quem era.

Talvez por isso tenha sido menos delicado do que deveria.

Lembrava-se de que Constance havia chorado e que ele se sentira mal. Mas em pouco tempo seus pensamentos voltaram para a contabilidade e os cofres cada vez mais vazios, para o absurdo de alguém tão jovem tentar reerguer uma propriedade quase tão antiga quanto o próprio reino.

Ele não percebera quanto a fizera sofrer.

Portanto o fim da história – o bilhete educado, as flores, as palavras respeitosas de admiração – era pura ficção.

Ele nunca pedira perdão por magoá-la.

E, agora, percebia que ela nunca mais voltara a olhar para ele do mesmo modo.

Se tivesse reagido melhor naquele instante de susto, será que o curso das vidas dos dois poderia ter sido diferente?

– Pois bem – disse a duquesa, virando-se para ele e rompendo o silêncio. – Não nos deixe em suspense. Você mandou um buquê para ela declarando sua admiração quando ela atingiu a idade adulta?

Ele pigarreou, pois a garganta parecia áspera de arrependimento.

– Depois daquele dia, nunca mais parei de pensar nela. Quando Constance voltou, três anos depois, era uma jovem mulher, e eu mal podia acreditar na transformação.

– Eu me lembro – afirmou Hilary. – Havia um grupo hospedado na minha casa em Devon para uma festa, naquela temporada terrível e chuvosa. Você passou a semana inteira contemplando-a. Chegou a me puxar de lado para perguntar quantas temporadas uma jovem esperava antes de se casar.

Ele estremeceu diante da lembrança daquela viagem.

– Naquela altura, as coisas iam muito mal com as minas, e eu não podia pedi-la em casamento.

E também porque ele havia concluído que o afeto de Constance pertencia a outro.

– Nada o impediu desta vez – resmungou Westmead.

Apthorp olhou para o relógio. Já haviam se passado sete minutos. Ele estava atrasado.

– Perdão – disse ele, levantando-se. – Quero ver se Constance está bem. Os últimos dois dias foram dificílimos para nós dois.

Antes que qualquer um pudesse criar objeções, ele desceu o corredor por onde ela passara. Nem sinal dela. Olhou na entrada da sala de bilhar, mas estava vazia.

Tentou a sala de estar, mas só teve sucesso em assustar uma empregada que limpava os vestígios do chá em silêncio.

– Constance? – chamou em voz baixa.

No final do corredor havia apenas um quartinho usado para empoar perucas. Certamente ela não estava...

Uma mãozinha manchada de tinta saiu da porta, agarrou-o pelo punho e o puxou para dentro.

Capítulo cinco

Ela o reconhecia pelo som dos passos. O ritmo preciso, a batida moderada de um calcanhar bem formado se articulando sob (imaginava ela) uma panturrilha esguia mas musculosa. Ele nunca arrastava os pés nem batia com força no chão. Caminhava do modo como fazia tudo: com elegância.

Ela saiu de trás da porta do armário e o agarrou.

Talvez tivesse usado força demais, pois ele cambaleou em um meio tropeço e quase a esmagou contra as prateleiras.

– O que está fazendo? – disse Apthorp, levando um susto e se apoiando na prateleira acima da cabeça dela para recobrar o equilíbrio.

O armário era pequeno, e dentro dele cabiam exatamente dois adultos. Estava repleto de suportes de perucas e frascos de pó e tinha um cheiro forte, de goma e sabonete. E, naquele momento, tinha também o perfume amadeirado e balsâmico de algum produto que Apthorp usava no cabelo.

– Esperando impacientemente a hora de ser encontrada aos prantos dentro do armário das perucas pelo meu futuro marido – respondeu ela, irritadiça. – E ele está quatro minutos atrasado.

– Posso perguntar por que você está dentro do armário das perucas?

– Porque é o tipo de lugar improvável, reservado, para onde vão jovens apaixonados quando desejam fugir um pouquinho e ter um momento de privacidade, longe dos olhares curiosos de suas famílias.

Ele olhou para o rosto dela nas sombras.

– Você parece estar com os olhos bem secos.

– Por favor, pode andar logo com isso?

– Perdão?

– Rápido. Quando formos descobertos, você não pode estar retocando a peruca. Me beije.

Ele deu um passo para trás, esbarrando numa pilha de guarda-pós.

– De maneira nenhuma.

– Eu tenho que fazer tudo?

Constance agarrou Apthorp pelos ombros para que ele não pudesse escapar e, antes que perdesse a coragem, colou os lábios nos dele.

Não tinha tomado a iniciativa de beijar mais ninguém desde aquela primeira tentativa canhestra com o mesmo Apthorp tantos anos antes – e era mais difícil do que parecia fazer a coisa direito, sem devorar sem querer o nariz da pessoa nem bater com a testa no seu queixo. Sentiu-se como uma toupeira fuçando na escuridão, em busca de uma frutinha em um arbusto ligeiramente fora de seu alcance. Apthorp permaneceu todo rígido sob seus lábios hesitantes. Constance ficou na ponta dos pés, numa tentativa de melhorar o desempenho.

Ele jogou a cabeça para trás.

– Meu Deus, o que está fazendo?

– Beijando você. Meu irmão virá nos procurar a qualquer momento. Precisamos estar num abraço apaixonado.

Ele enxugou a boca com o dorso da mão, os olhos faiscando com uma emoção que ela não conseguia identificar.

– Sabe, Constance, você realmente deveria aprender a pedir permissão.

E ele deveria realmente parar de dar sermões nela, mas aquele era um assunto para outra hora.

– Por favor, apenas me beije.

Era imperativo que, quando Archer os encontrasse, os dois estivessem envolvidos em algo mais convincente do que uma discussão sobre a etiqueta de quem deve fazer a corte.

Apthorp a fitou como se estivesse ponderando algum assunto em sua cabeça.

– Constance, posso beijá-la? – perguntou ele em tom oficial, cortês, como se exemplificando o comportamento correto para testá-la mais tarde.

– *Obviamente.*

Com delicadeza, ele levou a mão ao rosto dela e ergueu-lhe o queixo. Então pousou os lábios nos dela.

Considerando que Constance sabia como ele passava o tempo secretamente, aquela simulação de delicadeza cavalheiresca era um tanto risível. E
eles não tinham tempo.

Ela apertou a cabeça dele com as mãos e espremeu o rosto contra o dele,
tentando produzir uma demonstração de ardor mais persuasiva antes que
alguém testemunhasse aquele beijinho casto e praticamente inexistente.

E então sentiu uma agitação sob as mãos.

Os ombros dele se sacudiam.

De tanto *rir.*

Ultrajada, Constance empurrou Apthorp. Os ombros dele bateram nas
prateleiras, fazendo com que um suporte de peruca em madeira tombasse
dentro de um saco com um pó com perfume de lavanda, erguendo uma
nuvem que fez cócegas no nariz dela. Constance imediatamente teve um
acesso de tosse tão violento que Apthorp precisou bater nas suas costas,
ainda quase chorando de rir.

– Seu idiota – vociferou ela enquanto tentava respirar. – Por sua causa,
nós dois vamos ficar sufocados.

Ele ficou parado, nitidamente tentando conter o riso.

– Sinto muito.

– O que é tão insuportavelmente engraçado?

– O fato de você estar me atacando no armário de empoar.

– Não estava atacando. Estava manifestando paixão.

O lábio dele esboçou um sorriso.

– Na minha experiência – disse ele, com suavidade –, não é assim que a
paixão funciona.

– Não? Ela funciona com minúsculas mordidinhas no meu lábio inferior?

– Ela *é construída.* Primeiro, é preciso sentir o outro.

– Parece terrivelmente chato.

Ele fitou os lábios dela por um instante que pareceu longo demais e depois olhou em seus olhos.

– Eu lhe garanto, Constance, que não é.

Ela queria sentir raiva dele, mas não pôde deixar de perceber que o olhar
de Apthorp não continha mais a mesma ira que descera sobre ela no dia anterior. Seus olhos pareciam sinceros. Como se quisesse que ela entendesse
algo que era importante para ele.

Constance ficou sem saber o que responder. Pela primeira vez juntava os boatos sobre aquele homem e suas predileções libertinas noturnas à pessoa que a observava com olhos bem mais gentis do que ela teria esperado de um devasso que iria para o inferno, ao mesmo tempo que exibiam uma sabedoria que a fazia se arrepiar.

– Nunca foi beijada de verdade? – perguntou ele com suavidade.

Ela ergueu o queixo, envergonhada de admitir que era bem menos audaciosa em seus comportamentos privados do que a imagem despudorada que gostava de exibir em público.

– Claro que fui.

Ele mordeu o lábio.

– Aparentemente, não por alguém que sabia beijar.

Ela sabia exatamente o que ele queria dizer e tinha razão, mas era grosseiro e insolente de sua parte chamar atenção para isso, porque, depois da reação dele no labirinto do jardim em Rosemount e da cena terrível em Devon, ela evitara qualquer homem que tivesse demonstrado o menor interesse nisso ao longo dos últimos cinco anos. Não quisera passar de novo por aquela humilhação.

E ainda não queria. Em particular, não com um homem que reagira com uma repugnância tão visceral à ideia de se casar com ela.

– Muito bem – retrucou. – Eu confesso. Desconheço esses comportamentos pervertidos. Talvez, se eu tivesse passado tanto tempo quanto você em um antro de fornicação...

Ele emitiu um som de absoluto assombro quando ela terminou de falar.

– Quer ser beijada de verdade, sua garota malvada? – rosnou ele.

– Como eu disse... – ela começou a falar, mas não conseguiu terminar porque ele pôs um dedo em seu queixo para erguer-lhe a boca, prendeu as mãos atrás de sua cabeça e a beijou do modo como ela imaginara que os amantes faziam.

Nada daquele mordiscar chato, tímido.

Agora as bocas estavam unidas, a língua dele roçava na dela e, com isso, ele reivindicava Constance. Era um beijo experiente, erótico, exigente, e ela teve a sensação de estar prestes a se afogar.

Mas não por causa da paixão. Ela não estava conseguindo respirar.

A galeria de retratos, o cheiro de tabaco e a sensação de ter sido encurralada voltaram numa onda.

– Pare! – exclamou ela, afastando a boca.

As mãos dele caíram junto ao corpo e ele se afastou imediatamente, recuando contra a prateleira.

– Constance? Sinto muito. Não quis assustá-la. Sinto muito mesmo.

Ele pareceu perturbado.

– Não, é culpa minha. Fui eu que pedi que agisse assim – disse ela depressa, atordoada diante da própria reação. – É só que...

Ela interrompeu a frase. Sentia-se abalada e constrangida. Estava ciente do problema, mas não queria reconhecer: não beijava bem. Era assustador, e ela não entendia. E detestava – *detestava* – que a observassem realizando algo no qual ela não fosse naturalmente excelente.

Ainda mais se esse alguém fosse Apthorp.

– Não sei como fazer – admitiu ela, um tanto triste.

Ele se descontraiu lentamente.

– Está tudo bem. Não existe um jeito certo ou errado de beijar alguém. Só existe o jeito que a agrada.

Ela lançou um olhar furioso na direção dele.

– Eu não sei o que me agrada.

Ele mordeu o lábio, como se estivesse reprimindo um sorriso.

– Ah.

– Não é para você se deleitar com isso.

– Não estou me deleitando. Estou pensando. Talvez seja melhor experimentar do jeito que eu gosto. Que tal?

Ela assentiu, odiando aquilo, querendo fugir dali mas sabendo que realmente precisava ser surpreendida pelo irmão em vez de ficar ali debatendo sua incapacidade de ser seduzida.

– Feche os olhos – disse ele, baixinho.

A voz era delicada e não tinha mais nenhum sinal de riso.

Ela obedeceu.

– Encoste na parede e relaxe.

Ela tentou, mas estava nervosa. Esperou reencontrar os lábios dele, fechando os olhos com força. Em vez disso, sentiu a ponta dos dedos dele acariciando seu rosto.

– Numa situação ideal – murmurou ele –, os amantes gostam da sensação do toque do outro.

Os dedos dele chegaram até sua nuca, onde os fios soltos que sempre fugiam dos grampos se encontravam com a pele. O calor dele a fez estremecer.

Ela ouviu quando ele inspirou.

Lenta e deliberadamente, ele pôs os lábios em seu pescoço.

Morno, leve. Reconfortante.

– Gosta disso? – perguntou ele, suavemente.

– Gosto – admitiu ela.

– Eu também.

Ele se arriscou a subir mais, levando os lábios de leve até um lugar próximo à orelha. Alguma coisa começou a crepitar dentro dela, como se ele tivesse esfregado duas pedras e produzido uma série de fagulhas.

A mão dele parou atrás de Constance, na altura da lombar.

– Está tudo bem? Posso tocá-la?

– Pode.

A outra mão seguiu para perto das costelas, logo acima da cintura.

– E assim?

– Sim – ela se obrigou a dizer.

Constance travava uma espécie de batalha interior: estava muito propensa a gostar daquele toque, mas muito relutante em admitir isso.

A mão dele ficou pousada na lateral do corpo dela; não a puxou para junto ao peito nem foi até os seios. Ela desejava que ele fizesse uma coisa ou outra. Ou ambas.

A boca também permanecia no mesmo lugar, passeando pelo pescoço dela enquanto os dedos acariciavam aquele ponto terrível e maravilhoso na nuca. Parecia seguro, suave, como se ela estivesse se dissolvendo em luz. Depois, ele aproximou a boca e tomou seu lábio inferior. Era parecido com a primeira tentativa, mas agora ela compreendia.

Não era mordiscar.

Era dançar.

Flertar.

Era a promessa de algo mais.

Ele soltou um breve suspiro, o que a fez pensar que talvez os mesmos sentimentos que emergiam dela também surgiam dentro dele.

– Eu gostaria – sussurrou ele junto ao canto de sua boca, enquanto os dedos faziam círculos pequenos e tórridos sobre o tecido do seu vestido – que você retribuísse meu beijo.

Ela hesitou, convencida de que faria algo de errado outra vez e estragaria aquela demonstração requintada, delicada. Mas, quando a língua dele voltou para perto de seus lábios, ela aproximou a boca ligeiramente da dele. E então, de repente, tudo ficou claro. Ela não *precisava* pensar.

Seu corpo dizia o que fazer.

Seu corpo dizia que, se ela o provasse, ele iria gostar, ele iria retribuir, ele iria soltar outro suspiro de prazer.

Ele a abraçaria com força.

Ela retribuiria com a mesma intensidade.

E, desse jeito, ela o beijava exatamente como se fossem amantes.

E ela não estava *fingindo* gostar.

Ele jamais imaginou que ela fosse tão inocente.

Tendo em vista a ousadia daquele beijo no labirinto do jardim e o que de modo tão doloroso ele descobrira em Devon, Julian presumira que ela fosse adepta do flerte. Em momentos de fraqueza, quando se imaginara fazendo amor com ela, presumira que não chegaria virgem até suas mãos.

O que era ótimo. Porque ele também não era.

Longe disso.

Mas a mulher em seus braços não era uma sedutora experiente.

Mostrara-se apreensiva a ponto de tremer.

Naquele momento, porém, ao abraçá-la, ele sentiu a mudança. O momento em que Constance percebeu que gostava do toque das mãos dele. Quando descobriu aquele ponto em que a consciência só nota pele e calor. Quando entendeu que era possível se separar da mente e se transformar em uma criatura toda corpo.

Nunca se esqueceria da sensação de Constance Stonewell em seus braços no momento em que ela descobriu o que era desejar alguém.

Aquilo mudou tudo.

O que havia começado como um jogo para ver até onde ela iria, agora se tornava bem real. Ele estava beijando Constance dentro de um armário de empoar perucas e queria muito fazer bem mais do que beijá-la.

Como um cavalheiro, tentou se conter para que a rigidez de seu desejo não a assustasse nem a constrangesse.

Mas, quando ela se apoiou nele, acariciou-lhe o rosto e soltou um pequeno gemido, foi algo tão sincero que ele abandonou os preceitos de virtude e roçou nela por apenas uma fração de segundo. O suficiente para que ela o sentisse. O suficiente para que ele a sentisse.

Queria que ela o sentisse e soubesse que também não estava fingindo.

Porque, maldição, talvez nunca ficassem tão próximos de novo e, depois de todos aqueles anos a desejando, ele queria que ela soubesse.

Precisava que ela soubesse.

Os olhos dela se arregalaram e encararam os dele.

Ele a encarou, deixando que ela enxergasse o que havia em seus olhos. Dizia a ela que, se pudesse ler os pensamentos dele, teria acesso à confissão que se derramava.

Os anos e anos de desejo.

Ela continuou a fitá-lo. Depois, mexeu o quadril e se esfregou nele até que ele perdesse a compreensão.

E então parou, insegura, e, ao notar que ele não havia se afastado – que capacidade teria para fazer isso? –, voltou a beijá-lo com doçura.

Merda.

Ele baixou sobre ela como uma onda e a puxou para junto de si com tanta força que o corpo de Constance se encaixou em todas as partes dele que estavam rijas. Ele pôs a boca sobre a dela enquanto seu corpo a transformava em mulher. Julian deu o tipo de beijo erótico e obsceno que começava nos quadris e terminava em algum lugar no cérebro, um beijo que era menos um beijo do que um modo de fazer amor ainda vestido. O tipo de beijo que ele dissera a ela que amantes recentes não trocariam antes de conhecer os corpos dos parceiros.

Pois bem, ele tinha mentido. Ele a desejara por muito tempo para fingir que não queria fazer sexo obsceno, intenso e de tal modo que ela nunca mais quisesse outro...

O armário se encheu de luz.

Ele sentiu que mãos o agarravam pelo colarinho e o arrastavam para o corredor.

Um punho acertou seu queixo.

– Vejo que não precisamos esperar até o amanhecer – rosnou o duque de Westmead. – Vou matar você aqui e agora.

～◦～

Ah, não. Ainda não, quis protestar Constance enquanto o irmão arrancava Apthorp de cima dela, pelo pescoço. *Eu estava apreciando imensamente...*

Ela suspirou quando Archer jogou o pobre Apthorp contra uma parede e tirou a peruca daquela linda cabeça.

Ele ficava bem melhor sem ela.

– Você não tem o menor respeito? – berrava Archer. – Por acaso está pedindo que eu acabe com você?

Constance conteve um sorriso. Nada como o som da ira de um irmão tentando cortar em pedacinhos um *faux fiancé* para deixar uma garota se sentindo convencida. A força da fúria do duque só podia dizer uma coisa: o plano estava funcionando.

Ela deu um passo para a frente e tentou tirar as mãos do irmão do pescoço de Apthorp.

– Pare com isso, Archer. Vai machucá-lo.

– Sim, Constance, essa é exatamente a minha intenção.

Ela o empurrou e conseguiu se colocar entre os dois, separando-os com os ombros.

– Pare com isso. Ele só estava me consolando.

– Estava fazendo bem mais que isso.

De fato. Constance ainda se sentia como se fosse feita de uma gelatina que não tinha ficado totalmente pronta. Quem imaginaria que *Apthorp* seria capaz de fazer algo desse tipo com uma mulher?

Não que a menção daquele fato chocante contribuísse para aplacar a raiva do irmão.

– Não precisa agir como se um beijo inocente entre duas pessoas prestes a se casar fosse motivo para uma execução – disse ela. – Será que vou precisar lembrá-lo do seu comportamento com Poppy durante o noivado? Se ela tivesse um irmão, você teria morrido bem antes do casamento.

Archer girou nos calcanhares.

– Venham comigo. Os dois. Agora.

Ele atravessou o corredor a passos largos.

Constance segurou a mão de Apthorp.

– Está se sentindo bem?

– Nunca estive melhor – respondeu ele, lambendo um pouco de sangue do lábio cortado.

Uma onda de carinho por ele se ergueu dentro do peito dela, surpreendendo-a.

– Pobrezinho.

Ela tirou um lenço do bolso do vestido e limpou o sangue enquanto Apthorp pegava a peruca e tentava recolocá-la do jeito certo.

– Não se dê ao trabalho. Prefiro você sem ela. Parece agradavelmente libertino.

– É mesmo?

Julian pareceu mais surpreso do que aborrecido, mas logo um ar severo reapareceu em seu rosto.

– Constance... – sussurrou ele enfim, no tom muito sério que sempre assumia quando estava prestes a entediá-la com seus sermões sobre bom comportamento.

Em vez de ouvir, ela se virou para a frente e seguiu o irmão pelo corredor. Não estava preparada para falar sobre a estranheza do que acabara de acontecer, e, de qualquer maneira, Archer com certeza não esperaria que os dois discutissem sobre o desejo intenso que ela sentia de arrastar Apthorp para o quarto.

Como ele não a seguiu, Constance pegou Apthorp pelo pulso e o foi puxando pelo corredor. Ele obedeceu. Parecia tão atordoado quanto ela.

Westmead escancarou a porta da sala de bilhar e fez um gesto em direção a um sofá.

– Sentem-se – ordenou aos dois.

Os dois se sentaram, lado a lado, como crianças travessas.

– Sejam honestos – rosnou. – Preciso pedir uma licença especial de casamento?

– Não, Archer!

Constance tentou não rir diante da ideia de que talvez estivesse esperando um filho de Apthorp. Suspeitava que lorde Chato desfilaria pelo castelo de Windsor em trajes íntimos antes de se dignar a tirar a virtude dela prematuramente, apesar da atuação no armário e de sua associação a certo clube ilícito.

Apthorp pigarreou e tomou a mão dela.

– Vossa Graça, peço minhas sinceras desculpas por ter deixado há pouco que a emoção e o afeto que sinto por sua irmã sobrepujassem o comportamento esperado de um cavalheiro. Garanto que a honra de Constance está a salvo em minhas mãos. Não há motivo para pressa. Se estiver de acordo, publicaremos os proclamas e nos casaremos na Igreja de St. James no fim da temporada parlamentar.

Archer andou de um lado para outro, a casaca preta esvoaçando atrás dele como as penas de um corvo. Constance procurou desviar a atenção do próprio nervosismo passando discretamente o dedo do meio na palma da mão de Apthorp. Quando ele lhe apertou a mão sutilmente em resposta, como se quisesse apoiá-la, Constance sentiu um agradável calafrio percorrer a espinha, como faíscas de felicidade diante de notícias inesperadas e boas.

– Muito bem! – exclamou Archer, de repente. – Se querem cometer essa tolice, não vou impedir.

Ah, o doce sabor da vitória. A sensação a invadiu como a água de um banho reconfortante.

Constance abriu um sorriso dócil e cheio de gratidão para o irmão.

– Você é tão gentil, Archer! Não preciso nem dizer que teremos que fazer algo em relação ao projeto dos canais, certo? Se der errado, nosso futuro será limitado ao meu dote, que duvido ser suficiente para me manter com o conforto irrestrito ao qual você me acostumou.

Ela piscou para ele. A grande facilidade que tinha para gastar o dinheiro do irmão era uma velha piada entre os dois. Do tipo cuja graça residia no fato de ser absolutamente verdade.

Mas Archer não achou a menor graça.

– Se pretende fazer com que esse casamento redima a reputação dele, vai precisar de um plano muito astucioso. Os evangélicos ainda estão desfilando por aí neste exato momento enquanto falamos.

– Meu querido irmão, alguma vez você já me viu sem um plano inteligente na manga?

～～>

Constance tinha realmente desperdiçado sua vocação para os palcos. Apthorp podia jurar que ela havia sentido tudo o que se passara no armário tão profundamente quanto ele. No entanto, lá estava ela, como sempre, tão aguçada, efervescente e esfuziante como um champanhe *brut*.

Ele, por outro lado, mal conseguia terminar as próprias frases. Beijá-la havia transformado seu cérebro em pudim. A cabeça ainda estava pesada com os aromas de incenso e jasmim que sentira na pele dela ao roçar os lábios pelas reentrâncias de sua clavícula.

Meu Deus, ela era desconcertante. Era viçosa e vulnerável como uma donzela em flor ao ser tocada, mas, ao mesmo tempo, sagaz e controlada como uma mulher com o dobro da sua idade ao falar. E, apesar do tom despreocupado, ela agarrava a mão dele como se fosse seu único vínculo com este mundo. Ele simplesmente não sabia o que pensar a respeito de Constance.

Westmead o encarou com fúria, e Julian percebeu que tinha sido surpreendido observando Constance com ar admirado. Quando olhou para cima, deu de cara com os dedos do duque tamborilando, raivosos.

Westmead voltou a olhar para a irmã.

– Nunca duvidaria de sua capacidade para articular um enredo, Constance, mas, mesmo com um gerenciamento muito cuidadoso, não sei ao certo se qualquer quantia em moeda ou influência terá condições de consertar o estrago causado ao projeto de Apthorp.

Constance fez um gesto de desdém.

– Vai funcionar. Já pensei em tudo.

– E ele? – rebateu Archer, arrastando as palavras e erguendo as sobrancelhas na direção de Apthorp, como se perguntasse se o homem estava sentado no sofá em silêncio por causa de danos cerebrais ou por ordem de Constance.

Era possível que tivesse mesmo sofrido danos cerebrais. O punho de Westmead atingira sua mandíbula com a delicadeza de uma bala de canhão caindo em uma poça d'água. O mais provável, porém, era o fato de que ele simplesmente não conseguia se libertar do prazer ultrajante que era sentir o dedo de Constance Stonewell traçando círculos na palma da sua mão.

– Temos uma estratégia – afirmou ele, puxando a mão. – Embora não deva surpreendê-lo que o aspecto social caiba à sua irmã.

Constance sorriu para ele como um gato que recebe foie gras.

– Sem dúvida – disse ela. – Em primeiro lugar, precisamos que a família dê uma demonstração de apoio. Deve ficar claro que romper com Apthorp é romper com os Rosecrofts e com a Casa de Westmead. Começaremos com uma aparição pública no camarote dos Rosecrofts, na ópera, amanhã. Você brindará a sociedade com uma de suas raras saídas, demonstrando como é protetor e intimidante e como Apthorp é seu melhor amigo.

– Não vai bastar – declarou Westmead. – A questão vai além das óperas e dos salões de baile. Se não conseguirmos recuperar o apoio político...

– Vamos conseguir. Pretendo recorrer ao apoio da minha madrinha. Ela vai nos ajudar com os evangélicos. Talvez nos ajude até com alguns Tories.

Westmead soltou uma gargalhada.

– Lady Spence? Duvido. Seu primeiro impulso será romper relações conosco, inteiramente. Ela tem flertado com essa ideia desde aquela sua façanha com as raposas, um dia depois do Natal.

– Bobagem. Ela anda doida para salvar minha alma desde que você me mandou para o convento. Você vai conquistar a simpatia dela pedindo que ajude na preparação do meu casamento, na ausência de nossa mãe. Vai dizer a ela que sou rebelde como papai. Cuidarei do resto.

Westmead assentiu, como se aquela fosse uma conversa normal. Era assustador observar os dois quando suas forças estavam alinhadas. O duque e Constance tinham evoluído de forasteiros de má reputação – filhos despossuídos do mais famoso dos libertinos da aristocracia do século – a membros influentes da sociedade, e tudo em apenas cinco anos. Valendo-se de sua fortuna, Westmead reunira uma bancada na Câmara dos Comuns, enquanto Constance encantava o *beau monde* com seu charme, seus entretenimentos extravagantes e a capacidade de estabelecer relacionamentos intrigantes.

Julian precisava colocar a mente para funcionar, senão sua própria vontade se perderia em meio às maquinações da Casa de Westmead. Não pretendia ser tratado como uma pobre donzela em perigo. Em matéria de política, ele era capaz de se redimir sozinho. E, se não fosse, mereceria o fracasso que o aguardava.

Ele pigarreou.

– Vossa Graça, estou confiante na equação política. Primeiro, vou fazer um reforço nos votos locais. São pessoas que estiveram comigo o tempo todo e que vão voltar assim que seu apoio estiver assegurado. Os distritos das Midlands serão beneficiados pelos canais, então cederão à pressão política. Estamos em ano de eleição, e os cidadãos não serão gentis com aqueles que votarem contra seus interesses. Se lorde e lady Spence conseguirem trazer de volta o apoio dos evangélicos, poderemos obter os votos necessários. Mas será preciso dar incentivos.

– De que tipo? – perguntou Westmead. – É tarde demais para refazer o projeto.

– Não se trata de incentivo político – disse Constance, encontrando o olhar de Apthorp e fazendo um sinal de aprovação com a cabeça, como se lesse seus pensamentos. – Mas social.

Ele ficou impressionado por ela ter entendido com tanta facilidade o que ele queria dizer. Mais uma vez, sentiu uma pontada de prazer por ser aliado daquela mulher. E raiva em igual proporção por estar gostando tanto daquilo, considerando como isso afetava sua dignidade. Precisava se esforçar mais para se lembrar de que tudo não passava de *fingimento*.

– Posso perguntar o que tem em mente? – indagou Westmead, arrastando as palavras.

– Uma festa de noivado, é claro – respondeu Constance. – Um baile tão inesquecível que a cidade toda vai ter medo de perder tal evento. Um convite que as pessoas farão de tudo para garantir.

– Exatamente – disse Apthorp. – Organizaremos o baile para o dia seguinte à votação e deixaremos claro que qualquer um que não seja nosso aliado não será bem-vindo.

Westmead olhou para os dois com uma expressão que poderia ser interpretada tanto como azia quanto como admiração a contragosto.

– Você – disse ele para a irmã – é terrível. E você – disse para Apthorp – não deveria encorajá-la.

– Presumo que temos seu apoio, Vossa Graça? – perguntou Apthorp.

– Farei o que for possível. Mas ainda é necessário lidar com esses rumores desagradáveis. Temos que desmascarar quem está por trás deles. Constance, pode nos dar licença? Preciso conversar em particular com Apthorp.

⁓

Não havia nada que Constance detestasse mais do que ter de deixar um aposento para que os homens – indivíduos sem uma fração de seus dons para moldar a opinião pública – tentassem discutir em particular o fluxo das notícias.

– Acho que vou ficar aqui – disse ela. – Seja lá o que queira discutir com Apthorp, pode ser na minha frente. Afinal de contas, vamos nos casar.

O irmão lançou o olhar mais seco do mundo para ela, um com a umidade de um dia particularmente árido no Saara.

– Saia.

– Não – retrucou ela, com igual precisão.

– Prefiro que ela fique – interveio Apthorp, surpreendendo-a. – Não tenho segredos para minha futura esposa, e, mesmo se tivesse, arriscaria dizer que ela controla a boataria de Londres com rédea curta, tão comprometida quanto o mais dedicado jornalista da Grub Street.

Ela premiou seu querido e astuto amado de mentirinha com um sorriso carinhoso.

– Obrigada. Muito gentil de sua parte reparar em minhas qualidades.

Constance voltou a atenção para o irmão.

– Está claro para Julian e para mim que os boatos foram plantados por um inimigo político – declarou ela antes que Archer pudesse argumentar. – Vou perguntar discretamente por aí e ver se descubro quem poderia ter alguma ligação com *Santos & Sátiros* e por que essa pessoa iria se opor ao projeto dos canais.

Afinal, era impossível que o poema escrito por ela tivesse chegado acidentalmente às páginas de Henry Evesham. Constance também suspeitava que os boatos não a haviam encontrado por acidente. Alguém lhe contara a respeito das predileções noturnas de Apthorp de modo deliberado, no intuito de usá-la. E ela odiava ser usada sem ganhar algo em troca.

– Está tudo bem? – perguntou Hilary, assustando os três ao aparecer na porta com Poppy a seu lado. – Ouvimos uma gritaria.

– E algo que, assustadoramente, pareceu alguém sendo atirado contra uma parede – acrescentou Poppy, estreitando os olhos para o marido.

Constance se lembrou de que supostamente deveria estar sendo consumida pelas chamas da paixão e se levantou.

– Está tudo maravilhoso! Archer nos deu sua bênção. Julian e eu vamos nos casar assim que terminar a temporada.

– Meus queridos, que notícia magnífica! – exclamou Hillary, correndo para dar um abraço em Constance.

Constance demonstrou estar em êxtase, dando voltinhas e quase derrubando uma antiga armadura Rosecroft com a saia.

– Vou planejar um baile de noivado. O mais espetacular de todos os tempos. Poppy, você me ajuda com as flores? Estou pensando em lírios. Milhares deles.

Poppy fez uma careta.

– Lírios têm um perfume bem forte. Milhares podem sufocar seus convidados.

– Que exagero. E é claro que vou precisar de entretenimento. Talvez volte a contratar as bailarinas da ópera.

– Por favor, as bailarinas não – protestou Hilary com a voz fraca. – Qualquer coisa menos isso.

Apthorp se voltou para ela com um sorriso carinhoso e tímido, no tom perfeito.

– Minha noiva terá bailarinas de ópera, se quiser. Qualquer coisa que seu coração desejar.

O talento de Apthorp como ator era maior do que ela jamais poderia ter imaginado.

Hilary sorriu para ele.

– Ouvi dizer que esse é o espírito de um casamento feliz, primo. Acompanha Rosecroft num conhaque? Ele está bebendo no terraço, já que a noite está bastante quente.

– Não, já estou de partida – informou Apthorp. – Preciso escrever para minha mãe e informá-la da feliz notícia. Muito obrigado a todos pela gentileza. Não tenho palavras para agradecer por terem me perdoado.

– Espero que vocês sejam muito felizes – disse Hillary.

– Confio plenamente que seremos – afirmou Apthorp, olhando para

Constance de um modo tão tórrido que chegou a lhe provocar o surgimento de gotículas de suor na parte de trás da cabeça.

Hilary olhou para Poppy com um ar de quem sempre soube de tudo.

– Eu o acompanharei até a porta – anunciou Constance, oferecendo o braço para Apthorp. – Correu tudo bem – sussurrou enquanto era conduzida até o saguão.

Ela usou como pretexto a necessidade de baixar o tom de voz para se aproximar mais, pois ainda desfrutava do prazer recém-descoberto de roçar no corpo dele.

– Mesmo?

Apthorp suspirou, parecendo distante. Ela olhou para cima e viu que ele não exibia mais a alegria serena de momentos antes. Parecia esgotado.

– Você está bem? – perguntou ela.

Ele fez uma pausa, massageando as têmporas.

– Preciso dizer que não gosto de mentir para minha família ou para a sua.

O tom sombrio não devia ter tirado o fôlego de Constance. Mas tirou.

Porque ela estava agindo como uma tonta. Ele não estava feliz com tudo o que acabara de acontecer. O tempo todo ele estivera atuando, é claro. E ela tinha se deixado arrebatar por seus sorrisos carinhosos, seus discursos sentimentais e o momento de paixão dentro do armário, esquecendo-se de que ela mesma havia escrito o roteiro.

– É desagradável – disse ela, depressa. – Mas é necessário.

– É – concordou ele num tom de voz cansado, ostentando um princípio de olheiras. – É necessário.

– Pois bem. – Ela endireitou a coluna para manter a postura, embora se sentisse um tanto murcha de repente. – Boa noite.

Ele fez uma saudação com a cabeça, passou pela porta e saiu noite afora.

E ela, boba que era, não pôde deixar de admirar como era elegante o caimento de sua jaqueta enquanto ele descia os degraus até a rua.

Capítulo seis

— B oa noite, meu senhor – disse Winston, mordomo dos Rosecrofts, quando Apthorp voltou no dia seguinte para se juntar ao grupo que se dirigia à ópera. – Lady Constance o aguarda na *orangerie*.

– Na *orangerie*? – perguntou ele, fazendo uma careta dirigida a suas roupas formais.

Um aposento de paredes envidraçadas criado para capturar a luz do sol não era o ambiente ideal para uma gravata bem engomada.

– Temo que sim – comentou Winston com um sorriso de simpatia. – Devo ficar com seu casaco?

– Certamente.

Ele encontrou Constance andando para cima e para baixo na área mais quente do aposento, usando um vestido cor-de-rosa tão volumoso que esbarrava na folhagem quando ela caminhava.

A testa estava úmida pelo esforço.

Estava linda.

Linda não, corrigiu-se. *Suada.*

Depois daquele momento de paixão no armário de empoar, Julian havia passado o dia se repreendendo pelo excesso de afeição que sentia. Chegar ao Parlamento e encontrar um mar de rostos enojados e insinuações vulgares tinha sido o lembrete necessário de como Constance era perigosa, por mais agradável que fosse fazê-la estremecer ao toque. Ele precisava ser mais rígido para resistir a ela, senão o mês seguinte seria uma tortura incessante.

Infelizmente, a parte dele que desejava ficar mais rígida diante da lembrança daqueles tremores não era o coração e sim o membro.

E o modo como ela sorria para ele naquele momento, como se também estivesse se lembrando do episódio, não ajudava.

Nenhum cavalheiro gostava de se deixar escravizar por mulheres que não estavam dispostas a se tornar objetos de sua fantasia. Via de regra, Julian costumava manter suas atenções eróticas voltadas para frequentadoras de Charlotte Street, onde as amantes se escravizavam por vontade própria.

No entanto, o rompante de desejo que incendiou o olhar de Constance quando ele lhe dera um beijo de verdade despertara alguma coisa primal dentro de si, e ele não conseguia tirar a cena da cabeça. Queria ver aquele olhar de novo. Queria deixá-la trêmula com uma única palavra sussurrada em seu ouvido ou com uma ordem ousada em um pedaço de papel posto na sua mão. Queria se sentar a seu lado na ópera e lhe dar prazer sem remover uma única peça de roupa.

Queria que ela o visse como ele realmente era. Sim, um cavalheiro.

Mas um cavalheiro com um talento sobrenatural para o sexo.

E isso significava que ele estava para enfrentar um mês inteiro de pura frustração. Porque, fora dos arranjos que ele tinha em Charlotte Street, virgens bem-nascidas não estavam ao alcance de homens com algum escrúpulo. E ele tinha muitos, muitos escrúpulos. Abandoná-los o tornaria tão mau quanto aqueles a quem mais desprezava.

– Ah, você chegou – disse Constance, caminhando em sua direção. – E sem peruca.

Ela piscou para ele. *Piscou* para ele.

Julian ficou vermelho, pois dispensara a peruca exatamente pelo motivo que ela intuíra: porque ela preferia vê-lo sem.

Precisa parar com isso.

– Venha, vamos dar um passeio – sugeriu ela, oferecendo-lhe um braço vestido em cetim. – Tenho excelentes notícias.

Ele ficou parado na porta, onde conseguia sentir o ar fresco e tranquilizador do corredor de mármore, na penumbra, em vez da mistura intoxicante de âmbar e lilases, ou cedro e tuberosas, ou de fumaça e do maldito desejo que pareciam envolvê-la em uma nuvem de pura tentação, algo que o deixava tão irritadiço a ponto de querer arrancar os cabelos.

– Prefiro continuar aqui, onde consigo respirar – recusou ele. – Por que está andando por aí? Vai acabar arranjando uma febre.

– Sempre caminho por aqui antes da ópera. Melhora minha aparência pálida.

Constance se moveu sobre os saltos com elegância e iniciou outra volta.

Ele resistiu à tentação de dizer que sua aparência era luminosa e que não era possível olhar para a pele dela sem sentir vontade de tocá-la e ver se era mesmo tão macia quanto parecia. E era, como ele agora sabia.

Pare. Com. Isso.

– Onde estão os Rosecrofts? – perguntou ele, tentando manter a voz num tom equilibrado.

– Vão descer em breve. Eu esperava poder trocar algumas palavras com você a sós. Descobri algo que pode ser útil.

Ela deu um sorriso misterioso, cheio de expectativa, como uma madona numa pintura sacra.

– E o que é?

– Uma pista para o mistério – respondeu ela, mexendo as sobrancelhas de maneira brincalhona.

Estava flertando com ele?

Julian sentiu vontade de enfiar o punho na parede. Por que ela não tinha flertado com ele uma semana antes? Por que estava descobrindo um gosto pelo flerte justo agora, quando estavam a sós, com ele se esforçando ao máximo para se lembrar de detestá-la pelo que havia feito, ou pelo menos para parar de imaginar o corpete apertando seus seios em flor, e falhando duplamente?

Obrigou-se a manter uma expressão sombria, determinado a assumir o autocontrole.

– Explique.

– Pois bem – disse ela, baixando a voz em um tom conspiratório. – Fui à costureira para uma prova e fiz algumas perguntas sutis, porque Valeria Parc veste todas as damas mais escandalosas da cidade. Você por acaso teve alguma... relação confidencial com uma atriz do Theatre Royal?

Ele sentiu uma fisgada no pescoço.

Tinha um forte pressentimento de que aquela pergunta custaria mais risco pessoal à sua privacidade do que ela havia colocado em jogo até agora. Além do mais, ele simplesmente não sabia como responder. Dada a natureza de suas atividades noturnas, ele havia conhecido muitas, muitas mulheres. E não tinha sido num contexto em que se podia perguntar o que faziam da vida.

– Não que eu me lembre – retrucou ele, abrupto. – Por que a pergunta?
Ela baixou a voz.

– Não fique nervoso. Não há problema algum se essa mulher for sua amante. Deixei de ficar facilmente chocada no que lhe diz respeito, lorde Chato.

– *O quê?!* – Julian chiou, olhando para trás, para além das portas abertas, a fim de ter certeza de que as palavras dela não tinham sido ouvidas por mais ninguém. O corredor estava vazio. Ele foi até onde Constance estava, junto de uma laranjeira. – Não tenho amante. E você não deve insinuar esse tipo de coisa. Não é apropriado.

Hipócrita. Pare de inalar o perfume dela.

Ela revirou os olhos.

– Apthorp, meu querido, perder tempo pensando no que é apropriado entre nós agora é como se preocupar por não ter uma sombrinha enquanto se afoga no mar.

– Não estou no clima para brincadeiras, Constance. Qual é a relevância do Theatre Royal?

A leveza daquela provocação não estava mais presente. Constance endireitou a postura.

– Acho que a mulher que espalhou os rumores sobre você talvez seja uma atriz de lá. Ainda preciso descobrir quem é, mas quando descobrir...

– Não – interrompeu ele, incisivo.

Havia, de fato, coisas que ela poderia descobrir se ficasse revirando o passado dele. Assuntos bem mais propensos ao escândalo do que um aristocrata que gosta de ser chicoteado. E que não ajudariam em nada.

Constance cruzou os braços.

– *Não?* Concordamos que eu cuidaria de investigar quem expôs você. Com meu irmão. Não lembra?

– Mas foi *você* quem me expôs – disse ele, num tom equilibrado. – Não é preciso investigar. Dei a entender outra coisa para impedir que Westmead imaginasse seu envolvimento. Presumi que era óbvio.

– Certamente não era – declarou ela, altiva. – Afinal de contas, eu não inventei os boatos a seu respeito. Eu os ouvi na casa de lady Palmerston. Se alguém está tentando prejudicar você espalhando essas histórias, precisamos cuidar disso para que não atrapalhe nosso plano. Tenho certeza de que essa mulher tem algum envolvimento. Só deixe comigo.

Ao ouvir aquele tom condescendente, ele perdeu as estribeiras.

– Certeza, é? A mesma que você tinha de que eu pediria a Srta. Bastian em casamento? A mesma de que eu gosto de apanhar? Perdoe-me se a minha fé nos seus poderes de dedução não é das maiores.

Constance pareceu ofendida.

– Entendo.

Julian se envergonhou por ter deixado que seu temperamento se manifestasse, mas ele tinha razão. Ela não era tão onisciente quanto acreditava, e ele se sentia ultrajado até as entranhas pela insistência de Constance em se intrometer em assuntos com os quais ele era perfeitamente capaz de lidar sozinho.

E, acima de tudo, ele não podia confiar a ela mais nenhuma informação sobre seu passado. Não dava para saber o que ela pensaria dele ou com quem compartilharia os detalhes.

– A carruagem está à espera! – exclamou Rosecroft, na escada.

– Um momento – disse Apthorp, olhando para trás. Ele se abaixou e sussurrou para Constance. – Vamos continuar essa conversa quando tivermos mais privacidade. Você vai me contar tudo o que sabe e depois vai me prometer que não fará mais nada.

– Por que deveria? – cochichou ela em resposta. – Porque provou que é muito competente em lidar sozinho com seus assuntos?

Ele respirou fundo diante da presunção que cintilava no olhar dela.

Constance devia estar prestando bem mais atenção nele durante todos aqueles anos do que admitia, porque não seria possível ter mirado uma farpa com tamanha precisão se não houvesse feito um estudo cuidadoso do alvo.

Ela queria machucá-lo.

Pois bem, tinha conseguido.

– Não preciso que me lembrem de que cometi erros – disse ele em voz baixa. – Minha vida inteira é um lembrete longo e vívido do que houve. Gostaria de impedir que *você* seguisse o mesmo caminho.

O rosto dela se suavizou ligeiramente.

– Minhas palavras soaram muito rudes, mas o que eu quis dizer é que consigo consertar essa situação, Apthorp. Só precisa confiar em mim.

– Meu Deus! – exclamou ele, se apoiando na parede. – Eu confio é no fato de que você nunca encontrou um problema sem ficar tentada a piorá-lo mil vezes.

Ela soltou uma gargalhada ácida.

– Ah, sim. Suponho que essa situação seja toda por minha causa. Suponho que eu seja a responsável pelo seu distúrbio.

– Que distúrbio?

Ela sorriu e piscou os olhos.

– Seu desejo por coisas *anormais*, meu senhor. Não foi isso que realmente acabou com você?

Ele teve a sensação de ter recebido uma bofetada.

Dizer uma coisa daquelas mesmo depois de ele ter explicado o que Charlotte Street significava para ele e o que ela arriscara expor demonstrava que ela não se preocupava nem um pouco com a verdade.

Julian girou nos calcanhares e começou a caminhar na direção da porta, para não ter que ver a expressão vitoriosa no rosto de Constance. Depois, pensou melhor e se voltou para ela.

– Isso não é um distúrbio – declarou ele em voz baixa. – Sou perfeitamente capaz de controlar meus desejos. Mas, Constance...

– Sim? – disse ela, com um olhar furioso.

Ele se aproximou e sorveu mais uma vez o aroma de baunilha queimada que exalava da curvatura exposta de seu pescoço pálido.

– Não chame meus desejos de anormais até ter experimentado.

No caminho até a ópera, Apthorp manteve uma conversa educada com os Rosecrofts, como se não houvesse absolutamente nada de errado.

Isso era possível porque ele era um homem mau.

Somente um homem muito perverso poderia parecer tão sereno e inabalado enquanto ela estava com raiva a ponto de quase soltar fogo pelas ventas e queimar as sobrancelhas perfeitas naquela cabeça perfeita dele.

Sabia que tinha agido mal em relação a ele. Assumira a culpa e estava fazendo todo o possível para compensar, mesmo que às custas da própria família.

E, apesar disso tudo, ele a repreendia por fazer exatamente aquilo que haviam combinado.

Ela não deveria ter provocado Apthorp, mas ter que suportá-lo falando mal de seu caráter era demais para engolir quieta, quando ela sabia que ele não era inocente. Não tinha inventado os passatempos dele nas noites de quarta-feira, ainda que houvesse errado em revelar seu segredo.

Imagine só: considerá-la inteiramente responsável por ele integrar secretamente um bordel ilícito. Quase sempre os homens se sentem no direito de ter liberdades que, se fossem levadas a cabo por mulheres, terminariam em apedrejamento. Apthorp com certeza compreendia que a sociedade não aprovava seus hábitos. A liberdade tem um preço, como ela bem sabia. Quem quer ser livre corre o risco de cair em desgraça.

Além do mais, ela não era má pessoa. Todos a amavam. Tinha passado toda a vida adulta garantindo que isso fosse verdade. E, naquela noite, queria lembrá-lo desse fato.

– Chegamos – comentou Hilary, olhando pela janela. – Olhem só quanta gente. Tem certeza de que está em condições, Constance? Você parece febril.

Febril, de fato. Mas seria mais correto dizer que estava *ardendo com o fogo da vingança.*

– Ah, estou bem. Nunca na vida fiquei tão empolgada para assistir uma ópera.

Ela esperou que os demais deixassem a carruagem, pois levou um momento para beliscar os lábios e alisar o vestido. Depois, aceitou a mão de Apthorp e desceu para a rua.

Manteve a pose aprumada, desfilando como um cisne diante da multidão de damas cheias de joias, cavalheiros com perucas, vendedoras de cerveja e crianças pedindo esmola, deixando que todos saboreassem a visão de ela e Apthorp juntos, em público, pela primeira vez.

Ela mexeu os ombros para que os fios prateados de seu vestido cor-de--rosa capturassem a luz dourada do crepúsculo, fazendo-a brilhar.

A multidão se calou.

– É lady Constance! – alguém esgoelou.

Ela sorriu. Com um gesto dramático do pulso, soltou a renda prateada da cauda e avançou, permitindo que a saia balançasse atrás de si como uma onda cintilante, tudo isso sob os murmúrios de aprovação da multidão.

– Arrependa-se! – gritou uma mulher com voz esganiçada, no meio da massa de corpos. – Arrependa-se, seu lixo imundo!

Ela fez uma pausa.

– Vejam só, Asnotorpe e a depravada, pura elegância – berrou um homem que estava mais próximo.

A multidão irrompeu num som que ela nunca ouvira dirigido a si mesma: *gargalhadas.*

Constance sorriu, jogou a cabeça para trás e avançou, agarrando o braço de Apthorp. Quando criança, aprendera a primeira lição sobre a zombaria: reagir diante dela é a forma mais certa de atrair mais. Ela ignoraria aquelas pessoas e deixaria que lessem sobre seu triunfo nos jornais do dia seguinte. Desfilou pelas portas do teatro praticamente arrastando Apthorp atrás de si e se preparou para o massacre habitual de acenos e reverências dos amigos.

Mas nenhuma alma lhe dirigiu o olhar.

Os artistas do Covent Garden pareciam estranhamente preocupados em comprar bebidas e encontrar seus assentos. As damas da sociedade lhes davam as costas à medida que passavam.

Estavam *deliberadamente* ignorando Constance.

Aquilo a fez voltar no tempo. Lembrou-se de chegar à França e descobrir que era tudo o que uma garota não devia ser. De voltar para casa depois de uma década e perceber que os maneirismos que adotara com tanto esforço a tornavam esquisita, audaciosa, incomumente direta.

Tinha lutado para superar tudo isso. Havia seduzido, encantado e comprado todos aqueles que não se incomodavam com sua excentricidade, e se entediado com os que se incomodavam – ou se tornado indispensável a eles –, até ter reunido o tipo de influência que, quando acompanhada por uma fortuna exorbitante, tornava a pessoa impermeável a julgamentos.

Ela havia acreditado que era imune.

– Ora, ora, aquele não é o trouxa da depravada? – enunciou uma voz bem-educada e arrastada de um homem em algum lugar próximo.

Violando as próprias regras, Constance se virou bruscamente para tentar localizar a fonte das maledicências. A multidão parecia ondular com um riso disfarçado.

Apthorp apertou seu braço com mais força e continuou caminhando sem se abalar até o camarote de Rosecroft, o rosto congelado em uma expressão de quem achava alguma graça em tudo aquilo.

Ou o homem era um poço de serenidade ou era completamente surdo.

De qualquer modo, Apthorp agia com elegância e estoicismo, enquanto ela – a mestra das aparências – estava desagradavelmente transtornada.

Antes, Constance tivera certeza de que sua popularidade serviria de escudo para os dois. Pela primeira vez, um pensamento horrível lhe veio à mente: *e se ela não fosse suficiente para salvá-lo?*

O salto de Constance ficou preso em um degrau e ela tropeçou na bainha do vestido, cambaleando para a frente. Apthorp a ajudou a recuperar o equilíbrio antes que alguém notasse.

Ela se segurou com força nele, desejando que Apthorp pudesse fazê-la desaparecer.

– Está tudo bem – assegurou ele em voz baixa e suave. – Não deixe que percebam suas reações. Vai passar.

A voz estava totalmente imperturbada.

Ele estava acostumado com aquilo, percebeu Constance. Ela nunca havia pensado nessa possibilidade, mas Apthorp devia ter suportado anos fingindo não reparar no que as pessoas diziam a seu respeito depois dos investimentos fracassados.

De fato, ocorreu a Constance que ele nunca reagira às muitas coisas bastante impiedosas que *ela* mesma dissera. Chamara-o de lorde Chato uma centena de vezes sem que ele demonstrasse o menor sinal de incômodo.

– Mas não se esqueça de respirar – disse ele ao seu ouvido.

Ela inspirou e deixou a postura mais descontraída. Em geral, detestava que lhe dissessem o que fazer, mas era reconfortante, naquelas circunstâncias, não estar no comando.

– Muito bem – murmurou ele. – Agora chegue perto de mim e diga algo engraçado.

Não ocorreu a Constance absolutamente nada.

– Não consigo pensar em nada engraçado – cochichou no ouvido dele. – Mal consigo me lembrar do meu próprio nome.

Ele riu baixinho, como se ela tivesse acabado de fazer uma piada particular, íntima.

– Pode dizer qualquer coisa – respondeu ele, também cochichando. – Apenas pronuncie com a intenção certa.

Ela se voltou e sorriu para os belos olhos dele, da cor de âmbar.

– Que situação péssima!

– Não é? – disse ele, e devolveu o sorriso.

– Ninguém foi rude assim comigo em anos, por mais que meu comportamento tivesse sido terrível. – Ela o encarou. – E olhe que tive meus momentos lamentáveis.

Esperava que Apthorp entendesse que ela lamentava por todas as vezes que lhe dissera coisas que talvez não fossem muito gentis. Coisas que podiam tê-lo feito sentir-se um pouco como ela mesma se sentia naquele momento.

O olhar dele se anuviou.

– Nós dois tivemos nossos momentos lamentáveis – afirmou ele, em voz baixa.

Aquilo era... um pedido de desculpas pelo que ele tinha dito antes de saírem para a ópera?

Constance fez uma pausa, tentando decifrar aquela expressão esquisita, mas ouviu a voz do irmão chamando seu nome. Voltaram-se para encontrar Archer e Poppy.

Archer bateu nas costas de Apthorp de maneira calorosa, mas com uma força que, sem dúvida, tinha sido calculada para infligir dor de forma discreta. Ela sentiu os olhares da multidão observando aquele sinal de bênção.

Esperava desesperadamente que tivessem captado a mensagem.

– Constance, já ouviu as notícias? – perguntou Poppy. – Parece que você e Apthorp não são o único casal comprometido a fazer a primeira aparição pública. Sua amiga, a Srta. Bastian, está prometida a lorde Harlan Stoke. Dizem que planejam se casar em um mês.

– *Perdão?*

Ela teve a sensação de que estava prestes a desmaiar.

– Constance? Está se sentindo bem? – perguntou Poppy.

Ela não estava se sentindo bem.

Gillian Bastian, que, assim como Constance, era uma refugiada, tinha sido criada na Filadélfia e considerada um caso perdido quando retornara a Londres em busca de um marido nobre que reforçasse os vínculos de sua família com a Coroa. Sempre simpática a uma colega *déclassée*, Constance havia acolhido Gillian em seu círculo de amigos mais próximos e se disposto a torná-la alguém de destaque na sociedade. Depois que tinham obtido algum sucesso, Constance passou à etapa seguinte, que era garantir um marido para ela.

E o escolhido tinha sido Apthorp.

Em todos aqueles meses em que foram cúmplices, arranjando pretextos para que ele fizesse visitas, analisando todos os seus movimentos em busca de alguma pista que indicasse que seus sentimentos progrediam, Gillian nunca mencionara qualquer vínculo com lorde Harlan.

Um compromisso muito rápido subentendia uma longa história e uma troca de votos que talvez tivesse sido feita antecipadamente. Se Gillian antecipara votos com alguém como Harlan Stoke, com certeza não estivera nem perto de se casar com Apthorp.

Não fazia sentido.

Só que mais perturbador do que tamanho lapso naquela relação de amizade era o modo como aquilo tudo fazia Constance parecer idiota para o homem que, naquele momento, segurava seu braço.

Idiota não. Descuidada.

Ela o olhou para ver ele chegar à mesma conclusão.

Apthorp estava completamente pálido e duro feito pedra.

~

– Que maravilha – disse Constance, em um tom absolutamente infeliz. – Suponho que devemos dar nossas felicitações ao casal.

Apthorp fez um sinal positivo com a cabeça, pois não conseguia pronunciar uma palavra. Seguiu Constance até a porta do camarote, tentando manter o semblante perfeitamente impassível.

Constatar que ele tinha razão era, em circunstâncias normais, muito satisfatório. Mas qualquer alegria advinda de demonstrar que Constance estivera errada foi sobrepujada pela repugnância em relação ao nome de Harlan Stoke. E diante da notícia de seu futuro casamento com uma jovem tão inofensiva quanto Gillian.

– Sinto muito – disse Constance em voz baixa, fitando-o. – Realmente não entendo como pude me enganar tanto.

Silêncio. Apthorp ainda não estava suficientemente recomposto para ter certeza de que conseguiria falar sem gritar.

– Por favor, não fique com raiva – pediu ela.

– Não estou com raiva – respondeu ele com esforço. – Pelo menos não de você.

– Estou me sentindo uma idiota – declarou ela no tom mais humilde que ele já havia ouvido.

O arrependimento naquelas palavras fez Apthorp voltar a si e à necessidade de reafirmar o propósito dos dois naquela ocasião. Tentou sorrir.

– Não importa. Eles não são uma preocupação nossa. Vamos dar uma volta antes que as cortinas subam. É importante fingir que estamos nos divertindo.

Ela agarrou o braço dele com mais força do que seria decente. Transtornado, Apthorp se permitiu inalar uma vez, com força, aquele perfume de mirra e gardênia, e apertou de leve as costas de Constance. Sentiu-se melhor.

– E se ninguém nos der atenção? – sussurrou Constance, percorrendo o aposento com os olhos.

Ele nunca a vira tão insegura. Pelo menos não na última meia década. Sentia vontade de trazê-la para perto e protegê-la dos olhares que ele atraía. Ou melhor, que os dois atraíam.

– Vão dar – disse ele com firmeza, vasculhando os arredores em busca de rostos simpáticos. – Olhe, ali está Avondale. Ele é alguém absolutamente fora dos padrões. Vai ficar feliz em nos ver. Talvez a reputação dele até melhore se for visto ao nosso lado.

Apthorp ergueu a mão para saudar o marquês, cujos olhos se iluminaram ao encontrá-lo.

– Muito bem – disse Avondale, batendo nas costas de Apthorp. – Lady Constance, ouvi dizer que a senhorita capturou o pior pretendente de Londres.

A provocação pareceu restaurar o bom humor de Constance.

– A reputação de lorde Apthorp para a imoralidade só perde para a sua, milorde – respondeu ela com doçura. – Mas eu me conformei em ficar com o segundo colocado.

Avondale jogou a cabeça para trás e riu. As pessoas ao redor perceberam. A aprovação de Avondale, um homem popular e rico, abriria caminho para os dois.

– Ansiosa para a ópera? – perguntou o marquês.

Constance abriu um sorriso forçado.

– Ouvi dizer que a ária é linda, mas parece que lorde Apthorp e eu somos o verdadeiro foco do entretenimento esta noite.

– Minha querida, com este vestido que está usando, quem se daria ao trabalho de olhar para o palco?

Avondale deu um sorriso maroto, tão lascivo que quase causava dor física. Constance apenas riu e fez um gesto atraente com o leque.

Meu Deus, ela era boa. Apthorp sabia que estava abalada, mas, observando aquela conversa fiada com Avondale, ninguém diria que momentos antes as mãos dela tremiam, agarradas ao braço dele.

Pela visão periférica, Apthorp avistou Cornish Lane Day, seu aliado no projeto dos canais na Câmara dos Comuns e um homem que nunca tinha olhado para nada com lascívia a não ser algum trecho de legislação. Apthorp o cumprimentou com gratidão.

– Lorde Apthorp – disse Lane Day, curvando-se. – Minhas sinceras felicitações.

– Obrigado – retrucou Apthorp. – Lady Constance, permita-me apresentá-la ao Sr. L...

– Ah, o Sr. Lane Day dispensa apresentações – interrompeu Constance, fazendo uma transição fluente do modo coquete e experiente que usara com Avondale para um tom respeitoso e recatado, muito adequado ao jovem e sério político. – Ouvi comentários elogiosos sobre seus discursos na Câmara dos Comuns.

– Ora, milady. Com certeza me lisonjeia – declarou Lane Day, parecendo atordoado.

Constance se aproximou dele e sacudiu a cabeça.

– De modo algum, senhor. Tenho acompanhado seu sucesso na eleição e nem sei dizer há quanto tempo desejo conhecê-lo. Sei como lorde Apthorp é grato ao senhor pela habilidade com que conduz o projeto na Câmara dos Comuns.

O sorriso de Lane Day desabrochou, pois, se ele tinha um ponto fraco, esse ponto fraco era a política.

– A legislação será muito importante para as Midlands. O custo do carvão fica alto demais sem um meio de transporte confiável.

– De fato, é um escândalo – afirmou Constance, solene. – Pretendo trabalhar incansavelmente pelo povo de Cheshire e espero que possamos ser aliados, milorde. Nesse meio-tempo, se houver qualquer coisa a meu alcance para garantir uma vantagem na votação, espero que me comunique. A hospitalidade da Casa de Westmead está inteiramente à sua disposição.

Lane Day sorriu para ela.

– Terei isso em mente.

Avondale deu um sorriso malicioso ao vê-la rasgar seda naquela conversa sobre política. Apthorp estava tão orgulhoso de Constance que poderia ter lhe dado um beijo. Sempre suspeitara que ela seria uma parceira admirável na política, com seu talento para os elogios e as trocas de favores. Não imaginara que também tivesse um talento para a diplomacia.

Com o canto do olho, Apthorp viu que Gillian Bastian e lorde Harlan Stoke se aproximavam. Os pelos da nuca se arrepiaram.

Constance seguiu seu olhar e disse:

– Com licença, cavalheiros. Devemos dar felicitações à minha querida amiga, a Srta. Bastian, diante de sua boa notícia.

Ela se virou e com um ar caloroso, erguendo o leque, inclinou a cabeça na direção do casal que se aproximava.

Lorde Harlan sussurrou algo no ouvido da Srta. Bastian. Apthorp viu nos olhos de Stoke o que estava prestes a acontecer.

– Constance – sussurrou ele, tocando em seu cotovelo.

Mas Constance já sacudia o leque para fazer uma saudação amistosa, chamando a atenção de todos ao redor.

Por um brevíssimo momento, Gillian parou e pousou os olhos em Constance. E então segurou a saia, deu uma guinada dramática e saiu caminhando na direção oposta sem dizer absolutamente nada.

Constance parou de forma abrupta, com o leque ainda no ar.

– Viu isso? – murmurou.

Ele tinha visto. Todo mundo tinha.

– Ela me ignorou. Gillian Bastian acabou de me ignorar.

Seus olhos grandes e belos, tão azuis, ficaram úmidos.

Meu Deus. Era possível que Constance Stonewell, aquele diabrete indomável que momentos antes parecia toda confiante e tranquila, estivesse prestes a chorar?

Julian a fitou, sem palavras.

É uma atuação. Sempre foi.

Ela não era inteiramente a mulher arrogante e desembaraçada que fingia ser. Apenas se esforçava muito, muito mesmo, para parecer assim.

Por algum motivo, aquilo partia o coração dele.

Julian apertou-lhe o punho até que ela o olhasse.

– Sorria... – disse ele, com suavidade.

Mesmo atordoada, ela obedeceu.

– Chegue perto de mim e finja dizer alguma coisa engraçada, inteligente e sobretudo cruel. Depois dê uma risada.

Com o olhar vazio, ela fez o que ele instruiu, embora tenha sussurrado palavras sem sentido – assobios e sopros que fizeram cócegas em sua orelha.

Ele deu uma gargalhada ruidosa e a contemplou como se ela tivesse acabado de dizer algo tão mordaz que o deixara chocado.

– Perfeito – murmurou ele. – Agora pegue meu braço e vá diretamente para o camarote. Se alguém se aproximar, sorria e acene, mas não pare até recuperar a compostura.

Para variar, Constance fez exatamente o que ele sugeriu.

– Sente-se ali – disse Apthorp, apontando para o assento mais próximo da parede, parcialmente oculto por uma cortina. Ele se sentou a seu lado e puxou a cortina com o sapato para mantê-la protegida dos olhares da multidão, ao mesmo tempo que ele mesmo permanecia bem visível a fim de evitar qualquer questionamento sobre a decência.

Ele sentiu que Constance tremia.

– Está tudo bem – afirmou ele, suavemente. – Ninguém está vendo você.

Ela encostou o nó dos dedos nos lábios e se apoiou na parede.

– Constance – sussurrou ele com intensidade. – Não deixe essas pessoas atingirem você. É a mim que elas querem fazer desfeita. Stoke me despreza há anos.

Lorde Harlan passava os verões em uma propriedade a alguns quilômetros do Solar Apthorp e havia se mostrado o pior tipo de vizinho. Tinham ficado sem se falar por dois anos e, quando isso aconteceu, a coisa quase descambara para a violência.

Constance se voltou para ele com olhos assombrados.

– Duvido que ele despreze você mais do que a mim.

Julian quis perguntar o que ela estava querendo dizer – sempre tentou imaginar o que causara o fim da breve amizade entre eles –, mas Constance sacudiu a cabeça, agitada.

– Sempre esperei o pior de lorde Harlan. Mas Gillian é minha amiga.

Ele estendeu o braço e apertou a mão dela.

– Lamento muito.

Sentiu vontade de dizer que *ele* seria seu amigo.

Que fariam outros amigos juntos. Amigos melhores.

Mas seria mentira, claro.

Porque ela planejava partir em um mês. Por causa dele.

Se ele soubesse que Constance era tão frágil, jamais teria concordado com aquilo. Mas era tarde demais, seus destinos já estavam traçados. Não havia como consolá-la.

– Simplesmente não consigo entender – murmurou ela para a parede.

Apthorp pegou a mão dela.

– É muito simples. Lorde Harlan é um canalha. Com um noivado tão às pressas, Gillian sem dúvida está sentindo que a própria reputação não é suficientemente sólida para sobreviver a um escândalo iminente.

– Acho que pensei estar acima desse tipo de tratamento. – Ela riu, um som amargo que congelou Julian. Ele sabia qual era a sensação de ser humilhado. – Com certeza você vai dizer que é besteira minha. Ou que eu mereci.

– Não – respondeu ele no mesmo instante. – Eu nunca desejaria vê-la magoada.

Ele pigarreou, desviando o olhar.

– Tudo isso vai passar. Temos um plano.

– Muito bem.

Hesitante, ela ergueu o queixo, mas apertou a mão dele, como se precisasse disso para ter forças.

Julian sentiu vontade de tirá-la dali e levá-la para algum lugar seguro e privativo onde pudesse explicar que ela havia se metido com algo mais complexo do que conseguia entender.

Mas ele não podia explicar, por isso deveria ser cuidadoso.

Não tinha condições de mudar o que já havia concordado em fazer. Mas não permitiria que ela sofresse mais por sua causa.

Era surreal. Fora Apthorp quem a impediu de desmoronar.

Quem imaginaria que ele dispunha de tais talentos?

Ela apertou a mão dele e ele retribuiu.

Precisava recobrar a compostura. Por ele.

– Constance, lorde Apthorp – disse o irmão, voltando a entrar no camarote. – Vejam quem eu encontrei.

Ela se virou para trás e encontrou o olhar penetrante de lady Spence.

Recomponha-se. Você só tem essa chance.

Apthorp ficou em pé num salto e fez uma mesura profunda.

– Minha senhora.

Os olhos franzidos de lady Spence não se afastavam dos de Constance, marcados pelas lágrimas.

Constance fez um cálculo rápido. Lady Spence nunca havia gostado muito dela e era arriscado demonstrar vulnerabilidade diante de um inimigo. Mas, se havia algo que sabia sobre a madrinha, era o fato de ser uma mulher que gostava de ter razão.

Constance esticou o pescoço e piscou, permitindo que uma única lágrima rolasse, trágica, por sua face.

Afastou a cabeça poeticamente, enxugando a lágrima como se tivesse sido surpreendida.

– Lady Spence! – disse ela, levantando-se para fazer uma reverência. – Que alívio ver um rosto amigável.

"Amigável" seria a última palavra que usaria para descrever o olhar penetrante da madrinha; mas, diante da evidente perturbação de Constance, a velha senhora a contemplava com um interesse maior.

– Vi o que aconteceu – declarou ela sem nenhum tipo de preâmbulo. – Eu e metade do teatro. A audácia daquela camponesa... Eu avisei para não andar na companhia de gente daquela laia.

– E tinha toda a razão. Estou arrependida por não ter lhe dado ouvidos.

– Não posso dizer que fiquei surpresa, considerando suas circunstâncias.

Lady Constance lançou um olhar cheio de significado para Apthorp, encarando-o com a mesma expressão que exibiria se encontrasse carne apodrecendo no chão de sua sala de visitas.

Constance ignorou o insulto e apertou as mãos.

– Ah, lady Spence, não sei o que fazer! Não pode imaginar minha angústia. Estou ouvindo os sussurros mais hediondos ao nosso redor, tudo por causa das calúnias publicadas por aquele terrível jornal. Nada disso é verdade, é claro, mas o momento é tão infeliz... – Constance fez uma pausa, como se abafasse um soluço. – Estou temerosa por nosso futuro.

Lady Spence fungou.

– E deveria estar mesmo. Deixei claro para Westmead que não aprovo esse casamento de forma alguma. Não consigo entender por que ele não o impediu.

Apthorp fez um ótimo trabalho ao não esboçar qualquer reação diante da conversa sobre sua inadequação.

O irmão de Constance apenas riu.

– Lady Spence e eu concordamos que sou excessivamente frouxo como guardião e que você precisa de alguém que a conduza melhor – disse ele animadamente. – Sugeri que talvez ela mesma sentisse em seu coração o desejo de endireitar você.

Constance suspirou.

– Normalmente eu argumentaria que não preciso ser endireitada, mas esta semana tem sido tão difícil que estou me sentindo punida. Ficaria grata em receber seus conselhos, lady Spence. É muito ruim me preparar para o casamento sem a presença e as orientações de uma mãe amorosa. Queria tanto não ser órfã....

Lady Spence lançou um longo olhar de avaliação.

– Farei o que puder por você. Mas me permita lamentar o pretendente escolhido.

Constance apertou as duas mãos sobre o coração.

– Ah, fico tão grata.

– *Caso* concorde em se cercar de pessoas respeitáveis – acrescentou lady Spence –, vou receber diversos membros da minha congregação amanhã, para um pequeno almoço. Junte-se a nós e verei o que pode ser feito por você. Talvez não seja tarde demais para transformá-la em uma dama direita.

– Quanta gentileza. Ficaria encantada em comparecer.

Lady Spence fitou Apthorp com intensidade.

– E leve-o com você. Creio que ele se beneficiaria muitíssimo do exemplo dado pelo meu pastor.

Apthorp abriu um sorriso gentil e gracioso que ela observara antes em muitas ocasiões, aplicado a todos, do vigário ao rei, por anos a fio. Aquele sorriso que ela desdenhava como incuravelmente entediante.

– Eu ficaria honrado, lady Spence – afirmou ele com uma humildade comovente. – Muito obrigado.

Lady Spence fez um sinal para Westmead, que a acompanhou para fora do camarote.

Quando ficaram sozinhos, Apthorp virou-se para Constance, mas ficou em silêncio. E então o rosto dele se abriu para exibir um sorriso absolutamente encantador.

– Lady Constance. Minha nossa. Será possível que seu plano esteja funcionando?

Ela cobriu o rosto com as mãos, pousou a cabeça no ombro dele e riu de puro alívio. Ele pôs o braço em volta dela, rindo também, o peito ribombando na altura do ombro de Constance.

A cortina se abriu e a multidão se aquietou. Os dois pararam de rir.

A soprano cantou, e pelas três horas seguintes eles não precisaram desempenhar papéis.

No entanto, Constance não pôde deixar de perceber que, durante toda a ópera, nenhum dos dois fez a mínima tentativa de se afastar.

Capítulo sete

O criado que cumprimentou Apthorp na porta da casa de lady Spence na manhã seguinte tinha os cabelos tão brancos, tão prateados, que parecia um fantasma do incêndio de Londres de 1666.

O homem anunciou a chegada de Apthorp em um aposento excessivamente quente, decorado com tapeçarias que pareciam ser anteriores à era Stuart. Apthorp se curvou diante da anfitriã, que permaneceu sentada, austera, em uma cadeira próxima ao fogo, e de Constance, que se encontrava ao seu lado, com as mãos dobradas no colo em uma pose recatada.

Ela sorriu com doçura, do mesmo modo que fizera na noite anterior quando ele a despertara ao fim da ópera, depois de ter adormecido em seu ombro.

Mesmo que não houvesse ninguém vendo a cena.

– Permita-me apresentá-lo a meus amigos – disse lady Spence. – Esta aqui é a Sra. Henry Mountebank, que tenho certeza de que o senhor conhece por seus inúmeros ensaios sobre teologia.

– É claro – concordou ele, esperando não ser atingido instantaneamente por um raio pela mentira.

– O reverendo Keeper, pastor de nossa congregação. E, claro, o Sr. Henry Evesham, cujo nome lhe deve ser familiar por seus relatos extremamente tocantes a respeito do vício.

Apthorp ficou paralisado.

Ele conhecia aquele nome. Henry Evesham era o editor de *Santos & Sátiros*.

Padre transformado em jornalista e de tendências evangélicas, Evesham desfrutava de cada vez mais reconhecimento pela gazeta que denunciava os vícios da cidade com o furor de um cruzado. Suas histórias expondo alcoviteiros e bígamos o tinham tornado popular entre os membros mais piedosos da Câmara dos Lordes, que recentemente o convidaram a dar seu testemunho sobre o que poderia ser feito para proteger os inocentes.

A mensagem de lady Spence ao convidar Evesham estava clara: era uma ameaça não muito sutil para que ele se mantivesse na linha.

– Prazer, lorde Apthorp – disse o Sr. Evesham.

O homem não se parecia em nada com a figura espectral que se imaginaria para um templário das letras. Era alto, de ombros largos, pés e mãos grandes como pás e olhos verdes inteligentes que mantinham a clareza tranquila de quem tem a certeza de que irá para o céu.

Que bom para o Sr. Evesham.

– É uma honra conhecê-lo – afirmou Apthorp, tornando sua missão pessoal manter uma aparência absolutamente serena ao ser convidado para dividir a mesa com o homem que o caluniara.

– Lady Spence, muito obrigada por ter nos convidado hoje – disse Constance. – Lorde Apthorp e eu estávamos ansiosos para conhecer melhor sua congregação.

– Ouvir isso me deixa muito feliz. Como os escritos do Sr. Evesham podem atestar, existe uma libertinagem sorrateira em nossa sociedade. Aqueles de nós com o privilégio da nobreza têm como dever expurgá-la.

Ela fitou Apthorp com um olhar cheio de significado, como uma enguia negra se enrolando na perna de alguém que entra no pântano. Meu Deus, ele odiava pessoas assim, com seus julgamentos de olhares penetrantes. Ofereceu um sorriso que valorizava a linha de seu queixo, coisa que aprendera depois de anos em Charlotte Street. Voltou seus olhos para Constance.

– Concordo – declarou Constance com um sorriso beatífico que ocultava qualquer sinal de que identificava a hostilidade tácita naquele aposento. – Sra. Mountebank, lady Spence me enviou recentemente seu ensaio sobre o sacramento do matrimônio. Há muito que desejo aprender com a senhora. O que mais quero é me tornar uma esposa amorosa seguindo o espírito da retidão cristã.

– Fico surpresa por saber disso – disse a Sra. Mountebank, com frieza. – Só se costuma ouvir seu nome associado à frivolidade e aos prazeres mundanos.

Apthorp pigarreou.

– Não é surpresa para mim, Sra. Mountebank. Os feitos de lady Constance podem ser pouco convencionais, mas tudo que ela faz tem como objetivo levar alegria às pessoas. Certamente existe virtude num coração tão grande quanto o dela. Não tenho dúvida de que ela seria de imenso valor para qualquer causa na qual sua congregação decidisse usá-la.

Constance ergueu os olhos, atônita.

Apthorp devolveu o olhar com firmeza, pois tinha dito algo no qual acreditava. Poucas pessoas eram mais determinadas em espalhar a felicidade em torno de si do que Constance, e ele se irritava ao vê-la sendo alvo de comentários tão maldosos feitos numa sala cheia de pretensos cristãos.

Considerava-se um homem de fé, mas, acima de tudo, acreditava na moralidade da consciência. O tempo que passara em Charlotte Street, onde bispos pecavam com a mesma liberdade que os fiéis, convencera-o de que demonstrar virtude em público nem sempre vinha acompanhado de escrúpulos no âmbito privado.

– Não tenho a menor dúvida de que os talentos de lady Constance beneficiariam nossa causa – disse Evesham, num tom simpático. – Sua capacidade de persuasão é tão lendária quanto seus bailes noturnos. Sou seu admirador há muito tempo.

– Ah, é mesmo? – perguntou Apthorp, surpreso pelo fato de os dois se conhecerem.

– O Sr. Evesham e eu tivemos o prazer de debater várias vezes no salão quinzenal da Sra. Tremaine – explicou Constance. – Embora lamentavelmente nunca nos encontrássemos do mesmo lado da discussão.

– Mesmo assim, sempre me pego refletindo sobre suas ideias muito depois do fim do debate – confessou Evesham.

Os dois trocaram sorrisos que atravessaram todo o salão.

Apthorp não gostou daquilo.

Quando falaram sobre a misteriosa publicação de seu poema em *Santos & Sátiros*, por que Constance deixara de mencionar que conhecia o editor?

– Não estávamos discutindo o intelecto de lady Constance – disse a Sra. Mountebank, rígida, interrompendo seus pensamentos. – Mas sim seu caráter. Há uma diferença, Sr. Evesham, não acha?

Constance assentiu antes que Evesham tivesse a oportunidade de responder.

– Tem toda a razão, Sra. Mountebank – disse ela. – Tenho muito que aprender sobre o cumprimento de meus deveres como cristã. E pretendo me dedicar a um estudo cuidadoso.

– Gostaria de acreditar nisso – fungou lady Spence. – Temi por sua alma desde que seu irmão a enviou para junto daquelas freiras como uma jacobina. E espero que lorde Apthorp não crie obstáculos.

Antes que ele pudesse reagir, Constance olhou para a mulher diretamente nos olhos e sorriu com tanta doçura que o tom gelado em sua voz provocou surpresa.

– Tudo o que existe de virtuoso no meu caráter eu aprendi a partir do exemplo do meu futuro marido. Lorde Apthorp é o homem mais sério, honesto e consciencioso que tive a honra de conhecer. Totalmente devotado à sua família e a seus arrendatários. Excepcionalmente comprometido com seus deveres na Câmara dos Lordes. E gentil. Que é uma qualidade que falta em muitas boas almas, não acham?

Lady Spence apertou os lábios com tanta força que os cantos da boca ficaram pálidos.

– Além disso – acrescentou Constance, voltando a seu tom leve e melífluo –, não há como negar que é bem-apessoado.

Evesham se apoiou no encosto da cadeira e deu uma gargalhada.

– Lady Constance, a senhorita fez corar seu pobre pretendente. Vejo que os rumores a respeito de um casamento por amor devem ser verdadeiros.

As bochechas de Apthorp arderam ainda mais por ter sido apanhado reagindo aos elogios. Queria ser capaz de resistir ao prazer intenso que vinha do seu âmago sempre que ela expressava apreciação por ele. A onda de pura emoção que sentiu no momento em que ela partiu em sua defesa quase o fez perder a compostura. Que Deus o ajudasse, pois estava trêmulo.

O reverendo Keeper, parecendo perturbado pelos rumos terrenos tomados pela conversa, tentou restabelecer o tom piedoso.

– Lady Constance, sinto-me lisonjeado ao ouvir sobre seu interesse por nossa congregação. Imagino que será capaz de fazer muitas obras importantes como condessa de Apthorp.

Constance abriu um sorriso ofuscante para ele.

– Ah, sem dúvida. O povo de Cheshire sofreu muito nessa última década. Por sorte, meu dote permitirá levar a eles um pouco de tranquilidade.

Talvez, se tiver condições, possamos instalar uma paróquia na propriedade. Além dos confortos materiais, desejo muitíssimo construir uma nova igreja, oferecer consolo para as almas dos nossos arrendatários.

– Não tinha ideia de que era tão piedosa, minha querida – comentou lady Spence com um ar de pronunciado ceticismo. – Nem que era tão caridosa.

Constance soltou uma gargalhada, rindo de si mesma.

– Minha senhora, lamento profundamente, mas está certa. Eu mal tinha interesse por minha própria alma, muito menos pelas almas dos outros. Mas, quando ouvi lorde Apthorp falando com tamanha emoção sobre as dificuldades das pessoas, o desejo de ajudar despertou em mim. – Ela fez uma pausa e encarou lady Spence. – E acho uma infelicidade que a legislação que lorde Apthorp tanto esperava pareça destinada a não ser aprovada. Ela teria melhorado imensamente as condições de todos naquelas terras, liberando meus recursos para serem usados em causas mais celestiais. Seja como for, mesmo sem os canais, tentaremos fazer o que for possível por nossos arrendatários, como é nossa obrigação. Infelizmente, a nova igreja precisará esperar.

Lady Spence e a afilhada trocaram olhares.

– É mesmo? – perguntou a senhora, com uma voz arrastada. – Pois bem, lorde Apthorp, que conveniente sua presença aqui conosco. Vamos nos sentar para o almoço e o senhor poderá nos falar mais.

⁓

Se a polidez determinada de Apthorp parecera insípida no passado, Constance começou a perceber, durante o almoço, a sabedoria de seus métodos.

Enquanto ela preferia obter favores usando as ferramentas mais grosseiras da lisonja e da insinuação, ele se valia de meios mais sutis. Apresentou de modo objetivo as virtudes de seu projeto, respondendo a todas as perguntas de lady Spence com raciocínio bem fundamentado e boa vontade. Não bajulou, não disse coisas para agradar e se portou com segurança, educação e respeito, e foi minucioso. Quando o segundo prato foi servido, já havia conseguido que lady Spence desse sua palavra e se comprometesse a falar sobre o projeto com o marido, sem ter que lhe fazer o pedido diretamente.

Depois, envolveu o reverendo Keeper em uma longa e irritante conversa a respeito da recente viagem do religioso a um encontro na Cornualha, assentindo o tempo todo, como se o assunto fosse tão fascinante quanto um dos relatos do Sr. Evesham a respeito das alcoviteiras de Seven Dials.

E fez tudo aquilo sob o olhar penetrante de Evesham, sem trair nenhuma vez qualquer desconforto por estar em sua presença nem demonstrar sinais de que reconhecia a agressão de lady Spence ao convidá-lo.

Aquela fachada insípida *era um talento*. Durante todos os anos em que desdenhara de seu ar sem graça, Constance deixara de perceber que ser afável daquele modo exigia o mesmo desempenho calculado que a atuação teatral dela.

Ao final da refeição, talvez ele não tivesse realmente conquistado a confiança de lady Spence, mas era óbvio que seus modos respeitosos no mínimo haviam esmaecido a força dos boatos.

– Pois você sabe, Constance – disse lady Spence quando se levantaram para partir –, que, quando sorri, fica idêntica à sua mãe. Ela era uma beldade, a saudosa duquesa.

Constance mordeu o lábio.

– É o que me dizem. Dói muito não ter tido a oportunidade de conhecê-la.

– Bem, estou certa de que agora é um consolo contar com a orientação maternal de lady Apthorp – comentou lady Spence. – Uma mulher tão encantadora, a condessa. De modos requintados.

Constance não via a mãe de Apthorp havia muitos anos e mal a conhecia, mas não admitiria aquilo.

– Ah, sim. Um grande consolo. Espero que ela venha a me tratar como uma filha.

Ela reparou que Apthorp desviou os olhos ao ouvir a menção à mãe e pareceu mais ansioso para ir embora.

– Talvez, lorde Apthorp, sua mãe possa nos acompanhar quando trouxer lady Constance para visitar nossa congregação – disse lady Spence, em um tom que dava a entender que era menos uma sugestão que uma ordem.

Apthorp sorriu.

– É muita gentileza de sua parte, milady. Minha mãe sem dúvida iria adorar se juntar a nós, mas infelizmente sua saúde fraca não permite que ela viaje para Londres. Os miasmas são um problema.

Constance o fitou com surpresa. Não tinha ouvido nenhuma notícia sobre os problemas de saúde de lady Apthorp.

Lady Spence franziu a testa.

– Ela não mencionou problemas de saúde em nossa correspondência. Com toda a certeza, a condessa seria fundamental para uma preparação favorável de sua futura esposa. Lady Constance se beneficiaria de sua habilidosa companhia. Convide-a – insistiu, lançando um olhar cheio de significado para Constance.

Constance abiu um sorriso reconfortante.

– Faremos de tudo para convencer lady Apthorp a enfrentar o ar pestilento. E, se tivermos a sorte de ser honrados por sua visita, certamente nós a acompanharemos até sua capela.

Apthorp fez uma careta, mandando sinais de alerta com os olhos.

Mas ela não viu mal algum em realizar tal promessa.

De fato, depois de ouvir a sugestão de lady Spence, achou mesmo que era uma excelente ideia.

❧

Apthorp ajudou Constance a subir na carruagem e partiu na direção leste, rumo à Strand, lutando para não sorrir.

Tudo havia sido preparado para que fossem humilhados, mas os dois haviam triunfado.

O plano de Constance estava funcionando melhor do que ele jamais imaginara. Ia tão bem que ele achava difícil acreditar que a naturalidade daquela parceria e o modo como se sentiam cada vez mais à vontade quando estavam juntos não fossem reais.

Claro que nada disso é real. Estamos atuando.

Mas em quais partes?

– Lorde Apthorp – chamou uma voz.

Henry Evesham vinha pela rua na sua direção.

– Gostaria de lhe falar em particular – disse Evesham, chegando a ele. – O senhor poderia me dar um momento?

– É claro – respondeu Apthorp. – Estou indo na direção leste. Quer me acompanhar?

Evesham sorriu.

– Obrigado. Vou ser franco e avisar logo que a questão é delicada.

Apthorp fez um esforço para não demonstrar desconforto.

– Pois não?

– Pensei em pedir sua ajuda para uma investigação que ando fazendo.

– Ficaria feliz em ajudá-lo, se estiver ao meu alcance – mentiu ele de um modo afável, grato por aqueles anos todos em que havia camuflado seus verdadeiros sentimentos por trás da mais estrita cortesia. – Como poderia lhe ser útil?

Evesham deu um sorriso tenso.

– Tenho certeza de que está ciente de que minha vocação é livrar a cidade do vício.

– Uma vocação nobre.

– Presumo que, como um aristocrata do reino, o senhor compartilhe do mesmo sentimento.

– Certamente. Vemos coisas desoladoras em Londres. Donzelas raptadas e obrigadas a se prostituírem. Exploração de crianças. Alcoviteiros que lucram com o desespero e a doença. Espero que esteja dirigindo seus esforços àqueles dentre nós que estão mais vulneráveis.

Seria um modo mais nobre de empregar esforços em vez de se limitar a envergonhar prostitutas e afeminados em suas páginas, pensou Apthorp.

Evesham assentiu.

– Nos últimos tempos, andei investigando uma pestilência moral crescente: os antros de iniquidade.

– Ah.

Londres estava atulhada de lugares assim, desde extravagantes casas do prazer habitadas por cortesãs cultas até bordéis esquálidos em Seven Dials, imundos e repletos de ratos e sífilis. Apthorp não se opunha aos esforços para proteger prostitutas e seus clientes, afinal, a fornicação sempre seria um mercado. Mas, se ele havia aprendido alguma coisa com o clube de Elena Brearley, era que tudo podia ser feito levando-se em conta a equidade, o prazer e a boa saúde.

– Acho sábio de sua parte defender as reformas e as regulamentações – declarou Apthorp.

– Um estabelecimento em particular tem merecido minha atenção especial – prosseguiu Evesham. – Ouvi falar de um lugar em Mary-le-Bone onde acontece todo tipo de atrocidade. Violência. Depravação. Sodomia. – Ele baixou a voz. – Tudo praticado em sigilo por aristocratas suficientemente ricos para manter seus vícios ocultos.

Apthorp manteve uma expressão neutra, apesar de sentir o sangue gelar. Aquele homem tinha mesmo a ousadia de se dirigir a ele para tratar do clube de Elena? Ali, nas malditas ruas de Mayfair? Ele queria jogá-lo contra a parede e dizer que a depravação estava no olho de quem vê.

– Fascinante – disse lentamente. – Mas não consigo ver como o que acontece em um lugar assim poderia superar em horror a sina das crianças sequestradas e das meninas indefesas. Talvez o senhor devesse redirecionar seus esforços.

Evesham suspirou, como se sentisse tanta dor quanto Apthorp.

– Não discordo de que tais crimes sejam mais graves aos olhos de Deus, meu lorde, mas serei sincero. Um humilde escriba deve atender aos interesses de seus leitores. Nobres com predileções pecaminosas são um tema que ajuda na circulação, e eu tenho um compromisso com os donos do jornal.

– Seus chefes devem ter gostos lascivos – comentou Apthorp.

– Se for verdade, meu senhor, eles não são muito diferentes de seus superiores. – Evesham lançou um olhar de esguelha significativo. – Pelas histórias que ouvi, parece que muitos companheiros seus da aristocracia acreditam estar acima das leis da decência.

– Assim como muitos membros do clero, infelizmente – rebateu Apthorp, num tom indiferente.

– E tal hipocrisia é ainda mais desconcertante – concordou Evesham. – Munido do seu conhecimento, talvez eu possa fazer minha parte para desvendar esses abusos.

– O que está sugerindo que eu faça para ajudar, Sr. Evesham?

Se o homem ia acusá-lo de alguma coisa, que o fizesse logo, pois ele já estava cansado de tantos rodeios.

– Tenho certeza de que o senhor sabe que publiquei um poema sugerindo que um homem não muito diferente do senhor, na descrição, talvez tivesse alguma familiaridade com o famoso estabelecimento que estou investigando.

Era de esperar que um homem de letras tomasse o caminho mais tortuoso para chegar a um ponto bem simples.

– Qualquer semelhança não passa de coincidência, eu lhe garanto. Mas seu poema era divertido. Lady Constance e eu demos boas e longas gargalhadas.

– Estou certo disso. Mas sei também que o senhor tem enfrentado dificuldades nada insignificantes em virtude dos boatos que se seguiram à publicação, por mais espúrios que sejam, segundo o senhor.

Evesham sorriu de um modo que, apesar de não ser maldoso, comunicava a clara crença de que os boatos não tinham sido nada espúrios. Um tom que sugeria que os dois entendiam como o mundo funcionava e que não precisavam fingir que não entendiam. Apthorp estava quase propenso a gostar dele pelo esforço em ser sincero. Quase. O problema é que Evesham estava sugerindo que ele o ajudasse a trair segredos de pessoas que consentiam em fazer determinadas práticas e que nada pediam além de tolerância para realizá-las em particular e sem ferir ninguém.

Apthorp diminuiu o passo, franzindo os olhos para sinalizar que os dois não eram aliados nessa questão.

– O ambiente político é muito volúvel, Sr. Evesham. A pessoa vira alvo de fofocas quando é conveniente para seus rivais que se acredite nessas conversas. Raramente isso coincide com a verdade.

Evesham assentiu de um jeito que deixava claro que compreendia que tinha sido descartado. Fez uma pausa, como se estivesse reconsiderando.

– Entendo. Um negócio sórdido, a política. Ainda assim me pergunto se não compartilhamos um interesse mútuo em encontrar a fonte desses boatos. Sou um grande admirador de lady Constance e desejo a ela toda a felicidade. Não tenho o menor desejo de vê-la constrangida. Se o senhor puder me ajudar na investigação, poderei retribuir mantendo seu envolvimento no mais absoluto segredo. Seja lá qual for esse envolvimento.

Apthorp o fitou. Evesham parecia estar fazendo aquela oferta de boa-fé, como se a implicação de suas palavras não bastasse para que um homem menos controlado lhe desse uma bengalada na cara.

– Vou ignorar o que está sugerindo, Sr. Evesham. E agradeceria se não mencionasse tais assuntos na mesma frase em que cita o nome de minha futura esposa.

– Não tive a intenção de ofendê-lo, lorde Apthorp.

As palavras foram ditas num tom tão peremptório que Apthorp quase quis acreditar que estivesse falando a verdade. Quem era aquele homem e quais eram seus interesses?

– Não importa a intenção, Sr. Evesham. Não tenho interesse em perpetuar as calúnias contra mim deixando parecer que estou preocupado com o assunto.

Evesham inclinou-se para a frente e cruzou as mãos diante do corpo.

– Claro, meu senhor. Mas quero ressaltar que qualquer pessoa que contribua com meus esforços para livrar a cidade da imundície terá garantido um grau de discrição de que não será possível desfrutar se mais tarde for constatada uma cumplicidade com a questão. Quero fazer o bem no mundo, e o convido a fazer o mesmo. Se o senhor se lembrar de mais alguma informação, espero que me escreva.

Evesham tirou um cartão do casaco e o ofereceu.

Apthorp não se mexeu para aceitá-lo.

– Sugiro que não fique em sua casa esperando minha correspondência, Sr. Evesham. É aqui que eu dobro a rua – disse ele, fazendo um sinal para a esquina. – Bom dia.

Evesham o fitou por um momento, como se estivesse decidindo se dizia mais alguma coisa.

Sem mais nenhuma palavra, devolveu o cartão ao bolso, fez uma mesura e seguiu seu caminho.

Apthorp entrou em um pub e esperou alguns minutos até ter certeza de que o sujeito tinha ido embora. Em seguida, decidiu refazer seus passos em direção a Mayfair.

Precisava falar com Constance.

Antes que Evesham falasse.

Capítulo oito

L ady Constance Stonewell sempre tivera a intenção de se apaixonar perdidamente, extravagantemente.

Algum dia.

O momento em que isso aconteceria, infelizmente, estava fora de seu controle, pois dependia da chegada de um homem.

Com toda a certeza, o cavalheiro seria bem-apessoado, embora o desenho preciso de seus traços não fosse de maior importância. E ele seria inteligente, embora não precisasse ser o mais brilhante de sua geração, pois ela tinha astúcia suficiente para os dois. Seria um homem gentil, mas não tão gentil a ponto de seus modos serem desprovidos de um grau adequado de altivez, e seria leal, acima de tudo a ela.

As dimensões de porte e de caráter eram passíveis de mudança, pois a coisa mais importante a respeito desse cavalheiro era o fato de que seria a primeira pessoa na história a desejá-la exatamente como ela era.

Ela não precisaria disfarçar seu amor pelas travessuras nem o coração excessivamente sensível para ser querida. Não teria que exercitar a sedução para cativar seu interesse, nem disfarçar traços de personalidade para mantê-lo. Ele a adoraria de todo o coração, sem reservas e, acima de tudo, sem a menor imposição da vontade dela. Seria completa e incondicionalmente louco por ela, e era assim que saberia que tal homem enfim havia chegado.

Como não encontrara ninguém que se assemelhasse remotamente a essa descrição, nunca passara muito tempo imaginando como seria estar apaixonada.

Mas naquele momento, sentada diante da escrivaninha, tomando providências para sua nova vida em Gênova depois de uma tarde fingindo a felicidade dos apaixonados, Constance ficou se perguntando como seria.

Seria como sentir orgulho pela habilidade dele de encantar sua madrinha enquanto um grupo de metodistas hostis tentava não desmaiar diante da elegância absurda no modo de ele segurar o garfo?

Seria como fingir cochilar na ópera só para poder descansar a cabeça junto ao pescoço dele e sentir o cheiro de sua pele?

Seria como ficar acordada à noite se lembrando das formas do corpo dele quando se agarraram no armário, incapaz de dar fim à tensão que se acumulava dentro dela porque, infelizmente, ele não estava na cama a seu lado?

Não podia ser. Porque, se fosse assim, ela estaria alegremente bordando as peças do enxoval em vez de fazendo arranjos discretos para fugir sozinha para o continente, certo?

– Milady? – chamou Winston, batendo suavemente na porta. – Lorde Apthorp está aqui para vê-la.

Ela deu um pulo. Que estranho. Havia se passado apenas uma hora desde que tinham se despedido.

Ela enfiou as cartas numa gaveta e seguiu Winston até o salão, onde Apthorp aguardava, com os olhos fixos na janela. Sem peruca, posicionado sob o sol, estava tão luminoso que parecia ele mesmo emitir luz.

Seria assim ver o homem por quem se está apaixonada? Seria ele tão belo a ponto de parecer reluzir?

– Ah, os jovens apaixonados – disse ela, com um ar de malícia para que ele não percebesse a agitação que sua chegada provocara. – Simplesmente não conseguem ficar longe um do outro por mais de uma hora.

Ele ergueu os olhos.

– Ah. Obrigado por me receber. Espero não estar incomodando.

– Vou perdoá-lo. Devia estar sentindo terrivelmente a minha falta para me procurar correndo depois de tão pouco tempo.

– Terrivelmente – concordou ele. – Confesso que nunca deixo de sentir.

Ela mordeu o lábio. A capacidade dele de dar respostas espirituosas ainda a surpreendia, considerando a falta de senso de humor que exibira durante anos. Desejou que ele tivesse demonstrado mais esse talento em vez das habilidades menos encantadoras de brigar, importunar e reprimir.

Os olhos dele foram parar no rosto de Constante.

– Tem alguma coisa no seu rosto – observou.

Ela pousou os dedos sobre a pele.

– É mesmo?

Ele riu baixinho.

– Ah, a tinta é culpada como sempre, lady Constance. Suas mãos estão manchadas.

Ela sorriu, embora na verdade estivesse irritada por aparecer salpicada de tinta marrom enquanto ele estava em seu esplendor veranil.

– Infelizmente, lorde Apthorp, como todos sabem, sou muito sem jeito com a pena.

Ele a encarou, mas não demonstrou ter capturado o duplo sentido em suas palavras. Em vez disso, caminhou em sua direção removendo as luvas.

– Aqui, permita-me.

Ele estendeu a mão e esfregou suavemente a pele sob o olho esquerdo com o polegar. Então franziu a testa e se lamentou:

– Só espalhei a mancha.

Ela prendeu a respiração, esperando que ele não percebesse que, por algum motivo, estava tremendo com seu toque.

Apthorp lambeu o polegar, endireitou o queixo de Constance com a outra mão e esfregou a pele com mais firmeza. Ela não sabia ao certo se era prazer ou constrangimento o que a fazia fechar os olhos e simplesmente deixá-lo agir.

– Pronto. Novinha em folha – disse ele, dando um passo para trás.

Ficou feliz por ele ter acabado antes que ela esfregasse o rosto na palma dele como se fosse um gato.

– Muito obrigada. Vou informar minha aia sobre a existência de um rival para seu posto. Mas, então, o que o traz aqui?

– Temo que Henry Evesham venha a nos trazer problemas – anunciou ele.

Constance suspeitara que Apthorp tinha ficado desconcertado ao constatar que ela conhecia o sujeito. No momento em que Apthorp descobrira isso, seu rosto assumira uma expressão tão impassível que ela temeu que lady Spence percebesse e declarasse vitória cedo. Mas Apthorp tinha conseguido contornar a situação com bastante habilidade.

– Não se preocupe. Foi indelicado da parte de lady Spence convidá-lo para o almoço, mas você lidou com tudo do jeito certo. Na verdade, você foi perfeito com ela. É provável que ela tivesse se oferecido para patrocinar seu projeto pessoalmente caso tivesse concordado em trazer sua mãe para a cidade. Aliás, você vai convidá-la, não é?

– Temo que não seja possível.

– Por que não? Ela está mesmo doente? Você não mencionou isso antes.

– Não, não está doente – disse ele de um modo que subentendia que seria rude fazer mais perguntas.

Apthorp lhe deu as costas, olhando mais uma vez pela janela em seu estilo altivo e superior de lorde Chato. Gentil de sua parte voltar ao velho comportamento a tempo de lembrar a Constance os motivos para nunca ter gostado dele.

Ela parou ao seu lado, de onde ele não poderia escapar.

– Sabe, Apthorp, trazer a mãe para a cidade parece um modo bem mais fácil de garantir a boa vontade de lady Spence do que comparecer a semanas de cultos e de estudos bíblicos. E não acha que ela aproveitaria algumas semanas da temporada? Sua irmã poderia acompanhá-la. As duas devem andar entediadas da vida rústica em Cheshire.

– Bem, Constance, se você tivesse a oportunidade de passar algum tempo levando uma vida rústica em Cheshire, talvez descobrisse que ela não é inteiramente desprovida de encantos – declarou ele, com um toque de agressividade na voz.

– Claro. Não tive a intenção de ofendê-lo – corrigiu-se ela, parcimoniosa, já que ele não estava captando a essência de seus questionamentos e ela não gostava de ser desconsiderada quando tinha razão.

– Não ofendeu – disse ele, obviamente mentindo. – Mas não é por esse motivo que vim até aqui para conversar. Por favor, vamos deixar esse assunto de lado.

Ele olhou para ela de forma incisiva, como se esperasse por um juramento solene. Mas Constance não fazia promessas pouco razoáveis a pessoas que se recusavam a dar explicações, mesmo que essas pessoas ficassem mais bonitas quando zangadas.

– Simplesmente não entendo por que não vai convidá-las se seria útil para nossa causa. Por que você sempre se recusa a dar explicações?

Um músculo na mandíbula dele estremeceu.

– Eu não quero que elas se envolvam em nosso noivado, Constance, por causa da forma como vai terminar. O escândalo vai deixar minha mãe horrorizada, e isso terá reflexos negativos sobre minha irmã. Nem toda mulher pode se dar ao luxo de ser tão despreocupada quanto você em relação à sua reputação.

Ah, como sempre, aquilo tinha relação com a fortuna dela e a falta de dinheiro dele. Nada deixava os homens menos dispostos a conversar com sensatez com uma pessoa do que saber que ela tinha algo que lhes faltava.

Aquele tom antigo e familiar de julgamento na voz era o lembrete de que ela tanto precisava. Não estava apaixonada por ele. Nem um pouco.

– Pois bem. Presumo que não tenha vindo aqui estritamente para me proibir de lançar vergonha sobre sua família com minha riqueza e meu caráter depravado, certo? Então, o que gostaria de dizer?

– A questão que mencionou na noite passada – respondeu ele energicamente, voltando a ser o velho e sem graça lorde Chato. – A questão que envolvia uma atriz. Podemos nos sentar?

Ele indicou com um gesto as poltronas no meio do aposento.

Constance passou pelas poltronas e se esparramou no sofá, numa pose um tanto insolente.

Ele se empoleirou em um assento diante dela, rígido, como se um perfeito grau de retidão da coluna pudesse endireitar os aspectos que considerava problemáticos na personalidade dela.

– Devo insistir em que me diga tudo o que você sabe e que então me prometa que não vai mais sondar por aí.

Se havia um único verbo que ela odiava que jogassem para ela, era o verbo *dever*. Gostava menos ainda quando acompanhado pelo desdém masculino às suas habilidades comprovadas. Se ele não confiava na ajuda dela, não via motivo para ser sincera. Sabia dos efeitos poderosos dos seus próprios poderes investigativos. Em relação aos dele, tinha imensas dúvidas.

Constance bocejou.

– Tudo o que sei é que a mulher que espalhava rumores a seu respeito parece ter ligação com o Theatre Royal. Você provavelmente tinha razão ao descartar essa história como mera especulação. Tenho certeza de que estava sendo dramática ao pensar que havia mais do que uma simples coincidência.

Apthorp a olhou com ar sério, deixando claro que não tinha se deixado enganar.

– Preciso que você me diga *exatamente* o que sabe – disse ele. – Em detalhes. Desde o início.

Que coisa mais chata... Ela preferia imensamente o falso noivo quando ele fazia defesas comoventes de seu caráter ou quando a aconchegava na ópera. Onde tinha ido parar aquele homem?

Decidiu começar a história bem do início. Talvez ele se entediasse tanto com a natureza circular da narrativa que resolvesse deixá-la em paz para salvar a vida dele.

– Muito bem – disse ela. – Suponho que nossa odisseia tenha início quando decidi juntar você e a Srta. Bastian.

Ele franziu as sobrancelhas de um modo um tanto bravo e perguntou:

– Você estava tentando promover nosso casamento?

Sim, e com muita assiduidade. Por que ele parecia tão ultrajado pela ideia? Constance não conseguia entender.

– De fato, eu estava. Não deixei isso claro anteriormente?

– Contou que achava que eu gostaria de me casar com ela, mas não mencionou que estava tentando *induzir* tal resultado.

Ele pronunciou as palavras como se tivesse acabado de descobrir que ela havia tentado deportá-lo para a Austrália em vez de providenciar-lhe uma esposa rica com quem tinha muitos pontos em comum.

– Não precisa ficar tão chateado. Estava tentando prestar um favor aos dois.

Ele sorriu, tenso.

– Consideraria um favor se eu tentasse convencer *você* a se casar com alguém totalmente inadequado?

– A Srta. Bastian não é inadequada. É rica, atraente, bem-educada e elegantíssima. Achei que os dois ficariam bem juntos. Vocês são parecidos.

Pelo ar dele, parecia que ela havia colocado uma espinha de peixe dentro do chá.

– Parecidos. Entendo. E presumo que não lhe escapou que a Srta. Bastian é insípida, cansativa e monótona?

Ninguém andava menos satisfeita com Gillian Bastian naquele momento do que Constance; mesmo assim, o desdém que ele demonstrava pela amiga dela era irritante. A Srta. Bastian não era exatamente insípida, apenas demonstrava um foco singular nos próprios interesses, que se limitavam sobretudo a compras. Uma atividade que Constance não achava nada entediante.

– Ela é insípida, cansativa e monótona, lorde Chato? Então entende por que achei que seria perfeita para você.

Ele olhou para ela com fúria, sem achar a mínima graça. Depois se levantou, afastou-se da poltrona em direção à janela, pressionou dois dedos contra o vidro e ficou em silêncio. Sua imobilidade a deixou vagamente nervosa, por isso ela sentiu alívio quando ele, enfim, se voltou outra vez.

Até olhar no rosto dele.

Os olhos de Apthorp estavam iluminados por uma energia tão estranha e assustadora que ela não conseguia dizer se o que o movia era a raiva, o cálculo ou alguma terrível combinação dos dois.

– Se acha que o que eu procuro é a monotonia, Constance – disse ele, inspecionando o rosto dela com cuidado, como se ela fosse um retrato de si mesma e não a própria –, então deve tomar muito, muito cuidado. Porque é questionável se você entende minimamente algo sobre mim.

Os olhares se encontraram, e ele sorriu de um jeito que não manifestava qualquer calor e que, de algum modo, fez com que ela se sentisse arder.

Não. Ela *não* entendia Apthorp quando ele a olhava daquele modo.

E nem tinha certeza de que algum dia tivesse entendido.

O que lady Constance Stonewell não poderia imaginar, porque era bem mais inocente do que julgava ser, era que a monotonia nunca tinha estado entre as características que ele apreciava nas damas.

O gosto dele favorecia as mulheres travessas.

E, se voltasse a ser chamado de lorde Chato, talvez ensinasse a ela em detalhes nítidos muitas outras coisas que ela havia avaliado mal nele.

Estava tentado a começar naquele mesmo instante, porque a expressão no rosto dela – como se o visse pela primeira vez – o incitava a deixar para trás todos aqueles anos em que havia escondido sua atração sob o manto das boas maneiras.

Queria encontrar o armário de empoar mais próximo e mostrar a ela como era capaz de ter péssimas maneiras.

Se não fosse pela necessidade de arrancar dela aquela *maldita* história a respeito dos boatos...

– Estou perdendo o foco... – continuou ele, deixando de olhar para ela de uma forma que ele tinha certeza que Constance perceberia e de que sentiria falta. – Você pretendia me casar com a Srta. Bastian. E, então, o que aconteceu?

– Pois bem – disse ela, a voz soando mais trêmula do que antes. – Na noite do baile de máscaras de lady Palmerston, fiquei observando enquanto você dançava com Gillian. – Ela pigarreou e pareceu recobrar a compostura. – Uma mulher num vestido azul-marinho espetacular puxou assunto. Era feito de um tecido como nunca vi igual. Deslumbrante. Gostaria de arranjar algo parecido...

Ela estava protelando o assunto da forma mais descarada.

– Vá direto ao ponto, Constance.

Constance franziu os lábios num biquinho, transformando-os em um pequeno botão de rosa.

– *Estou tentando.* Se entendesse alguma coisa de narrativas, teria deduzido que logo mais o vestido será um detalhe importante.

– Então prossiga, por favor – resmungou ele, entre dentes.

– Ela observou que era sua segunda dança com a Srta. Bastian e perguntou se eu achava que você tinha expectativas de casamento. Respondi que achava que as boas-novas eram iminentes. Ela ficou muito quieta. Depois, sussurrou que torcia para que a Srta. Bastian nunca se arrependesse, diante de tudo que ela ouvira falar sobre suas noites de quarta-feira.

Noites de quarta-feira. Era, de fato, um detalhe bem específico.

– Ela mencionou as quartas-feiras?

– Sim. E falou de um modo tão misterioso, tão sinistro, que eu, é claro, perguntei imediatamente o que queria dizer.

– E o que ela respondeu?

Constance o observou com os olhos semicerrados emoldurados pelos cílios longos e claros, depois deu um sorriso sem graça.

– Já não sabe?

Ele esperava não saber, com todas as forças.

– Constance. O que foi que ela disse *exatamente*?

– Disse que esperava que a Srta. Bastian gostasse de couro. E observou que os homens mais bonitos costumam ser os mais perversos.

Ah. Aquilo estava longe de ser a história completa, embora a palavra *perverso* o tivesse feito vibrar de irritação. Suas práticas *não* eram perversas.

– Entendo. E, a partir disso, você concluiu que eu gosto de umas boas chibatadas e me expôs aos jornais?

Constance ficou vermelha ao ouvir a palavra "chibatadas", o que o agradou de um jeito que não o fazia se sentir orgulhoso. O homem ferido e mesquinho dentro dele gostava de saber que ela não era tão indiferente em relação a esses assuntos quanto parecia. O homem ferido e mesquinho dentro dele queria deixá-la com a nítida impressão de que havia muitas, muitas coisas a respeito de alguém como ele que poderiam lhe servir de lição.

– Como pode compreender – continuou ela, com recato –, fiquei desconcertada. Quis perguntar o que significava aquilo, mas a dança terminou e a mulher se perdeu em meio à multidão antes que eu conseguisse me recompor.

Apthorp bateu com a ponta dos dedos na janela, longe de sentir qualquer tipo de satisfação. Ele já devia realmente ter absorvido a ideia de representar tão pouco para Constance, mas, cada vez que descobria um novo detalhe, a extensão dessa indiferença voltava a machucar.

– Devo compreender que destruiu minha reputação por causa de um rumor vindo de uma completa desconhecida? – indagou ele.

Ela se encolheu.

– Não. Na verdade, eu pretendia ignorá-lo inteiramente, por ser tão risível. Quero dizer, imagine você, *Apthorp*, fazendo traquinagens num antro de libertinagem.

Ele se virou, deu um passo à frente e olhou diretamente em seus olhos.

– É, Constance. *Imagine.*

Ela corou tanto que, apesar da fúria mal contida, ele precisou morder o lábio para evitar sorrir em um momento inapropriadíssimo.

– Seja como for, eu não tinha a intenção de me aprofundar no assunto, até que, naquela mesma noite, você me fez perguntas sobre presentes de noivado.

O que ele não daria para apagar aquele momento! Foi patético. Ele a encontrara a sós na biblioteca dos Palmerstons, pela primeira vez sem a companhia de Hilary ou daquele bando de amigos, e Constance perguntara a ele se achava que seu projeto seria aprovado. Tinha se sentido lisonjeado pelo interesse, tão empolgado por ficar sozinho a seu lado que as palavras simplesmente saíram.

O que você acha que uma dama gostaria de receber se um homem apaixonado se declarasse?

Estava determinado a não corar diante dessa lembrança.

– Por essa pergunta você concluiu que eu pretendia pedir a Srta. Bastian em casamento?

– Sim. E, a partir daquele momento, resolvi que devia garantir que você não era, de fato, perverso, pois Gillian não se interessa por qualquer homem e eu havia encorajado o par.

– Não se interessa por qualquer homem? Meu Deus, ela está prestes a se casar com o maldito Harlan Stoke. Você faz alguma ideia do que ele...

– Faço – respondeu ela. – *Faço, sim.*

O rosto dela ficou escarlate. Apthorp voltou a pensar naquela semana em Devon – uma que ele tentara esquecer com fervor – e teve a incômoda sensação de que algo pior havia ocorrido, algo mais desagradável ainda do que ele suspeitara a princípio.

– Entenda – disse ela, antes que ele pudesse transformar aquele sentimento perturbador em uma pergunta que possuísse o grau de delicadeza que o assunto merecia. – Eu não fazia a menor ideia de que Gillian se relacionava com ele. Ela havia me dado motivos para pensar que gostava bastante de você. E, assim, para minha paz de espírito, decidi examinar o assunto.

– Examinar? Como assim?

Apthorp foi instantaneamente tomado de horror ao imaginar Constance investigando aquilo mais a fundo. Havia um motivo para ele se manter sempre muito composto na presença dela: a aptidão estarrecedora de Constance para descobrir os segredos mais inconvenientes das pessoas.

– Como a mulher mencionou as quartas-feiras, pareceu fácil simplesmente consultar seu diário.

– *Você leu meu diário?*

– Bem, você tem o costume de deixá-lo sobre a escrivaninha, onde qualquer um pode encontrá-lo. – Constance pronunciou aquelas palavras de modo desafiador, como se o fato de ser possível invadir a privacidade dele desculpasse o ato infantil e errado. – E, como na ocasião você estava morando aqui, simplesmente pedi à minha criada que distraísse seu valete enquanto você estava fora, depois entrei nos seus aposentos e consultei as anotações.

Ele tentou pensar, com um pânico nauseante, no que podia ter escrito sobre as atividades das quartas-feiras. Soltou o ar. Nada detalhado o bastante para ser incriminador. Raramente registrava o dia com algo além de fragmentos.

Sessão em Charlotte Street com L. Garota travessa. Ficaram marcas.

Esta noite com M. Cordas adquiridas para a ocasião.

Vi F. Meu Deus, os sons que ela faz.

Os fragmentos eram, mesmo assim, suficientemente vívidos para que uma garota inexperiente chegasse a conclusões sem entender nada.

Que ela, de algum modo, tivesse uma imagem tão detalhada porém incorreta do aspecto absolutamente mais íntimo de sua vida era tão ofensivo, tão intrusivo, que ele chegou a sentir vontade de vomitar.

Em vez disso, disse apenas:

– Como se atreveu?

Ela ergueu o queixo.

– Olhe, estou cansada de ser transformada em vilã por fazer o que acho certo. Convido você a viver como mulher e a desfrutar das opções com as quais somos agraciadas e então me julgar por compartilhar informações sobre o que os homens fazem na sua privacidade. Guardei segredos assim antes, por discrição, e me arrependi profundamente por não ter agido de modo diferente. Não tinha intenção de prejudicar você. Só queria proteger Gillian. No entanto, por mais que eu lamente que minhas palavras tenham sido usadas contra você, não pode negar que eram verdadeiras. Não eram?

Ele não responderia. Se Constance iria se comportar com tamanha arrogância e virtuosismo em relação à própria superioridade moral, bem que poderia explicar a ele por que não tinha dito toda a verdade desde o princípio.

E, naquele momento, ele se perguntava quanto ela estaria omitindo.

– Uma pergunta, Constance. Por que não me contou que conhecia Henry Evesham?

Ela suspirou, como se ele estivesse sendo cansativo.

– Faço questão de conhecer todo mundo. Sabe disso. Não mude de assunto.

– Não estou mudando de assunto. Como foi que ele acabou recebendo seu poema?

– Não está sugerindo que eu tenha entregado a ele, está? – rebateu ela, arfando.

Depois daquele dia, não havia muita coisa a respeito dela em que ele não pudesse acreditar.

– Você fez isso?

– É claro que não! – retorquiu ela. – Se eu quisesse arruiná-lo, não me sujeitaria à indignidade pública de fingir que gosto de você.

Os dois se entreolharam, furiosos, e ele acreditou em suas palavras, mas não o bastante para torná-lo menos propenso a fervilhar de raiva.

– Termine sua história. Como sabe que a mulher é atriz se não sabe o nome dela?

– Ontem vi uma amostra do vestido na minha costureira. – Ela fez uma pausa. – Eu disse que o vestido seria importante. Chamamos isso de prenúncio.

– Ande logo com isso.

– Aquele vestido específico tinha sido vendido para apenas uma pessoa: uma cliente do Theatre Royal. O que significa que a mulher provavelmente é atriz. Minha costureira vai descobrir quem usou a peça e, aí, teremos outra pista.

– Não – retrucou ele. – Já pedi que você parasse com isso. Não volte a perguntar nada à sua costureira. E, faça o que fizer, não diga nenhuma palavra a Henry Evesham. Ele está remexendo na história e não quero que pense que um de nós tem qualquer interesse nela.

– Muito bem – disse ela. – Mais alguma exigência pouco razoável e autodestrutiva ou isso basta?

– Isso basta. Tenha um bom dia.

Ele deu a volta e caminhou energicamente na direção da porta.

– Espere – disse ela com frieza, levantando-se ligeiramente do sofá.

Ele só poderia presumir que ia pedir desculpas, por isso fez uma pausa.

– Desculpe minha franqueza, pois sei que despreza que as damas a manifestem. Mas, como hoje é quarta-feira, seria um descuido de minha parte não pedir que você falte ao compromisso habitual.

Ele a fitou. O rosto dela parecia desafiadoramente impassível.

– Deve estar brincando.

Ela se levantou completamente.

– Garanto que não, Apthorp.

E pensar no que passara pela cabeça dele durante o almoço: *É assim que seria se ela realmente estivesse apaixonada por mim.* E naquele pensamento traiçoeiro que veio a seguir: *E se ela não estivesse fingindo?*

Sentiu o gosto da bile na garganta por se deixar levar por tamanha tolice.

A única coisa verdadeira ali era a péssima opinião que ela tinha a respeito dele.

Apthorp sacudiu a cabeça.

– Meu Deus, as coisas que você pensa de mim.

– Não penso – ela o corrigiu em voz baixa. – *Eu sei.*

Ele estava com tanta raiva que chegava a tremer. Olhou para ela durante um bom tempo, com intensidade.

– Você não sabe de nada, Constance. E, embora se ache importante demais para ser educada, peço que, enquanto precisarmos estar juntos, me conceda a decência de refletir sobre o que está dando a entender sobre o meu caráter quando diz coisas assim.

– Tudo o que estou dando a entender é que suas práticas habituais das quartas-feiras não são condizentes com nossos objetivos – declarou ela com uma calma de dar ódio.

– Eu não tenho como praticar meus hábitos de quarta-feira, Constance, porque, além de ser uma tolice agir assim diante do cerco de Evesham, também seria uma total falta de cuidado e de respeito com minha suposta futura esposa. Não seria?

– Sim – disse ela, com impertinência. – Seria.

Apthorp jogou as mãos para o alto.

– E ainda assim você acha que eu o faria? Que eu me arriscaria a humilhá-la por uma *trepada*?

Ela ficou em silêncio, o rosto contraído de amargura.

Ele se aproximou dela, chegando tão perto a ponto de obrigá-la a encará-lo.

– Você é sempre muito rápida em presumir que sou uma pessoa descuidada. Alguém que prejudica os outros sem pensar nas consequências. Já parou para pensar por que age assim?

Ela o fitou com raiva.

– Não estou entendendo o que quer dizer.

– Acho que está, sim. É suficientemente observadora para já ter concluído que costumamos detestar nos outros as características que mais odiamos *em nós mesmos.*

Capítulo nove

As palavras de Apthorp atingiram-na como um saco de tijolos nas costas, dificultando a respiração. As velhas e familiares alegações. Constance, a maldosa. Indigna de confiança.

– Entendo – disse ela, lentamente, para que ele não percebesse seu esforço para não chorar. – Acredita que eu penso essas coisas sobre você porque eu mesma sou assim. Acha que eu prejudico as pessoas.

– E não prejudica? – perguntou ele em voz baixa.

Ela sacudiu a cabeça, enxugando a umidade dos olhos.

– Não sei por que estou surpresa em ouvir você dizer isso. Sempre pensou mal do meu caráter. Por que não acreditaria que sou cruel?

– Cruel não – disse ele. – *Imprudente*.

Aquela maldita palavra. Como ela odiava aquela palavra.

– Sim, você me acha imprudente desde aquele dia em Devon, não é? Pois bem, talvez tenha razão. Talvez eu seja imprudente. Porque eu não estava tentando chamar a atenção *dele* naquele maldito dia... eu estava tentando chamar a *sua* atenção. E, pela imprudência dos meus esforços, fui premiada com sua baixíssima estima desde então.

Ela lhe deu as costas, saiu do aposento e bateu a porta ao passar, com imprudência. Percorreu os corredores de mármore com imprudência, pesadamente, e conseguiu evitar ser pega debulhando-se em lágrimas com imprudência até ter subido metade da escadaria quando então, com imprudência, esbarrou com Rosecroft.

– Constance! O que houve?

Ao ouvir seu tom preocupado, ela se jogou em seu ombro e chorou com imprudência.

– Eu odeio aquele homem – afirmou, agitada. – Como é desagradável!

– Que homem?

– Seu maldito primo, o maldito Apthorp.

Sob a bochecha molhada, o peito de Rosecroft se agitou suavemente. Ele deu tapinhas em suas costas, moveu-se para o lado e procurou um lenço em seu bolso, para oferecer a ela.

– De fato, maldito Apthorp! – disse ele, parecendo achar graça e sentir pena ao mesmo tempo. – Tiveram a primeira briga de namorados? Não se preocupe, minha querida. Você poderá desfrutar de todo tipo de momentos de carinho com o rapaz assim que o perdoar por ter feito o que a incomodou. Faz parte da diversão – concluiu, e piscou para ela.

Seus modos bem-intencionados e bem-humorados fizeram Constance chorar ainda mais, porque não era uma briga de namorados. Era uma briga de *inimigos* e vinha sendo preparada silenciosamente desde que ela retornara da França, aos 17 anos.

Fiel a seu temperamento, Constance agira de modo impulsivo. E, fiel ao temperamento dele, Apthorp vinha usando isso contra ela desde então.

– Vou para o meu quarto. Diga a Winston que não quero ser incomodada por ninguém.

Ela ouviu Rosecroft rindo baixinho enquanto ela se dirigia para o quarto, onde fechou as cortinas, deitou-se na cama e fitou o teto, muito infeliz.

Lamentava cada momento daquele evento odioso em Devon. Tinha ficado tão empolgada por voltar para a Inglaterra! Depois da estadia humilhante em sua terra natal aos 14 anos, Constance seguira para a França determinada a se transformar numa mulher que jamais voltaria a sofrer rejeição. Sairia por cima não por se adaptar às normas vigentes, mas por ser tão astuciosa que não precisaria cumpri-las.

Então, assim que terminou o último ano na escola do convento, instalou-se no apartamento da tia no Marais e dedicou-se a um único objetivo: observar as elegantes e astutas damas francesas que frequentavam os saraus ali. Tornou-se aprendiz na absorção desses segredos. Como enfatizar os supostos defeitos para exagerar a singularidade da própria beleza. Como se vestir para arrasar corações. Como atrair o olhar de um homem sem se dar ao trabalho de olhar para ele. E o mais importante: como avaliar um ambiente.

Por meio de observações cuidadosas, era possível sentir quando havia vantagem em parecer misteriosa e marcante ou humilde e atenta, ou ainda lisonjeadora e generosa – e se ajustar a cada situação. Como ficaria claro posteriormente, aquele era um dom inato de Constance.

A arte da influência, observara ela, não era uma questão de ser perfeita, mas de ser a coisa certa para a pessoa certa. Ser admirada e indispensável para todos – flutuar por um oceano de elogios e de favores – era mais tranquilo do que cultivar relacionamentos íntimos e seus vínculos. Isso porque, quando alguém a conhecia verdadeiramente, era possível ser considerada insuficiente e ser descartada.

Depois de se lapidar até se transformar numa joia de facetas suficientes para cintilar sob qualquer tipo de luz, Constance concluiu seus estudos aprendendo a flertar. Logo descobriu que estava fazendo tudo errado. Quando se encantava por um homem, não era preciso anunciar o fato aos quatro ventos. Com certeza, também não era adequado ficar à espreita dele atrás de um arbusto, como havia feito com lorde Apthorp. *Mais non.* Para atrair a atenção de um homem era crucial nunca, jamais, deixar que ele soubesse disso diretamente. Era preciso fazer com que *ele* a notasse. E, assim que isso acontecesse, fazer com que ele achasse que você não o tinha notado.

Portanto, quando o irmão a convocou de volta à Inglaterra, para assumir seu lugar na família, e Hilary anunciou que organizara uma pequena recepção em Devon, para acolher Constance antes de sua primeira temporada em Londres, ela decidira que era sua missão botar em prática todas aquelas lições. Ela deixaria os ingleses atordoados.

Particularmente aqueles que a olharam com desdém na visita anterior.

Particularmente o parente muito bem-apessoado da prima, aquele sujeito rígido e um tanto mesquinho, o conde de Apthorp.

E teve sorte: ele estava entre os convidados na ocasião.

Ainda se lembrava de como ele arregalara os olhos no dia em que ela apareceu na sala em um vestido que era de estilo parisiense em todos os centímetros, com um decote audaciosamente pronunciado, joias que não combinavam cobrindo todo o pescoço e o cabelo claro em um penteado tão alto que quase roçava no batente da porta. Não parecia inglesa. Não parecia uma menina.

Parecia *sensacional*.

E, assim que se assegurou de que ele reparara nela, assim que sentiu os olhos dele acompanhando-a pelo salão, Constance fez questão de falar com todos os hóspedes da residência, menos com ele. De atuar em cenas que não tinham papel para ele. De bocejar quando ele entrava na conversa. De deixar claro que achava que ele tinha hábitos tediosos.

Funcionou.

Podia sentir que ele a observava. Constance não reconhecia abertamente sua presença, mas fazia piadas que supunha que ele acharia engraçadas sempre que estava por perto e fingia não notar seus sorrisos. Sugeriu que desejava ser acompanhada aqui e ali em Londres, para que ele pudesse ouvir e convidá-la para um passeio depois que voltassem para a cidade. E, por fim, partira para o golpe mortal: derramou todas as atenções sobre a pessoa do grupo de que ele parecia gostar menos: lorde Harlan Stoke.

O flerte começou de forma inofensiva. Palavras sussurradas no jantar. A permissão para uma segunda dança. Deixar que ele desenhasse um retrato dela enquanto sentavam-se ao sol no gramado. Tudo bem planejado para ser observado pelo verdadeiro objeto de seu fascínio.

Quando Apthorp pediu para ter uma palavra em particular durante um piquenique na hora do almoço, Constance achou que tinha conseguido levá-lo até onde queria. Ficara tonta de ansiedade imaginando que ele finalmente se declararia. Em vez disso, ele a puxara para um canto a fim de lhe passar um sermão sobre comportamento.

– Posso perceber que tem um fraco por lorde Harlan, o que é natural. Mas nem todos os homens são honrados. Cuidado para não se colocar numa situação que irá prejudicá-la.

Constance sentira-se tão constrangida diante da condescendência dele que teve ânsias de chutá-lo. Em vez disso, fez um agradecimento carregado de frieza, voltou para o piquenique e se jogou com ainda mais vontade para Harlan Stoke.

Pois, se não conseguia enciumar lorde Apthorp, poderia ao menos *provocá-lo*.

De fato, a ideia de finalmente provocá-lo a ponto de abalar seus modos tranquilos, educados e condescendentes causava em Constance uma emoção deliciosa. Imaginava estratégias que poderia empregar para fazer com que ele finalmente perdesse a paciência. Imaginava fazer algo tão ultrajante – invadir seu quarto e deixar um lencinho entre suas camisas engomadas ou seu cartão entre as páginas do diário – que ele ficaria furioso a ponto de quebrar seu tedioso código de decência e irromper no quarto dela para brigarem em particular. Imaginava estar despida no momento em que ele chegasse. Imaginava Apthorp trancando a porta e dizendo que damas que agem como meninas malvadas devem ser tratadas com a devida maldade. Ele talvez a pusesse sobre seus joelhos e...

Era só uma fantasia, é claro. Se ele tentasse alguma coisa desse tipo, ela sem dúvida começaria a gritar, ou a atacá-lo com a tora de lenha mais próxima, ou empurrá-lo pela janela aberta.

Mas a *ideia*... Ele, todo intenso com a raiva, o olhar sombrio grudado nela, talvez com a gravata desfeita e a camisa desarrumada, talvez sem peruca. As mãos tentando alcançá-la, fortes e masculinas...

Era uma cena e tanto para imaginar na hora de dormir.

Em especial porque seu estratagema com lorde Harlan parecia estar funcionando.

Lorde Harlan era o que os franceses chamariam de *une proie facile* – uma presa fácil. Cada vez que ela fazia um comentário audacioso, ele respondia com outro ainda mais ultrajante. Quando o tocava com o leque, ele encostava no sapato dela embaixo da mesa. Quando ela usava um vestido decotado, ele não se esforçava para disfarçar quanto apreciava seus seios.

E Apthorp reparou nisso. Cada vez que ela ria de uma das piadas sujas de lorde Harlan ou lia um trecho malicioso de poesia para ele, ou, ainda, quando se juntava a ele para roubar no carteado, Constance notava quão furioso Apthorp parecia ao vê-la agindo de forma tão desavergonhada.

Era delicioso cozinhá-lo em fogo brando.

Mesmo assim, ele ainda mantinha a compostura. E em breve iria embora. À medida que os dias de sua visita iam se esgotando e ela continuava sem conseguir o que queria, Constance ficava cada vez mais irritada.

Imprudente.

E assim, no último dia dele em Devon, numa tarde entediante e infindável na qual lorde Apthorp se dedicou à correspondência enquanto os demais escreviam poemas tolos e faziam desenhos cômicos dos cães, ela decidiu dar o último passo para ganhar o jogo de uma vez por todas. Ficou bem ao alcance dos ouvidos de Apthorp e cochichou a lorde Harlan que se encontrasse com ela na galeria de retratos, do outro lado do jardim, a fim de que ela pudesse lhe mostrar a escultura de Leda e o Cisne, a joia da coleção.

Ela sabia que Apthorp desaprovaria que ficasse a sós com lorde Harlan e que não deixaria de segui-los. Talvez até maculasse o brilho de suas botas impecavelmente engraxadas atravessando o caminho enlameado de chuva que cruzava o jardim. Talvez berrasse com lorde Harlan por manchar a sua honra de donzela.

Era um plano mesquinho, mas aquilo a divertia.

Até que se viu a sós com Harlan Stoke.

E lorde Harlan, por sua vez, também sabia como fazer a leitura de um ambiente. Na realidade, a presa fácil não era ele.

A presa fácil era *ela*.

Na galeria vazia, o homem abandonou qualquer pretensão de decoro.

– Gosto de seu tipo, lady C – ronronou ele em seu ouvido, aproximando--se demais para o gosto de Constance. – Nós, ingleses, deveríamos mandar todas as garotas bonitas para a França.

Ela batera nele com o leque prateado e escapulira para inspecionar uma escultura de segunda classe da deusa Atena.

– Muita gentileza sua – disse ela, olhando para trás. – Mas temo que nem todos os espécimes femininos voltariam tão bem moldados quanto eu.

– Ah, você é muito bem moldada – declarou ele em voz baixa, voltando a se aproximar dela. – Prefiro ver *você* moldada em gaze a olhar para um pedaço de mármore.

Constance começou a se sentir pouco à vontade, mas não queria parecer provinciana. E, de qualquer modo, ele só estava jogando um jogo que ela mesma inventara. Por isso apenas piscou e falou:

– Ah, lorde Harlan, que ultrajante.

E logo fugiu de seu alcance, torcendo para que ele percebesse que não estava interessada. Só que o grau de interesse dela não demonstrou ser re-levante para ele.

– Que tal se nós dois encenarmos uma de suas peças de teatro – murmu-rou, diminuindo a distância que ela insistia em manter. – Você será Leda e eu serei o Cisne.

Ela recuou com menos sutileza e ele se aproximou mais, até que os dois se encontraram bem próximos de um enorme cortinado que protegia as pinturas da luz. Não havia para onde ir.

– Por que não me mostra sua forma artística? – insinuou ele com lascívia, passando um dedo sujo de charuto no decote de seu corpete. – Suspeito que é bem mais bela do que a arte.

– Querido lorde Harlan – disse ela com leveza, embora sua pulsação estivesse disparada como a de uma lebre. – Nunca esteve em uma galeria? A arte está *nas paredes*. Mas esta coleção é insípida. Venha, vamos voltar para junto dos outros. Quero organizar um jogo de *vingt-et-un* e pegar o seu dinheiro.

Ele se aproximou tanto que os ombros dela roçaram nas cortinas e ela sentiu o cheiro da refeição matinal no hálito dele.

– Ainda não. Há muitas outras coisas belas aqui que eu gostaria de admirar.

E então as mãos dele foram para todas as partes ao mesmo tempo.

A boca de lorde Harlan era úmida, sufocante, deixando trilhas pegajosas sobre a pele do pescoço. Os dedos dele cheiravam a tabaco úmido. Constance tentou se esgueirar para longe, querendo sinalizar de modo educado que ele interpretara suas insinuações de forma equivocada. Mas quanto mais ela se retorcia, mais intensamente ele se remexia junto a seu corpo, e mais assustada ela ficava.

– Pare com isso...

Como estava com medo, sua voz saiu tão débil que mal conseguiu ouvir as próprias palavras. Ele arrastou aqueles lábios podres até o seu rosto, tentando beijá-la na boca, e foi tão horrível que ela apunhalou com força a ponta filigranada do leque prateado no pescoço dele, arranhando-o desde a gravata até a orelha, sem parar até sentir que a ponta esbarrava no osso.

– Maldita! – gritou lorde Harlan, recuando com um olhar ultrajado.

Ela ajeitou o corpete e a saia, irada e incapaz de olhá-lo nos olhos, rezando para que os pelos escassos da barba não tivessem deixado marcas reveladoras no seu pescoço.

Naquele instante a porta se abriu.

E lá estava ele.

Lorde Apthorp.

Olhando para ela, corada e descomposta, com o vestido fora do lugar, e depois para Stoke, ofegante.

– Estamos ocupados, Apthorp – escarneceu Stoke, dando as costas para o recém-chegado.

Apthorp manteve-se completamente ereto, olhando para Stoke e depois para ela.

– Lady Constance – disse ele, numa voz que não era zangada, mas algo bem pior: profundamente preocupada. – Precisa de ajuda?

Ainda tão horrorizada e humilhada a ponto de não confiar na própria voz, ela só conseguiu sacudir a cabeça. Apthorp ergueu o queixo em um sinal silencioso e fechou a porta sem dizer uma só palavra.

Espere, ela quis gritar. *Não é o que está pensando. Estávamos jogando um jogo, e ele descumpriu as regras.*

Stoke tinha acabado de arrumar a gravata e abriu um sorriso falso, como se tudo aquilo não passasse de uma piada.

– Para uma garota que se comporta como uma vadia, você beija como um bode.

Os olhos de Constance se encheram de lágrimas enquanto ele deixava o local.

Mais tarde, ela encontrou vestígios da pele nas lâminas serrilhadas do leque.

Queimou tudo na lareira, como uma bruxa.

Nem lorde Apthorp nem lorde Harlan Stoke voltaram a lhe dirigir a palavra durante o restante do tempo que passaram em Devon. Apthorp foi embora naquela mesma noite, alegando que tinha sido chamado a voltar a Cheshire antes da hora.

Mas Stoke permaneceu por uma semana, sem fazer segredo do desdém que sentia por ela.

Primeiro, exibiu-se cortejando todas as outras moças, só para conferir se ela o observava. Descobriu sua plateia mais receptiva em lady Jessica Ashe, de apenas 15 anos. A pobre menina parecia prestes a desmaiar de prazer quando ele falava com ela e logo se tornou uma favorita, seguindo-o por toda parte como um cãozinho amoroso e leal.

Eu deveria avisá-la, pensara Constance. *É provável que ele também vá tentar pôr as mãos nela.*

Mas se sentia tão atordoada, culpada e enojada por sua participação no que havia acontecido que apenas ignorou o flerte sem dizer nada.

E quando, menos de um ano depois, começaram a cochichar sobre lady Jessica... uma jovem que tinha arrumado problemas e que nunca desfrutaria de uma temporada social...

Ela se odiou por não tê-la avisado.

Prometeu a si mesma que, da próxima vez que suspeitasse de que um homem não seguia as regras do decoro, faria alguma coisa.

Aproveitaria seus dons inatos para a observação para se colocar em uma posição social que lhe desse informações privilegiadas. E usaria isso como uma foice.

Não por ser *cruel*. Não por ser *imprudente*.

Muito pelo contrário: por ter aprendido a lição.

As mulheres precisavam proteger umas às outras.

E se, seguindo a mesma lógica, *um homem* fosse tolo e cego, pois bem, por Deus, ela também iria protegê-lo.

Sim, ela faria exatamente o que sempre fez: usaria a informação a seu dispor na defesa daquilo que, em seu íntimo, julgava ser correto.

Agora, obrigava-se a sair da cama e se sentar na escrivaninha, tomando sua arma mais eficiente: a pena. Escreveu até ficar salpicada de manchinhas de tinta, exausta, e ver que a ação a ser tomada estava descrita de forma sóbria em duas cartas.

Uma delas se destinava a Gillian Bastian. E a outra era endereçada ao Solar Apthorp, em Cheshire.

Lacrou as duas e as deixou na escrivaninha de Rosecroft, para serem postadas no correio.

Em seguida, convocou a criada para tirar o vestido e ajudá-la a colocar sua camisola mais confortável, dos tempos do convento. Encolheu-se na cama, cansada demais para se cobrir com a coberta de penas de cisne, e, apesar de serem apenas oito e meia da noite, adormeceu.

Às dez e meia, uma batida na porta a despertou.

– Lady Constance – disse Winston. – Lamento incomodá-la tão tarde, mas lorde Apthorp está aqui e exige falar rapidamente com a senhorita.

O salão dos Rosecrofts estava quase às escuras, com as últimas brasas na lareira já esmorecendo. Apthorp, ansioso, arrumou a fita em torno de seu presente.

– Está nervoso – observou Rosecroft, girando o conhaque na taça.

Apthorp olhou com fúria para o primo.

– Não estou nervoso. Só impaciente.

Rosecroft abriu um sorriso torto e esticou as pernas diante da lareira, preguiçosamente.

– Constance ficou em um estado terrível desde que você saiu daqui feito um raio. Não gosto de vê-la assim.

Nem ele, aparentemente. Tinha partido dali determinado a não voltar a falar com ela até ser necessário, mas, na metade do caminho para Westminster, a culpa que sentiu pelo que disse e pelo modo como deixara as coisas foi tão intensa que ele saíra pelas ruas em busca do presente tolo e sentimental que tinha suas origens em histórias inventadas.

Por que tinha forçado uma briga com Constance, sabendo que a sinceridade só parecia piorar tudo? Por que não podia ter simplesmente ignorado o que ela fez na semana anterior e se obrigar a trocar apenas amenidades até conseguir começar aquele negócio terrível de esquecê-la?

A verdade, porém, era suficientemente óbvia para que ele não conseguisse evitá-la, por mais furioso que andasse pelas ruas imundas.

Porque tudo isso tem muito mais de uma semana. Bem mais.

São anos.

Apthorp sempre tivera esperanças de que, se conseguisse ignorar aquilo – a semente de infelicidade que havia entre os dois, jamais mencionada –, tudo simplesmente desapareceria, como um pesadelo. Havia achado que, quando conseguisse ser honesto com Constance sobre o que sentia, aqueles poucos momentos desagradáveis da juventude se tornariam irrelevantes.

Mas eles eram relevantes, era óbvio. Aquilo havia se tornado uma espécie de tensão fervilhante, uma coisa constante que se agitava sob todas as conversas. Se ele não lidasse com aquilo imediatamente, poderia entrar em combustão bem antes de o projeto ser aprovado.

E aí toda aquela tortura teria sido em vão.

– Estou arrependido de uma coisa que fiz – confessou para Rosecroft, sem saber muito bem se se referia àquela tarde ou a anos antes, ou a outras ocasiões que, pensando bem, tinham sido influenciadas pelo tal momento na galeria de retratos.

– Acontece – suspirou. – E você está agindo bem em conversar com

Constance antes que ela vá dormir. Se aceita um conselho, nunca deixe os sentimentos ruins perdurarem pela madrugada... Eles amanhecem podres.

Muito inteligente da parte dele ter deixado que perdurassem por cinco anos, não?

– Apthorp? – perguntou Constance com uma voz cansada, entrando no aposento. – Voltou para me perseguir de novo?

Apthorp se levantou. Ela usava uma volumosa camisola de algodão grosso que a engolia da cabeça aos pés. Muitas vezes ele a vira aparecer vestida em robes de seda ao chegar bem tarde à mesa de desjejum, bem no momento em que ele partia, e tinha manifestado indignação diante de seu costume de ficar desfilando pela casa em trajes tão impróprios. Mas aquela aparência recatada, embora a cobrisse mais, de algum modo parecia deixá--la mais exposta.

Queria dizer a Rosecroft que não a olhasse.

– Perdão por incomodá-la tão tarde – disse ele.

Ela não falou nada, mas os olhos comunicavam que não estava feliz em vê-lo.

Apthorp lançou um olhar para Rosecroft.

– Poderia nos dar um momento de privacidade?

Rosecroft suspirou.

– Estarei no terraço fumando um charuto. – Ele fez um gesto para as grandes portas envidraçadas no salão. – Com a porta aberta. Não seja atrevido. E não a faça chorar.

De braços cruzados, Constance esperou a saída do primo, que assobiava.

– Por que você veio?

Ao ouvir sua voz cheia de desdém, ele se sentiu tímido e ridículo; mesmo assim, estendeu a mão para baixo e mostrou o que trazia.

– Trouxe uma coisa. Como um pedido de desculpas.

Desconfiada, Constance pegou o monte de rosas vermelhas que ele reunira grosseiramente em um buquê com a ajuda de um barbante.

– Que coisa perfeitamente horrorosa – disse ela, com frieza.

Ele era capaz de oferecer um buquê elegante, mas pensara que talvez fosse mais significativo entregar aquele, sem elegância, que ela imaginara na sua história sobre o labirinto.

Só que agora ele se sentia um bobo. Ela não se lembrava.

– Ah, sim. Lamento que estejam em tamanha bagunça. Era uma espécie de piada... uma piada ruim, ou melhor... hum, uma referência à sua...

Ela ergueu a cabeça e encontrou seu olhar.

– À trágica historinha sobre meu coração partido?

Ele engoliu em seco.

– Sim.

– Você está ciente de que era uma história falsa...

Ele fechou os olhos.

– Eu sei. Poderia ler o cartão?

Ela abriu o cartão que ele prendera ao buquê.

– *Lady Constance* – leu ela, com cautela. – *Por favor, aceite estas flores como um pedido de desculpas por minhas palavras rudes. Não apenas pelas que foram ditas esta tarde, mas por aquelas dos últimos anos.*

Ela fez uma pausa e o fitou, insegura. Apthorp mordeu o lábio e esperou que ela lesse o resto.

– *Saiba, por favor* – prosseguiu ela, em um tom mais suave –, *que, apesar dos momentos tensos em nossa história, nunca houve uma ocasião em que eu deixasse de admirar seu espírito, sua inteligência e sua beleza. Lamento tê-la feito duvidar de que a tenho na mais alta conta. Sei que as próximas três semanas serão dificílimas, mas espero que possamos enfrentá-las como amigos.*

Ela ergueu a cabeça e seus olhos pareceram tomados por alguma emoção.

– Amigos? É isso que somos? Não tenho certeza de que alguma vez agimos como amigos.

Ele não sabia o que dizer. Uma semana antes, teria dito que eram amigos. Mas tudo indicava que ele ainda não havia entendido bem qual era a percepção que Constance tinha dele.

– Eu gostaria disso – disse Apthorp, enfim. – Acho que seria mais fácil se fôssemos.

Ela afundou no mesmo sofá onde havia se sentado com tanta arrogância horas antes.

– Se deseja ser meu amigo, talvez eu deva ser franca. Você nunca pareceu nutrir grande estima por mim. Até onde sei, formou uma péssima opinião a meu respeito em Devon e manifesta essa desaprovação desde então.

Apthorp sentou-se ao lado dela, tentando desvendar seus próprios sentimentos a respeito daquela semana torturante em Devon. Pensou no modo como ela chegou, parecendo uma miragem. Em como tinha sido incapaz de tirar os olhos dela. Na forma como ela sinalizara, a cada oportunidade, que ele não era o tipo de homem digno de seu interesse.

Lorde Apthorp é extraordinariamente pedante ao falar sobre drenagem de solo, não é?

Quem será o herói em minha cena? Não pedirei a lorde Apthorp... Ele está ocupado demais com suas cartas para se envolver com tais frivolidades.

Que jovem sombrio é esse lorde Apthorp. Por que veio para cá, se tudo o que faz é ler seus livros e fazer anotações no caderno? Havia escassez de cavalheiros agradáveis?

Ela não escondia quanto o achava um tédio. Ou pior: ligeiramente ridículo.

E, por ter acabado de perder o que sobrara da fortuna da família de uma forma pública e humilhante, nem ele nem o restante da Inglaterra discordavam dela. Apthorp demonstrava ser exatamente o tipo de aristocrata errante que o pai sempre o aconselhara a não ser: irresponsável e incompetente. Indigno de sua posição.

Ele se desprezara naquele verão.

Queria não estar na própria pele naquele verão.

Se não fosse pela insistência dos Rosecrofts, jamais teria se juntado aos hóspedes daquela casa, pois, sempre que aparecia em público, tudo o que ouvia eram cochichos.

Imaginem só; pediram que fizesse tão pouco dispondo de tanto, e ele ainda assim conseguiu botar tudo a perder.

O evidente desdém de Constance por ele apenas confirmara a péssima opinião que tinha de si mesmo. Ele desejava a admiração dela, mas sabia que, daquele jeito, não despertaria um segundo olhar.

Aquela semana o transformara. Fizera com que decidisse sair daquele estado vergonhoso, se transformar no tipo de homem que merecia respeito.

O tipo de homem que poderia, no fim das contas, ser digno de uma jovem como Constance Stonewell.

No entanto, por Constance ser inalcançável, talvez ele também nutrisse ressentimentos. O que não seria justo com ela. Pode ser que tenha agido de modo infantil em uma ocasião em que ela precisava que ele fosse uma alma mais velha e mais sábia.

– Eu não desaprovava você, Constance – prosseguiu ele, tentando superar a secura que tomara conta de sua garganta. – De fato, achei que *você* me desaprovasse. Parecia um pouco...

– Desdenhosa? – sugeriu ela. – Provocadora? – Ela suspirou e se acomodou nas almofadas, olhando para o fogo. – Para um libertino tão lendário, lorde Apthorp, é incrível que não entenda as coisas mais básicas a respeito das mulheres. Eu não agia daquele modo por não gostar de você. Eu agia daquele modo porque queria que você *reparasse* em mim.

– Entendo... – disse ele.

Apthorp exalou com força, porque, assim que ela atestou o óbvio, ele de fato *entendeu*. E desejou com todas as forças voltar no tempo e dar um chute na canela de seu eu mais jovem excessivamente sensível e pouquíssimo observador.

– Me perdoe. Eu simplesmente achei... bem... E, naquela ocasião, parecia que você tinha se encantado por lorde Harlan Stoke, e eu não quis...

Ele realmente não sabia como continuar porque não tinha certeza do que havia se passado na galeria, apenas que Constance tinha deixado claro que queria continuar ali quando ele apareceu.

– E, agora que sei como você se ocupa às quartas-feiras – disse ela, olhando-o significativamente –, acho injusto que me despreze pelo que aconteceu naquela ocasião.

– Constance, eu não a desprezo.

A boca de Constance desenhava uma linha sombria.

– Não? Porque seu modo de agir sempre sugeriu que você achava que eu permiti que lorde Harlan tomasse liberdades impróprias. E isso não é verdade.

Ele se virou para ela, de modo que o rosto saísse das sombras da lareira. Queria que ela visse que ele estava sendo totalmente honesto.

– Eu não me importaria se tivesse permitido certas liberdades a ele ou a qualquer outro cavalheiro. Só interpretei seu aparente interesse nele como uma confirmação de que você não receberia bem as minhas atenções. Por isso não prolonguei a situação. Mesmo querendo.

Ela se manteve quieta por um momento, antes de perguntar:

– Você queria?

Ele deu uma gargalhada áspera.

– Queria.

Os dois ficaram em silêncio. Ela brincou com a pétala de uma rosa.

– Constance, não quero me intrometer, mas, se você não estava ali esperando receber aquele tipo de atenção...

Apthorp conteve as palavras, sem saber exatamente como continuar, mas ele precisava, precisava muito perguntar, porque era possível que tivesse falhado com ela em mais de um modo e não poderia continuar se olhando no espelho se isso fosse verdade.

– Lorde Harlan é conhecido por... – Ele engoliu em seco. – Ele não *machucou* você, espero.

O rosto dela ficou sombrio.

– Não. Não assim. – Ela encontrou o olhar dele. – Ele só... foi bem exuberante ao exibir suas atenções por um breve momento. Quando deixei clara minha falta de entusiasmo, ele parou.

Bem exuberante. Ele queria encontrar o sujeito, arrancá-lo do clube onde estaria entornando todas e agredi-lo até fazê-lo sangrar.

– Estava certo quando quis me alertar a respeito dele – acrescentou Constance. – Gostaria de ter lhe dado ouvidos.

Ele se inclinou e segurou os ombros dela.

– Só quero que saiba que, se tivesse dito alguma coisa naquele dia, eu teria ficado feliz em esganá-lo. E se quiser, ainda posso fazer isso.

– Não precisa. – Ela olhou para ele e abriu um levíssimo sorriso. – Eu dei uma punhalada no pescoço dele.

Ele a fitou.

– Você deu uma punhalada no pescoço de Harlan Stoke?

– Dei. Com meu lindo leque de prata. – Ela exibiu um sorriso amargo, claramente feliz com o que havia feito. – Guardarei para sempre essa lembrança como um tesouro.

Ele mordeu o polegar, fechou os olhos e tentou não cair na gargalhada.

– Às vezes, lady Constance, você é mesmo a mulher dos meus sonhos.

– Obrigada por finalmente perceber isso – disse ela com recato. – Tenho lá meu charme quando não estou sendo cruel ou monstruosa.

Ele suspirou.

– Sinto muito por ter feito você se sentir assim. Agora está ficando claro para mim que andei agindo como um asno por bem mais tempo que eu imaginava.

Ela deu um sorriso comedido, não como quem quer prosseguir a conversa, mas para deixá-lo ver que ela não discordava.

Meu Deus, se ele ao menos tivesse percebido...

Poderia ter simplesmente dito o que queria desde o começo? Era quase doloroso demais para levar em consideração, mas Apthorp não conseguiu se conter.

– Constance, posso fazer uma pergunta?

– Pode.

– O que achou que fosse acontecer se tivesse conseguido chamar minha atenção? O que você queria?

– Ah, não sei – respondeu ela com leveza. – O que as donzelas tolas querem quando estão apaixonadas por rapazes inadequados? Palavras carinhosas? Um poema?

Ela desviou o olhar e falou com menos malícia:

– Talvez uma emenda ao nosso encontro no labirinto do jardim.

Claro. Como ele havia sido idiota...

– Eu me pergunto se seria tarde demais para me redimir com você.

Em um gesto impulsivo, Apthorp puxou o rosto dela e a beijou nos lábios. De leve. De um modo casto.

Como teria feito quando Constance tinha só 17 anos.

Ela suspirou e fechou os olhos.

– Lamento que eu tenha levado tantos anos para chegar até aqui – murmurou ele, roçando o lábio inferior dela, semiaberto, com o polegar. – Parece que não sou tão esperto quanto deveria. Da próxima vez, simplesmente me diga o que você quer.

– Muito bem, crianças – a voz de Rosecroft trovejou do lado de fora, atrás deles. – Já chega. A briga de namorados está oficialmente encerrada.

Com relutância, Apthorp se afastou.

Constance se levantou. Estava sorrindo.

– Muito obrigada pelas flores feiosas, lorde Apthorp – disse ela, executando formalmente uma mesura exagerada, já que Rosecroft observava os dois com os braços cruzados sobre o peito. – Gostei muitíssimo.

Ela se curvou e baixou o tom de voz para que o primo não a ouvisse.

– E o que quero, Julian, meu querido amigo, é que você volte a me beijar do jeito que me beijou no armário de empoar.

Com isso, ela deu uma piscadela, pôs as flores debaixo do braço e saiu do aposento.

– Parece que foi perdoado, hein? – comentou Rosecroft, com a voz arrastada. – Agora todos podemos viver felizes para sempre.

Apthorp estremeceu, tentando fingir que era simples assim e sabendo que não era.

No entanto, enquanto caminhava pelas ruas escuras até a Strand, não pôde deixar de pensar no que aconteceria se ele fizesse a coisa desvairada, sem lógica e equivocada que de repente não conseguia mais parar de imaginar.

Simplesmente pedir a ela o que ele sempre quis.

Capítulo dez

— *E*ntrez – ordenou Valeria Parc, acompanhando Constance até o interior de sua pequena butique num redemoinho de seda escarlate. – E ajeite essa postura.

A maioria das costureiras era conhecida por lisonjear a clientela. Valeria Parc não era como a maioria.

Constance foi atrás dela, sentindo a fragrância de violetas frescas que sempre emanava do cabelo negro e lustroso de Valeria. A nota floral era um contraste marcante com seu ar ameaçador.

Valeria conduziu-a até uma plataforma revestida de tecido, diante de um espelho que ia do chão ao teto, posicionando-a de modo que ela ficasse sob um raio de sol.

– Fique aqui.

Os olhos verdes cintilaram no espelho enquanto verificava cada canto da silhueta de Constance, tirando medidas com o olhar.

– Perdeu pelo menos uns 2 centímetros de busto.

Não era um elogio. Valeria era uma grande defensora de bustos.

– Ah, que diferença faz um pouco de busto? – disse Constance, desviando o olhar do reflexo.

Na verdade, sua silhueta estava mais esguia. O apetite tendia a flutuar com o humor. Quando estava feliz, celebrava com bolo e chá com creme de manhã até a noite. Quando estava tensa, não comia nada.

Não tinha feito uma única refeição decente naquela semana.

Valeria tomou seu queixo na mão, examinando-lhe o rosto.

– Parece sem vida... Está doente?

Constance não estava doente, só exausta. O hábito de dormir até a hora do almoço dera lugar a sonhos agitados pouco antes do alvorecer, que a deixavam com calor e uma sensação de incompletude, tornando impossível voltar a dormir. Estava *aflita*.

Aflita pelo motivo mais improvável da história: *precisava beijar o conde de Apthorp.*

Tentou dar um sorriso animado.

– Só estou cansada por causa da empolgação com os preparativos para o casamento. Confio em sua capacidade de restaurar minha beleza. Posso converter toda a fortuna de meu irmão em vestidos, se for necessário.

Valeria deu um sorriso sombrio, pois gostava de falar sobre enriquecimento material quase tanto quanto apreciava cutucar a coluna de Constance com os dedos duros e pontudos.

– E como está seu lorde Apthorp?

Constance estremeceu enquanto a costureira apertava o espartilho.

– Muito bem. Creio eu.

Na verdade, mal o vira desde que aparecera ostentando uma cara triste e um buquê deformado, um gesto tão tocante e romântico que ela mal conseguia acreditar que não tivesse saído da própria cabeça. Ele e Westmead passaram a semana atravessando a cidade toda para lá e para cá, atrás de votos para o projeto. Nas poucas ocasiões em que o encontrara, estavam em público e pouco fizeram além de manifestar estima mútua em lados opostos de mesas de jantar ou de aposentos cheios de gente.

No entanto, toda vez que o via, sua respiração acelerava de um jeito difícil de disfarçar. Sentia que corria o risco de cometer algum ato indecoroso só de olhá-lo de longe, porque, sempre que o fazia, não conseguia parar de imaginar seu toque.

Da próxima vez, simplesmente me diga o que você quer.

E se eu não souber?

Desde a humilhação do desastre na galeria de retratos, Constance se distanciara de qualquer homem que parecesse mais do que ligeiramente interessado em conquistá-la. Dizia a si mesma que os pretendentes não a convenciam – ou eram pouco atraentes, ou indiscretos, ou flertavam demais, ou eram muito sem graça. Mas talvez o problema não estivesse nos cavalheiros, e sim em sua própria história infeliz de amor não correspondido.

Talvez ela simplesmente tivesse ficado com medo.

Bem, de Apthorp não tinha medo.

E, agora que estava familiarizada com as coisas que podiam se passar no interior de um armário de empoar, Constance queria aprofundar seus estudos.

Porque, desde que Apthorp aparecera com aquelas rosas, ela começara a sentir violentamente que havia perdido uma oportunidade.

Na próxima vez que um homem a ignorasse daquela forma, com modos impecáveis e aparentando ser mais sem graça do que um manjar branco – ela queria estar pronta.

Agora entendia que homens assim tinham profundezas ocultas.

– *Voilà* – disse Valeria, afastando-se para mostrar o reflexo de Constance no espelho.

O vestido cor-de-rosa cintilante era perfeito para o baile de noivado – uma confecção absurda em seda, com barbatanas de baleia e uma intrincada renda dourada que a transformavam mais num espetáculo do que numa mulher. Era o tipo de vestido que implorava para ser admirado.

Mas não do tipo que implorava para ser despido.

– Não gostou? – perguntou Valeria.

– Adorei, mas fico pensando... Você tem algum modelo que seja mais apropriado para... depois da cerimônia de casamento? Para ser usado em momentos de privacidade?

Valeria ergueu uma de suas sobrancelhas negras perfeitamente arqueadas.

– Ondine, traga meus modelos para as freiras – disse, dando uma piscadela.

Ondine voltou com uma pasta de desenhos. Estava vermelha.

Valeria baixou a voz.

– Normalmente, reservo estes desenhos para as damas do prazer. Mas você nunca fez coisas muito normais. Gostaria de olhar?

Constance abriu a primeira página do livro e entendeu imediatamente por que Ondine ficara roxa como uma ameixa. O desenho mostrava uma mulher envolta em um tecido diáfano, com recortes cobertos de renda. Estava mais para um *despido* do que um *vestido*.

Constance sorriu.

– Acho que posso ser arruinada só de ver isso aqui.

– Imagine como seu lorde Apthorp vai se sentir...

Sim. *Imagine.*

Apthorp estava acostumado a vê-la naqueles elaborados vestidos formais que faziam a silhueta parecer duas vezes maior que o normal. Vestidos que a faziam se sentir dramática, poderosa e segura.

Não eram nada... como aquele ali.

Constance sabia que ele não estava ansioso por compartilhar sua vida secreta com ela.

Sabia quanto ele valorizava o decoro e a honra.

Sabia que ele não confiava nela.

Mas se ele a visse usando algo assim...

Talvez resolvesse correr o risco.

– Dois desses – ordenou ela, determinada, apontando para o desenho. – Um em carmim e o outro em creme.

– Muito bem – disse Valeria com um sorriso.

Enquanto ajudava Constance com o vestido, Valeria sussurrou em seu ouvido:

– Vou me encontrar com a cliente do Theatre Royal hoje, para tratar daquele assunto de que falamos. Escreverei para você se souber de alguma coisa que valha a pena. A não ser que deseje me acompanhar.

– Agradeço, mas não posso. Estou planejando uma visita-surpresa a lorde Apthorp hoje à tarde. Mantenha-me informada.

Apthorp chegou em casa depois de uma reunião com Westmead mais exausto do que estivera em anos. Estava rouco de tanto fazer promessas para políticos astuciosos. Os ossos doíam de tanto chacoalhar de um lado para outro de Londres em carruagens com molas velhas. O coração pesava por ver Constance, à luz de vela, nos salões de baile enquanto ele alardeava quanto ansiava por um casamento que nunca aconteceria.

E por lutar contra a sensação torturante de que ele deveria acontecer.

Porque, se ela desejara a atenção dele quando menina, se estremecia quando ele a tocava, se ele não conseguia olhar para ela sem sorrir de um jeito que fazia o queixo doer – não haveria uma possibilidade de que o que havia entre eles pudesse ser salvo? Era possível que a conexão que sentira durante todos aqueles anos não fosse fruto da imaginação?

À noite, perdia o sono. A mente se debatia pensando em qual perigo seria maior: jogar fora a única coisa que ele sempre quis ou admitir para Constance o que sempre quis.

Porque, se admitisse, ele precisaria revelar à mulher na qual menos confiava toda a verdade que escondera sobre seu passado. Uma verdade que poderia arruiná-lo pela terceira vez.

Ele queria. Era desonesto fingir que não e, como todos os seus momentos conscientes tinham se transformado em fingimento, o mínimo que poderia fazer era parar de mentir para si mesmo.

No entanto, Apthorp não conseguia calar a parte de si que estava igualmente convencida de que, como sempre, fazer o que queria só pioraria as coisas.

Precisava de uma noite sozinho para refletir sobre o assunto antes de irem à igreja no dia seguinte com os Spences, quando teria uma chance de conversar com ela em particular.

Mas havia alguma coisa estranha na casa.

O ar no interior do vestíbulo cheirava a limão e a vinagre em vez de mofo, como de hábito, e Tremont não estava em seu posto habitual, no andar de baixo. Apthorp acendeu uma vela para investigar, mas, estranhamente, ela não soltou o fedor de gordura de estábulo ao ser acesa. Alguém havia trocado os cilindros feitos de sebo por outros de cera de abelha, com um perfume agradável.

Ele ergueu a chama para olhar a parede. Naquela penumbra, não era apenas o ar que parecia diferente, mas a casa inteira.

Tapeçarias tinham sido penduradas sobre as piores manchas de umidade e sobre os lugares onde a tinta estava mais descascada.

As poltronas muito gastas tinham sido substituídas por sofás bem estofados e aconchegantes. Alguém dispusera flores frescas sobre a mesa em um vaso de prata que não pertencia a ele e estendera um tapete macio sobre o chão.

Que diabo? Se estava sendo vítima de um assalto, os intrusos tinham confundido os objetivos de seu ofício.

Ouviu passos no andar superior.

– Tremont – chamou ele –, é você?

Recebeu como resposta o som abafado de móveis sendo arrastados pelo chão. Ele pegou um atiçador de ferro da lareira e subiu a escada com a arma em punho.

No corredor, dois criados e três criadas interromperam seus variados atos de aprimoramento doméstico – pendurar quadros, varrer o piso, polir móveis – e o fitaram, assustados.

Constance estava atrás deles, confabulando com Tremont a respeito de uma lista.

– O que você está fazendo aqui? – berrou ele.

Constance deu um pulo e se virou.

– Lorde Apthorp! Você voltou! Mas por que está armado?

Ele percebeu que empunhava o atiçador de ferro com uma veemência pouco segura para quem porta um artefato de metal. Então o baixou, mantendo-o junto ao corpo.

– O que significa tudo isso?

Constance sorriu.

– Chegou cedo. Estávamos esperando terminar antes que você voltasse. Queria fazer uma surpresa.

– Com certeza conseguiu.

Constance fez um gesto para as paredes, que estavam notavelmente desprovidas de teias de aranha, e sacudiu a mão no ar, que tinha um perfume de cedro recém-queimado.

– Tremont e eu estamos trabalhando feito dois condenados para deixar sua casa em ordem. Com a ajuda dessas pessoas maravilhosas, é claro.

Ela sorriu para os criados reunidos, muitos deles ainda olhando para o atiçador com algum nervosismo.

Apthorp escondeu o instrumento atrás de si.

– E estes seriam...?

– Sua nova criadagem. Trouxe aqueles que a Casa de Westmead poderia ceder. A Srta. Pip, aqui, concordou em comandar sua cozinha. A Srta. Smith, o Sr. Carmody e o Sr. Fine cuidarão do restante da casa. E esta é a Sra. Haslet. Ela foi chefe das aias na Casa de Westmead e será uma ótima governanta. Assim que tiver avaliado quanto trabalho precisa ser feito, contrataremos mais serviçais.

Constance sorriu para ele.

Ele só conseguia sentir vergonha.

– Posso trocar algumas palavras com você?

– Claro.

Ele entrou no seu gabinete e esperou que ela o seguisse. Depois, fechou bem a porta, para que ninguém os ouvisse.

– Constance... Entendo que tem boas intenções com tudo isso...

– Eu tenho! – Ela assentiu com vigor. – Não gostou?

Era incrivelmente delicado da parte dela. Tão delicado que chegou a produzir uma sensação de peso em seu peito. Mesmo assim...

– Não posso aceitar – disse ele em voz baixa.

Ela inclinou a cabeça como um papagaio que entendia as palavras mas não o significado.

– Não pode aceitar? Por que não?

Ele fechou os olhos. Não haveria fim para as humilhações naquele mês?

– Vejo que agiu com gentileza e fico comovido. Mas deve saber que não vivo nessas condições por ter um gosto particular pela sujeira. Não emprego muitos criados aqui porque no momento não tenho condições de arcar com eles.

Com os credores cobrando dívidas e os meios habituais de suplementar as despesas completamente indisponíveis, Apthorp tinha menos do que quatro guinéus de dinheiro vivo à sua disposição para suprir as necessidades da casa na cidade e da propriedade da família. Ele se retirara dos clubes, abrira mão do cavalo, vendera a prataria. Mesmo com todas essas economias, quando chegasse a hora de quitar os salários de Cheshire no trimestre seguinte, Apthorp não tinha a mais vaga ideia do que faria para pagar a todos. E os pequenos confortos que havia sido capaz de oferecer para a mãe e para a irmã não estariam mais a seu alcance.

Era humilhante admitir, até para si mesmo, como as coisas estavam ruins.

E admitir isso para Constance, que exalava dinheiro como seu estranho perfume, era uma forma especial de tortura.

– Não posso pagá-los. Por favor, faça com que voltem à Casa de Westmead.

O rosto dela adquiriu uma expressão mais suave, como fazem as pessoas boas ao fingirem que algo humilhante não é humilhante.

– Não se preocupe. Vou continuar pagando os salários com recursos dos meus fundos para despesas domésticas. É um presente.

O orgulho dele foi parar abaixo do chão, em algum lugar sob as tábuas de madeira bem polidas.

– É muito gentil de sua parte, mas não há necessidade. Não fico em casa para receber visitantes e a temporada logo vai terminar. Assim que voltar a ter dinheiro, vou vender esta casa e comprar uma mais adequada em Mayfair.

Ela revirou os olhos.

– Ah, Mayfair, onde todas as casas são tão idênticas quanto as pessoas... Por que se mudar para lá tendo este lugar com tanta história e personalidade? Se você cuidasse da casa e a reformasse, ela se tornaria uma joia. Além do mais, qual é a graça de fazer o que todas as pessoas tediosas fazem quando se tem a oportunidade de ganhar destaque?

Destacar-se, porém, não era uma vantagem para quem tinha o que esconder. A aparência desinteressante era uma forma de autoproteção. Mas dizer aquilo só atrairia perguntas que ele não queria responder.

– Constance, simplesmente não posso aceitar sua caridade.

Ela continuou sorrindo para ele, como se pudesse extirpar a humilhação de Apthorp ao simplesmente ignorá-la.

– Não é caridade. É *estratégia*. Você precisa fazer questão de receber pessoas em sua casa. Quando os credores ouvirem que ela está cheia de objetos valiosos, criados e boa comida, vão concluir que você recuperou o acesso aos fundos. Afinal de contas, está vivendo na expectativa de um dote bem considerável. E lady Spence expressou o desejo de nos visitar em nosso futuro lar. Se as coisas aqui não estiverem em ordem, ela saberá que há algo de errado.

Ela abriu um sorriso cativante para ele.

A cabeça de Apthorp latejava.

– Será que você poderia, por favor, fazer o que estou pedindo apenas uma *maldita* vez? – disse ele.

Ela estreitou os olhos.

– Temo que falar dessa forma não vá mudar minha fama de não fazer coisas das quais discordo. Além do mais, não consigo suportar a ideia de ter um *amigo* que vive em tamanha desordem. – Ela gesticulou para uma série de baús encostados numa parede. – É assombroso que você esteja sempre tão elegante apesar de viver nesta imundície.

Enojada, Constance abriu a tampa de um dos baús e fez uma careta para os papéis acumulados.

– Por acaso você já desencaixotou alguma coisa desde que deixou a casa dos Rosecrofts?

– Deixe isso para lá. Por favor, diga aos criados que eles não precisam ficar.

– Temo que não será tão fácil assim – rebateu ela, ocupando-se em escancarar a tampa de outra grande peça. – Já comecei a mandar convites, e ninguém vai acreditar que tenho a intenção de viver em um buraco caindo aos pedaços. As pessoas precisam ver que você está preparando a casa para minha chegada.

Ela parou para olhar no interior do baú.

– Ah, olhe só. Seus artigos de montaria. – Ela puxou um chicote. – Vou mandar essas coisas para o estábulo. Ou melhor... – Constance perdeu a voz.

Do fundo do baú, ela pegou uma chave de ferro e uma longa tira de couro.

O que aquilo estava fazendo ali, junto dos artigos de montaria?

– O que é isto? – perguntou, segurando a chave forjada com requinte. – É bem bonita.

Ele arrancou depressa a chave das mãos dela.

– Andei procurando isto – disse ele, guardando-a no bolso do casaco.

Ela voltou a mergulhar os braços no interior do baú.

– Constance, você, por favor, poderia...

Ela soltou um gritinho, apresentando uma pistola que apontou para cima com dois dedos, muito desajeitada.

– Meu Deus, Apthorp! Não deveria guardar armas de fogo de forma tão descuidada. E se alguma jovem inocente acidentalmente dispara na própria mão?

Aqueles, com toda a certeza, não eram artigos de montaria.

Ele deu um passo à frente e retirou a arma da mão dela.

– Não é de verdade. Mas que sirva de lição para as jovens inocentes, para que não fiquem fuçando nos bens particulares de alguém. Você já me convenceu. É melhor descer.

Ela lançou um sorriso desafiador, evidentemente gostando da oportunidade de instigá-lo.

– Eu não estava fuçando. Estava *limpando*. Deveria experimentar. E por que tem uma pistola falsa?

Ele apontou para a porta.

– Fora.

– Ah, não. Acho que não. Estou curiosa demais.

Com um olhar de provocação, ela enfiou a mão no baú mais uma vez e retirou um rolo de corda, uma venda de olhos e um par de algemas de couro com ganchos de prata.

– Minha nossa! – exclamou ela, achando menos graça de repente.

Ele só podia concordar.

– Então é assim que você paga suas contas. Você é um *salteador*.

O joguinho dela começava a ficar cansativo. Apthorp estava cada vez mais preocupado com o que mais poderia surgir de dentro do baú.

– Garanto a você que não sou salteador. – Ele estendeu as mãos para recuperar as algemas. – Agora, me dê isto aqui e vá lá para baixo. Se quer mexer nas minhas coisas, que mexa nas que estão na cozinha.

Ela deu uma risadinha sedutora, que seria atraente se ele não estivesse tentando desesperadamente, *desesperadamente*, impedi-la de remexer no fundo do baú.

– Tão cheio de segredos, meu senhor... Exatamente como um fora da lei. Me diga, por que um homem elegante como você teria um baú cheio de vendas e pistolas falsas se não tivesse a intenção de roubar carruagens?

Ela tornou a enfiar a mão no interior do baú. Procurando mais fundo, voltou segurando um longo falo esculpido em mármore. Ao ver o que tinha encontrado, Constance ficou paralisada, boquiaberta, estendendo o objeto diante de si. Os olhos foram para o rosto dele e a boca abriu-se num "O" perfeito quando a luz se fez em seu semblante.

Ele deu um pulo, arrancou o objeto das mãos dela e o devolveu ao baú.

– Pare com isso! Não é apropriado que veja esse tipo de coisa.

Ela se apoiou na parede e ergueu os olhos, assombrada.

– *Quartas-feiras*. Tudo isso aqui é para as quartas-feiras.

– Desça, Constance – balbuciou ele. – Não deveria ter visto isso.

– Certo – disse ela com suavidade. – Estou vendo que está com vergonha. Não vou mais implicar com você.

– Ah, não estou com vergonha – retrucou ele, pois havia um limite para suportar a zombaria de uma menina inocente demais para perceber que estava espalhando apetrechos para jogos eróticos por todo o aposento. Ele perdera a paciência. – Longe disso. Estou irritado por você continuar se intrometendo.

Ela voltou a olhar o baú, de onde cintilava na luz a cabeça fálica sugestiva e extremamente grande do brinquedo que ela descobrira.

– Estou confusa. Você disse que eu tinha me enganado sobre seus.... desejos. Mas se você tem tudo isso, deve...

Constance interrompeu a frase, sem acusá-lo exatamente de mentir para ela, mas deixando transparecer que não pretendia abandonar o assunto.

Ele esfregou as têmporas. Não seria apropriado discutir nada daquilo, mas, havendo escolha, em vez de ser taxado de hipócrita, ele preferia falar a verdade. Não se envergonhava do que fazia com aqueles objetos e estava farto da insinuação de que deveria se envergonhar.

– Não menti para você, se é o que está sugerindo. Essas coisas não são para ser usadas *em mim*, e, mesmo que fossem, eu não me sentiria constrangido. Uso todas elas para dar prazer a amantes que por acaso gostem de tais coisas. – Ele lhe lançou um olhar mordaz para ter certeza de que ela tinha captado o que ele queria dizer. – Entre quatro paredes.

– Não está querendo dizer que...

Ela arregalou os olhos.

Sem dúvida, Constance agora se lembrava dos registros do diário dele de uma forma inteiramente nova.

– Você machuca pessoas?

– Não, Constance. Não machuco pessoas. Às vezes, provoco um pouco de dor, mas apenas quando me pedem especificamente isso.

– Mas por que alguém pediria isso?

– Sempre precisa haver um motivo para as coisas que desejamos?

Ela pareceu insegura.

– Simplesmente não entendo o que haveria de atrativo em ser chicoteada, ou amarrada, ou...

Ela voltou a olhar para o baú.

– Quer uma demonstração? – retrucou ele.

Apthorp lamentou suas palavras assim que as disse. Precisava colocar fim naquela conversa.

Mas era muito irritante que uma garota que não sabia diferenciar um beijo de uma agressão pudesse se sentir no direito de zombar dos gostos dele – ou de qualquer pessoa – na cama.

– Pois bem – disse ela, jogando a cabeça para trás como uma donzela indefesa e erguendo dois punhos débeis. – Por que não me arrebata, lorde Apthorp? Estou curiosíssima.

A zombaria o irritava.

– Não peça uma coisa que você não quer... – declarou ele, em voz baixa.

Ela piscou repetidas vezes, exibindo os cílios.

– Acho que você quer que eu ache que é mais instigante do que realmente é, lorde Chato.

Em uma fração de segundo, ele prendeu os punhos dela e a virou para que encarasse a parede. Ela prendeu a respiração, surpreendida.

– Não me chame de lorde Chato – sussurrou em seu ouvido.

– Por que não? – perguntou Constance, também sussurrando.

Ele sentiu que a respiração dela acelerava com a leve pressão que ele fazia em seus pulsos. Alisou a parte interna deles com o polegar.

– Porque fere meus sentimentos.

Por um momento, os dois ficaram completamente parados. As mãos dele nos pulsos de Constance, ela de costas para ele, o quarto silencioso a não ser pelo leve som da respiração dela.

– Está nervosa, Constance? – perguntou ele.

– Não. Estou aqui calmamente esperando minha demonstração.

Apthorp ergueu os pulsos dela acima da cabeça e os pressionou contra a parede.

– Fique assim.

– Por quê?

– Porque me agrada.

Ele pegou uma cadeira com espaldar de madeira de trás da escrivaninha e a colocou no meio do aposento, virando-a para que ficasse de frente para a parede.

– Sente-se – instruiu ele.

Constance bufou com desdém, mas, curiosamente, fez exatamente o que ele pedia.

Apthorp remexeu o baú até encontrar uma longa echarpe de seda. Então amarrou os punhos de Constance com a echarpe e depois os prendeu na cadeira.

Deu um passo para trás a fim de apreciar seu trabalho.

A seda negra criava um belo contraste com a pele branca.

– Pois bem, sou sua prisioneira. E agora?

Ele sorriu para si mesmo. *Agora, lady Constance, vou deixar você aí enquanto a contemplo nessa posição e registro a cena na memória.*

Passaram-se alguns segundos em silêncio.

– Apthorp? – A voz dela parecia menos confiante. – Você... vai me deixar assim?

Ele riu.

– Não. A não ser que você queira.

– E por que eu iria querer?

Diante do tom cada vez mais inseguro de sua voz, Apthorp voltou a si. Aquilo era imperdoável.

– É tudo o que posso dizer sem ameaçar sua virtude.

– Não creio que minha virtude tenha sobrevivido à visão ridícula daquele brinquedo fálico – disse ela, claramente irritada por ele ter ignorado sua pergunta.

– Chama-se consolo – explicou ele, procurando as amarrações nos punhos e começando a desfazê-las. – Se vai menosprezá-lo, ao menos use a nomenclatura correta.

Ela bufou.

– Não tenho certeza se acredito que isso é algo de que as pessoas gostam.

Ele não tinha certeza se acreditava que *ela* não gostava. Tinha notado a mudança claríssima em sua respiração. Mas, nessas questões, era preciso crer literalmente na palavra da dama.

– Você é livre para tirar suas próprias conclusões. Fique quieta até que eu termine de desamarrá-la.

– Achei a demonstração bem pouco convincente – pronunciou ela, como se desse um veredito. – Muito decepcionante.

– Eu sei – disse ele, em voz baixa, soltando a seda. – Numa situação ideal, eu manteria você amarrada por bem mais tempo.

Ela ficou em silêncio por um momento. O que o agradou.

– Ah, é? E depois? – perguntou Constance finalmente.

Ele soltou a seda e a deixou cair sobre o ombro dela, escorregando por cima do colo. Apthorp agarrou o encosto da cadeira, deixando que as pontas dos dedos roçassem nos cabelos dela...

– Eu ficaria atrás de você e a beijaria da nuca até o ombro.

– Por quê?

– Porque eu *quero*.

Ela se voltou para ele, mordendo o lábio.

Com delicadeza, ele segurou a cabeça dela com as duas mãos e a reposicionou para olhar a parede.

– Não. Eu não deixaria que olhasse.

– Por que não?

– Porque, sem me ver, você não saberia muito bem o que esperar. E eu acho, Constance, que você gostaria *muitíssimo* disso.

Ela soltou um suspiro tão trêmulo que ele chegou a sentir na palma das mãos.

Apthorp sorriu.

Era como ele tinha imaginado.

Como sempre tinha imaginado.

Conhecia aquele tipo.

Adorava aquele tipo.

Pousou as mãos de leve nos ombros dela.

– Você ficaria impaciente. E isso só me inspiraria a prolongar ainda mais a espera.

A pele pálida do pescoço dela tinha ganhado um tom róseo, corado. O que deu imenso prazer a ele.

Apthorp roçou um dedo em sua nuca. E então se inclinou até que os lábios ficassem bem próximos à orelha dela.

– Você estaria em agonia, Constance, quando eu finalmente a soltasse. Em *agonia*.

Ele deslizou a mão pelo pescoço até o queixo, deixando que o polegar alcançasse o lábio inferior.

– É claro que você entendeu o que estou querendo dizer – sussurrou ele. – Você sabe como é...

Ela estava tão absolutamente parada que ele sentiu sua respiração roçando-lhe a pele quando ela finalmente sussurrou:

– *Sei*.

Capítulo onze

Nunca, nem nos momentos mais privados, nem nos seus pensamentos mais indecorosos, Constance chegara a desejar alguma coisa com tamanha intensidade quanto desejara que Apthorp a tocasse.

Não era nem um pouco digno e ela não se importava nem um pouco.

Do lado de fora, os criados faziam barulho limpando o corredor, e ela não se importava nem um pouco.

Sem dúvida ele fazia com que ela se sentisse daquele jeito por puro despeito – gostava de deixá-la desconfortável –, mas ela não se importava nem um pouco.

Seu corpo inteiro estava tomado por um desejo intenso. Queria levar o polegar dele para dentro da boca.

Queria que ele descesse as mãos até seus seios.

Da próxima vez, simplesmente me diga o que você quer.

– Talvez você devesse... – sussurrou ela.

Houve uma batida forte na porta.

Ela ficou paralisada. Ele também.

Apthorp pigarreou.

– Sim? – disse ele, com voz animada.

– A condessa chegou, meu senhor – anunciou Tremont.

Maldição. Constance tinha se envolvido tanto naquela demonstração que se esquecera de revelar o restante da surpresa.

– Que condessa? – perguntou ele, afastando-se dela.

Houve uma pausa.

– A condessa de Apthorp, meu senhor.

Ele arrancou a echarpe de seda do colo dela e a jogou no baú mais próximo. Saiu pelo corredor em fúria.

– *Minha mãe?*

– Sim, com lady Margaret. Lady Constance disse que estavam esperando por ela. A Sra. Haslet está servindo chá e petiscos no salão.

– Ah, é claro – disse Apthorp, com tranquilidade. – A data havia me escapado. Obrigado, Tremont. Estarei com elas em um minuto.

Fechou a porta e girou nos calcanhares. E, naquele instante, a expressão nos olhos de Apthorp o fez realmente parecer um assaltante de beira de estrada. Não do tipo que amarraria alguém por diversão, mas do tipo que mataria sem pestanejar para roubar joias.

– Pode se explicar – rosnou ele.

– Providenciei que sua família viesse fazer uma visita. Uma surpresa. Não ficou feliz?

Constance tentou dar um sorriso contagiante. Se ela ficasse suficientemente feliz por ambos, quem sabe ele pudesse absorver o sentimento e deixar de olhá-la com fúria?

– Feliz? Não poderia estar mais longe disso.

Não era a reação esperada.

– Mas você ouviu lady Spence. Convidar sua mãe vai demonstrar que estamos tentando seguir os conselhos dela. Além do mais, organizei uma programação fabulosa... bailes, teatro, uma ida ao *Ridotto al Fresco* e novos vestidos feitos por Valeria Parc. Por minha conta, é claro. Não quer que elas tenham um pouco de alegria?

Ele olhava para Constance como se ela houvesse substituído a pistola falsa por outra, de verdade, e lhe dado um tiro na barriga sem o menor aviso.

– Não sei por que ainda me choco com você – sussurrou ele. – O que eu tinha na cabeça...

– Por que está tão transtornado?

Ele não respondeu. Em vez disso, passou as mãos nos cabelos como se quisesse arrancá-los do crânio e saiu sem dizer mais nenhuma palavra.

– Espere – chamou ela, seguindo-o. – Podemos apenas...

Mas Constance parou, porque uma criança pequena veio cambaleando pelo corredor e quase colidiu com suas pernas.

– Ora, boa noite... – disse ela, perplexa, para a pequenina de cabelos dourados. – E você, quem seria?

A garotinha sorriu para ela, mostrando as covinhas e um sorriso angelical exatamente igual ao de Apthorp. Ele deu meia-volta ao ouvir o som da voz de Constance e, quando viu a criança, sussurrou algo que parecia muito com *"Pelo amor de Deus"*.

A garotinha disparou pelo corredor e aterrissou aos pés dele.

Num esforço visível, ele arrancou a expressão atormentada do rosto e se abaixou para pegá-la.

– Annie, meu amor – disse ele, dando um beijo no seu rosto.

A menininha se contorceu em seus braços, alegremente.

– Anne?

Uma jovem magra subiu a escada correndo.

– Aqui em cima – gritou Apthorp.

Lady Margaret chegou e seu rosto se abriu num sorriso.

– Julian!

Sem colocar a criança no chão, ele estendeu o braço para abraçar a irmã.

– Margaret. Há quanto tempo! – Ele olhou para Constance. – Lady Constance, lembra-se da minha irmã?

– Claro que me lembro de lady Margaret. Estou muito feliz que tenham vindo nos visitar.

Lady Margaret fez uma reverência.

– Foi muito gentil de sua parte nos convidar. Não fazíamos ideia de que Julian tinha vindo morar nesta casa velha. – O sorriso ficou irônico. – Meu irmão é um correspondente bem pouco assíduo.

Constance conhecia bem aquele sentimento.

– E quem é esta criatura encantadora?

Constance indicou a criança que brincava com o cabelo de Apthorp, obviamente empolgada por estar perto dele. Sua alegria lembrava Constance de como ela se sentia nas raras ocasiões em que o irmão permitira que ela o visitasse, quando pequena.

– Esta é a Srta. Haywood – anunciou ele, entregando a menina para a irmã. – Minha protegida.

Constance olhou para ele.

– Não sabia que havia uma criança sob seus cuidados – comentou ela com leveza.

– A Srta. Haywood é filha de nosso falecido primo – explicou lady Margaret, depressa. – Os pais ficaram doentes e morreram, e Julian se ofereceu como guardião. Mamãe e eu tomamos conta dela.

O rosto de Margaret estava tenso, como se pedisse desculpas. O tipo de expressão que poderia ser ostentada por alguém na posição de falar do filho do irmão para sua futura esposa.

– Que generoso... – disse ela para Margaret.

Mas que *escandaloso* da parte de Apthorp, sempre tão ferrenho em sua defesa da honra masculina.

Era por isso que não queria que a família viesse visitá-lo? Porque Constance descobriria que ele tinha um bastardo? Não havia fim para as coisas escandalosas que ele conseguira ocultar?

Guiada pelos sons, a condessa apareceu no corredor.

– Ah, minha queridinha – disse ela ao pousar os olhos em Constance. – Julian, como ela é linda!

Em seguida, envolveu Constance em um abraço. Seus ossos pareciam frágeis. Tanto a condessa quanto a filha eram extremamente magras, e ela não pôde deixar de reparar que as rendas de seus vestidos estavam esgarçadas de tanto lavar e também muito remendadas.

Constance sabia que os cofres de Apthorp não andavam cheios, mas a situação era bem pior do que ela imaginava.

– Espero que a viagem não tenha sido excessivamente desconfortável – disse para a condessa, tentando não encarar as bordas desfiadas de seu xale.

– Não, minha querida. A carruagem que você enviou era absolutamente extravagante. – A condessa abriu um sorriso para ela. – Meu filho é abençoado por ter uma mulher tão atenciosa como sua futura condessa. Somos todos abençoados por recebê-la em nossa família.

– Eu me sinto muito contente por fazer parte dela – afirmou ela, engolindo em seco ao sentir uma desconfortável pontada de culpa por sua desonestidade. – Espero ser uma boa...

Atrás da mãe, os olhos de Apthorp lançavam adagas em sua direção.

– ... uma boa amiga para todos – concluiu ela, derrotada.

– Vamos nos conhecer melhor – sugeriu lady Apthorp, tomando sua mão e a apertando. – Mal posso esperar para saber tudo sobre a mulher que encantou meu filho.

Apthorp reparou no sorrisinho discreto que apareceu nos lábios da irmã na hora do chá do dia seguinte, enquanto se reuniam com Constance no salão de sua casa londrina.

Na verdade, vinha rindo com mais frequência nas últimas cinco horas do que ele se lembrava de ter visto durante os cinco anos anteriores.

O que o fazia sentir vontade de sair e se enterrar no jardim. Ou de se deitar no meio da rua e se deixar pisotear pelos cavalos.

Aquele longo e doloroso dia o deixara indescritivelmente deprimido.

Constance fizera preparativos para receber a família dele como se as duas fossem princesas. Novos colchões de plumas e cobertas macias as aguardavam nas alcovas, juntamente com *eau de toilette* francesa, livros para diverti-las e papéis de carta gravados com suas iniciais. A despensa estava repleta de frutas, bolos, iguarias e dos bons chás que a mãe dele apreciava. Uma costureira aparecera com novos vestidos, luvas e chapéus. Uma ama viera a seguir, emprestada pelos Westmeads, para cuidar de Anne. Quando Constance apareceu para levar a família dele ao culto religioso na congregação de lady Spence, a mãe e a irmã estavam tão felizes que pareciam reluzir.

E o dia só melhorava. Depois do culto, Constance organizara um almoço extravagante na Casa de Westmead, com a presença de um grupo de amigos muito bem selecionado para receber as convidadas. Ela também apresentou um grande número de convites interessantes para que as duas escolhessem o que gostariam de fazer nas próximas semanas. Fora generosa com elogios e abraços.

E mãe e irmã reagiram da forma que as pessoas costumavam fazer ao serem confrontadas com os poderes de sedução de lady Constance Stonewell: ficaram imediata e profundamente enfeitiçadas.

Ali, no salão recém-decorado de sua casa, bebendo um delicioso chá e rindo dos relatos de Constance sobre as fofocas mais deliciosas da temporada, Apthorp sentia as duas imaginando Constance como o epicentro da família. Percebia que vislumbravam um retorno mais permanente à cidade e à vida animada e privilegiada de que um dia desfrutaram. Via como se deleitavam com o efeito que o charme de Constance e sua energia teriam na vida doméstica, em Cheshire – saraus musicais no Natal, banquetes nos feriados religiosos e desfiles para os arrendatários.

Ela era o milagre que ele não tinha ousado ser otimista o bastante para esperar. E ele sabia como era ter essa esperança. Tal qual sabia como era perdê-la.

Dentro de uma longa série de decepções dolorosas que ele causara a elas, Constance seria a próxima coisa a lhes ser tirada.

Porque, em dez dias, ela romperia o compromisso e desapareceria na noite.

E ele não tentaria impedi-la.

Aquela vaga ideia que ele andara acalentando – confessar o que sentia de verdade, pedir a mão dela em casamento, convencê-la a ficar – era produto de uma ilusão tola e sentimental. Não dava para negar a verdade: ele não poderia se casar com uma mulher em quem não conseguia confiar.

Irritado por desperdiçar uma semana toda nutrindo esperanças, sentiu vontade de socar a parede. Em vez disso, levantou-se de modo abrupto. Aquilo tinha ido longe demais.

– Tremont? – chamou ele no corredor. O criado apareceu. – Peça a carruagem de lady Constance.

O homem assentiu e desapareceu, mas as damas olharam para Apthorp, surpresas.

– Qual é o problema, querido? – perguntou a mãe.

– O tempo está ficando muito ruim. Lady Constance deve voltar para casa antes que a tempestade comece.

– Ah, sim, de fato – concordou Constance, sorrindo para disfarçar o comportamento rude dele. – Eu estava gostando tanto da nossa conversa que não percebi a mudança nos ares.

– Vou acompanhá-la – disse ele. – Preciso trocar algumas palavras com a senhorita antes que se vá.

Em geral, era gratificante quando ela descobria estar certa em relação a algo em que era contrariada. Constance era bem versada na satisfação advinda de desafiar o senso comum e ainda assim sair por cima. Nunca tinha encontrado uma regra que não apreciara romper, e o brilho que iluminava os caminhos para sua satisfação pessoal vinha dos preceitos reduzidos a pó.

Mas hoje ela não estava satisfeita, e não era pelo fato de estar errada.

Convidar a condessa e lady Margaret a Londres tinha sido obviamente a coisa certa a fazer. As duas estavam encantadas, e sua presença conferia uma integridade imediata a lorde Apthorp, tornando os rumores distantes e ridículos. E o que era mais importante: lady Spence ficara tão satisfeita por Apthorp ter aceitado seu conselho que ela concordara em levar lorde Spence até a Strand para jantar com eles na semana seguinte.

No entanto, em vez de pedir desculpas pela rabugice na noite anterior ou, no mínimo, admitir que ela estava certa, Apthorp a encarava como se ela fosse um abscesso que aleijara seu cavalo. Por causa disso, passara o dia completamente zonza em infinitas demonstrações de carisma e felicidade para que ninguém notasse o mau humor dele. Constance estava exausta.

– Que grosseria! – sussurrou ela ao segui-lo até o saguão, depois de ter sido despachada de modo tão súbito. – Espero que pretenda se desculpar.

– Me desculpar? *Eu?*

Apthorp pegou a capa de Constance de um gancho na parede e a entregou de forma incisiva.

– Acho que deveria ser o oposto.

– Quer que eu peça desculpas pela audácia de planejar um dia de alegria para sua mãe e sua irmã ao mesmo tempo que garanto um encontro com lorde Spence? Pois bem. *Me desculpe.* Não sei o que me deu na cabeça para desperdiçar meus esforços com uma criança ingrata como você.

Ele respirou fundo. O vento chacoalhou os vitrais da antiga porta, tornando a expressão sombria de Apthorp positivamente ameaçadora. Do lado de fora armava-se uma tempestade de abril, daquelas que vêm acompanhadas de pedras de granizo do tamanho de seixos e gotas gélidas.

– Chega disso tudo – disse ele num tom indiferente. – Saídas. Igreja. Chás. Você está usando a minha família para conquistar seus objetivos como se minha mãe e irmã fossem acessórios. Deixe as duas em paz.

– Não seja ridículo. Faltam dez dias para a votação, e devemos ser vistos em toda parte...

– *Sem* a minha família.

Ela abaixou a voz, querendo evitar que alguém entreouvisse aquela conversa do outro lado da porta.

– Por que está tão determinado a mantê-las longe? Não enxerga o efeito que isso tudo está causando nelas? As duas estão esquálidas e pálidas como um pombo-correio. Parece que ir à igreja foi o máximo de diversão que tiveram em anos.

Ele cerrou os dentes.

– Porque dentro de quinze dias nós vamos romper este compromisso e este será o mais novo episódio a devastá-las nesses oito anos de infelicidade. Eu já expliquei tudo isso. E você me deu sua palavra, que não vale nada.

A pulsação de Constance começou a latejar no pescoço. Sim, ele tinha explicado, mas ela descartara o argumento pensando que Apthorp não queria recebê-las por não poder arcar com as despesas de oferecer uma estadia confortável. Dar aquela visita de presente havia lhe parecido uma solução elegante.

– Entendo – disse ela em voz baixa. – Sinto muito. De verdade. Eu me equivoquei. Achei que estivesse preocupado com as finanças.

O rosto dele ficou ainda mais sombrio. Ela fechou os olhos, lembrando-se tardiamente de que ter ciência da pobreza dele só tornava tudo bem pior.

– Lamento ter passado por cima da sua vontade – continuou ela, depressa. – Mas, agora que estão aqui, ao menos admita que a presença delas é útil para nossa causa. E o futuro delas, no fim das contas, depende de nosso sucesso.

– Eu estou sempre pensando no futuro delas, Constance – retorquiu. – Desde os meus 17 anos, não houve um único dia na vida em que eu não tivesse em mente esse fato. Não me venha com um sermão sobre de que minha mãe e irmã precisam. Você não sabe de nada. Isso aqui vai magoá-las. Perder você vai magoá-las. E depois elas vão voltar para Cheshire com nada além de solidão, decepção e a mácula de um novíssimo escândalo envolvendo o sobrenome da família. Consegue entender?

Ela se encolheu num canto do vestíbulo, percebendo que tinha cometido um erro terrível. Depois daquele momento no salão do primo, com as rosas, Constance se permitira pensar em Apthorp não como um homem a quem ela arruinara, mas como um aliado. Um homem cujo destino se entrelaçava ao dela.

Mas não.

O ódio que ele sentia por ela era tão denso que quase o deixava rouco.

De repente, ela o odiou também.

– Está me perguntando se eu consigo entender o que é me sentir cercada por escândalos, indesejada e sozinha? – perguntou. – Sei muito bem como é viver no exílio porque seus parentes acreditam que é o melhor para você. A solidão era tão grande que eu faria quase qualquer coisa para evitar repetir essa experiência. No entanto, estou passando exatamente por isso de novo por *você*, e ainda sou repreendida.

– Constance... – disse ele em voz baixa.

Mas ela não queria escutar. Já tinha dado ouvidos de sobra às opiniões dele.

– Você sempre me considerou uma criatura mimada demais, frívola, que não consegue entender o que é a dor ou a tristeza. Continua achando isso mesmo quando *eu desisto de tudo que é importante para mim para salvar a sua reputação*.

Estava tão transtornada que a voz vacilava. Ela odiava isso.

– Pode pensar mal de mim quanto quiser, mas não se esqueça de que nosso sucesso não aconteceu por acidente, Julian. Passei noites planejando eventos sociais e escrevendo cartas pedindo apoio para o seu projeto. Planejei seus jantares políticos, seu baile de noivado, seu *maldito casamento*. Estou exausta. Não consigo dormir porque sonho com você e...

Ele pôs as duas mãos nos ombros dela.

– Constance.

– Não me toque – disse ela, com a voz rouca.

Desviou-se do corpo dele e passou pelas portas pesadas, saindo na tempestade. O cocheiro, ao vê-la, deu um salto e foi para a chuva de granizo, para buscá-la.

– Espere! – chamou Julian, seguindo-a até a rua.

Mas ela estava cansada de repetir sem parar a mesma história esperando um final diferente.

A história deles terminaria assim. Sem olhar para trás.

Capítulo doze

Eu quero que você me toque.

As mãos que estavam sempre longe de onde ela tão fervorosamente desejava que estivessem percorreram seu corpo. Macias, masculinas, experientes, roçando por sua barriga, descendo até o quadril, provocando sua pele. Ela se ergueu em busca do calor que nunca estava tão próximo quanto ela queria.

Eu quero que você me toque.

Muito, muito suavemente, as mãos deslizaram para baixo. *Sim. Por favor. Aqui.*

Um baque.

Alguém na porta. As mãos recuaram. *Não, não vá, deixe que batam. Volte.*

Constance abriu os olhos, ainda na escuridão e tomada por um sentimento de desejo, como vinha acontecendo ultimamente.

Outro baque.

Ela gemeu. As batidas insistentes não vinham da porta, mas da janela, como se um galho de uma árvore tivesse caído durante a tempestade da noite anterior e houvesse decidido se divertir batendo até despertá-la de um sonho que parecera muito próximo de finalmente oferecer um alívio tão bem-vindo.

O que era apropriado, pois o mundo inteiro parecia conspirar para deixá-la tão infeliz quanto um gato dentro do rio.

Mais outro baque.

Constance se arrastou para fora da cama e foi até a janela, preparada para dar uma surra no suposto galho abusado. Abriu as cortinas e descobriu que a janela não estava sendo golpeada por uma árvore, mas por um homem.

Um homem de uma beleza incomum, ensopado de chuva, desarrumado, como se tivesse atravessado metade da cidade sob a garoa, em uma hora que mal se qualificava como o amanhecer, só para entrar às escondidas no jardim dos Rosecrofts e açoitar sua janela enquanto ela sonhava com ele.

– Apthorp? – sussurrou ela. – O que está fazendo aqui?

– Tenho uma chave para a estrebaria.

– Sim, mas por que está tentando invadir meu quarto no meio da noite?

Ele manteve os olhos semicerrados.

– Preciso me desculpar. Pelo que disse a você.

Constance sentiu um aperto maior do que gostaria de admitir ao ver a tristeza em seu olhar. Por isso cruzou os braços e falou, num tom insolente:

– Prefiro receber pedidos de desculpa *depois* do alvorecer.

– Não consegui esperar. Fiquei acordado a noite inteira com as palavras girando na minha cabeça. Posso entrar?

– *Não*. Se você for pego em meus aposentos, será obrigado a se casar comigo imediatamente, o que tornaria impossível romper nosso compromisso.

– É por isso que estou aqui. Não quero romper. Quero me casar com você.

Apthorp disse isso com o mesmo entusiasmo que usaria se anunciasse seu desejo de ser enterrado no mar caso morresse de peste ainda jovem.

– Ah, meu Deus do céu – balbuciou Constance.

Ela se virou, caminhou diretamente de volta para a cama, jogou-se nela e, para completar, fechou o cortinado.

Quando ouviu que ele escalava a janela, deu um sorrisinho amargo, porque criar cenas histéricas antes do amanhecer era algo bem mais característico dela do que dele. Talvez estivesse transferindo para Apthorp seu amor pelo teatro.

– Constance? – disse ele em voz baixa, ofegante. – Pode sair daí? Passei metade da noite em claro, pensando nesse assunto, e não estou aguentando mais.

Ele afastou as cortinas em torno da cama e se ajoelhou. Então pegou a mão dela e olhou em seus olhos com uma expressão extraordinariamente trágica.

– Por favor, case-se comigo.

E pensar que alguns minutos antes ela imaginara aquelas mesmas mãos fazendo todo tipo de coisa indizível. Na verdade, ela preferia que aquelas mãos fizessem coisas indizíveis a segurá-la para fazer um pedido de casamento motivado por culpa.

– Por que está pedindo isso agora?

– Pelo que você disse. Pelas coisas das quais está abrindo mão. Pelo que minha família vai sofrer. Estou pedindo demais de todos quando existe uma solução mais simples.

– Não há nada de simples em relação ao casamento.

Ele se inclinou.

– Constance – disse ele, olhando para ela cheio de piedade. – Se nos casarmos, você não vai precisar ir embora. Não vai precisar ficar sozinha.

O coração dela se encolheu. É claro que era por isso que ele estava ali.

Em um momento de frustração, ela havia sido fraca. Nunca devia ter falado da solidão que sentia. Apthorp não apenas a veria como uma pessoa patética, como fazia naquele instante, mas também se sentiria um canalha por deixar que ela sacrificasse a própria felicidade por causa dele. Considerando a necessidade de se ver como o homem mais exemplar da história da humanidade, Apthorp não suportaria assumir o papel de vilão. Preferia condenar os dois a uma vida inteira de infelicidade e de ressentimento.

Sem querer, ela havia construído uma armadilha. Precisava libertá-lo, caso contrário ele passaria o resto de suas vidas atormentando os dois.

– Não seja ridículo, Apthorp – retrucou ela em sua voz mais fria. – Eu nunca me casaria se não fosse por amor. Eu não amo você. E Deus sabe que você não me ama.

O rosto dele se contraiu de várias formas, como se aquela afirmação fosse de algum modo surpreendente ou discutível.

– Mas, Constance – disse ele, baixinho –, e se eu disser que amo?

⌒⌒

Ele nunca pretendera dizer aquelas palavras a ela, mas estava encharcado, cansado e triste, e pareceu impossível contê-las.

– Constance, e se eu disser que amei você esse tempo todo, por anos e anos?

Foi tão bom dizer aquilo, poder admitir depois de tanto tempo, que ele não conseguiu deixar de sorrir. A onda de leveza e prazer por finalmente dizer aquelas palavras em voz alta – por finalmente reconhecer a coisa errada que ele tanto queria, embora não fizesse sentido – foi tão intensa que ele praticamente esperou que o sol saísse, a chuva cessasse e o quarto se enchesse de passarinhos, potes de ouro e unicórnios, e que uma fada tocasse um alaúde num canto enquanto os dois dançavam.

Mas, em vez disso, os olhos de Constance ganharam um tom de azul mais gélido.

– Como ousa me dizer isso?

Os passarinhos e unicórnios desapareceram tão depressa quanto tinham surgido. É claro que ela não reagiria de forma romântica à sua declaração. Ele tinha se esforçado tanto para esconder a verdade que logicamente soaria falso dizendo aquilo.

Ele estendeu a mão e acariciou aquele cabelo lindo dela, mesmo amassado de sono.

– Sei que parece improvável, mas estou falando a verdade.

Ela deu uma risada glacial como a frieza em seus olhos e jogou a cabeça para trás, saindo do alcance de seus dedos estendidos.

– Posso ser jovem e boba, Julian, mas sei que amor não é algo que declaramos a alguém quando convém às nossas motivações. Nem é algo que se manifesta da noite para o dia, durante um acesso de culpa. No futuro, sugiro que me permita ser a pessoa cínica e manipuladora entre nós. Sou bem melhor nisso.

A frieza de sua voz começou a penetrar nos ossos dele.

– Não estou dizendo isso por culpa, Constance – prosseguiu ele, em voz baixa. – Estou dizendo porque é a verdade.

– É absolutamente impossível ser verdade, porque o amor não é uma declaração. É um conjunto de atitudes. Se o modo como você me tratou pelos últimos cinco anos é seu jeito de demonstrar amor, eu faria qualquer coisa para evitar uma adoração assim pelo resto da vida.

Ele se encolheu, porque a dor na voz dela tornava tudo incontestavelmente real. Se Apthorp tinha aprendido uma lição naquelas duas semanas, era que seus esforços para proteger o próprio coração haviam machucado o coração dela.

– Ah, não fique assim tão perturbado – disse ela com frieza. – Sei que o fiz se sentir péssimo no início da noite, mas eu só estava manipulando você para ganhar a discussão. A verdade é que aluguei uma quinta deslumbrante à beira-mar, perto de Santa Margherita, e vou escrever peças, arranjar amantes bonitos e comer *pistou* até ficar rechonchuda. Não precisa se preocupar com a possibilidade de eu morrer de infelicidade, desprovida da chance de cair de tédio costurando guardanapos e preparando caixas de caridade em algum casebre da era Tudor junto à sua irmã.

Ele fechou os olhos.

– Não precisa falar com tanto desprezo sobre a minha vida.

– E você não precisa salvar a minha – retrucou ela com firmeza.

Constance parecia tão absolutamente segura de si que ele não podia fazer nada além de admirá-la mesmo enquanto a verdade o esmagava: ele a perdera.

Não tinha acontecido no mês anterior, quando perguntou sobre presentes de noivado.

Nem algumas semanas antes, quando descobriu que tinha sido ela quem o expusera.

Ele havia perdido Constance muitos e muitos anos atrás.

E não ia recuperá-la.

Constance sentou-se na cama e ficou avaliando Apthorp.

– Mas você tem razão. Não podemos continuar assim.

– Assim como? – perguntou ele, sentindo-se completamente derrotado.

Ela fez um gesto com a mão entre os dois.

– Todas essas demonstrações de afeto em público, depois as brigas em particular e aí ter que fingir que estamos apaixonados dez minutos depois... É difícil demais. Deixa nós dois confusos, e, se cometermos um erro, todo esse sacrifício terá sido em vão. Vamos agir melhor. Proponho uma trégua.

– Que tipo de trégua?

Ela o fitou e sorriu.

– Durante o tempo que ainda teremos juntos, vamos fingir que estamos apaixonados.

Ele gemeu.

– Mas não é isso que temos feito?

– Não estou falando de fingir apenas em público. Em particular também.

Ela deu um sorriso angelical.

– Não vou criar confusão nem me intrometer nos seus assuntos. Você não vai me acusar de traição nem fazer sermões sobre o meu comportamento. Durante nove dias, vamos apenas nos ajudar, agir de modo apaixonado e doce. E depois, quando isso acabar, nunca mais precisaremos voltar a nos ver. Concorda?

Ele olhou para ela com tristeza.

– Concordo, Constance. Durante nove dias vamos simplesmente estar apaixonados – garantiu ele, quando, de fato, sabia que nunca estariam.

Ela segurou as mãos dele e olhou em seus olhos com uma expressão tão sincera que Apthorp não tinha a menor condição de lhe negar nada.

– Julian, meu querido amigo. Vou insistir para que você me prove.

Ela estendeu os braços e o puxou para a cama.

Capítulo treze

Pego de surpresa, Apthorp desabou sobre ela de uma forma um tanto deselegante, e ela gostou do jeito com que seu peso a prendeu no colchão, da sensação das roupas molhadas roçando em sua pele e do cheiro amadeirado do óleo de cabelo misturando-se ao perfume dos lençóis limpos.

Apesar da raiva, os vestígios de seu sonho não tinham desaparecido, e a proximidade do corpo dele devolveu-lhe o sentimento de urgência, a sensação de que bastaria que ele a tocasse para que se sentisse bem melhor.

Constance buscou as mãos dele e as colocou sobre os seios ocultos pela camisola.

– Prove.

Constance sussurrou com os lábios nos lábios dele, mordiscando de um jeito que ela sabia que ele gostava. Do jeito em que ela não conseguia parar de pensar desde o episódio no armário.

As mãos dele envolveram suas costas e o corpo se voltou para o dela. Ela o beijou mais profundamente, chocada e feliz por ele estar fazendo exatamente o que ela queria.

Mas, quando ela ousou colocar a língua junto da dele, ele subitamente se afastou.

– O que estamos fazendo? – gemeu ele.

– Fingindo que somos amantes. Volte.

– Não, Constance.

– Por que não?

Ele lutava para se distanciar.

– Porque não é certo. Não é real. Você acabou de explicar em detalhes bem vívidos por que não quer que isso se torne real.

– Este é o ponto, Julian. Estamos fingindo.

– Isso aqui não é fingimento. É melhor eu ir.

Da próxima vez, simplesmente me diga o que você quer.

Ela sabia o que queria. E talvez fosse sua única chance de obter.

Queria já estar com aquelas roupas de cortesã que encomendou a Valeria, pois ele a encarava como se ainda fosse uma criança.

– Julian, não consigo parar de pensar em você. Aquele dia na sua casa, com as amarras... Não consigo parar de imaginar...

– Eu nunca deveria ter feito aquilo.

– Queria que você tivesse feito *mais*. Não banque o inocente comigo. Li seus diários e vi o que estava nos seus baús. Sei que pode me ensinar e quero aprender. Quando for embora, quero ser uma mulher do mundo, e não uma virgenzinha apavorada que precisa ouvir um sermão sobre como beijar direito. Se você se importa comigo um pouquinho, vai me dar isso.

Ele fechou os olhos e ficou em silêncio.

– Alguém vai acabar ensinando – disse ele, enfim. – Alguém de quem você goste.

– Não quero alguém de quem eu goste... quero *você*. Eu sonho com você. Me beijando e... fazendo outras coisas. E quando acordo estou em suplício, com o corpo aflito.

Ele engoliu em seco.

– O que você quer exatamente?

– Quero que faça amor comigo.

Ele se manteve imóvel, sem confiar nas próprias reações até ser capaz de controlar o coração acelerado. Outras partes do corpo agiam de um modo que não era condizente com seu código de conduta. Um código que não abrangia a corrupção de virgens bem-nascidas, por mais que elas alegassem sentir o desejo de serem corrompidas.

Se fossem se casar, ele a jogaria sobre o ombro e faria o que ela bem quisesse. Se estivessem em Charlotte Street, daria a ela qualquer coisa que desejasse sem pensar duas vezes.

Mas estavam em Mayfair, onde ele desprezava o tipo de homem que fazia o que ela estava pedindo. Juntar-se àquela laia faria dele o pior tipo de hipócrita.

– Julian – sussurrou ela. – Por favor. Se essa *aflição* continuar, vou enlouquecer. E, como você é a causa dela, é você quem deve colocar um fim nisso. Se quiser me fazer uma gentileza, que seja essa.

Ela apontou para si mesma. Os lábios estavam inchados pelos beijos, rosados por roçarem na barba por fazer. Os bicos dos seios estavam duros sob o tecido fino da sua camisola infantil. Braços e colo avermelhados.

De fato, ela era o retrato da aflição.

Exatamente daquele tipo de aflição que ele era, muito literalmente, um especialista em aliviar.

Seria tão errado assim dar a ela uma espécie de... lição? Do mesmo jeito que ele a ensinaria a fazer o encordoamento de um arco se ela quisesse aprender a atirar?

– Me desculpe, mas não posso fazer o que está me pedindo – disse ele, devagar.

A bela confiança audaciosa pareceu sumir imediatamente.

Ela enterrou a cabeça sob um travesseiro.

– É claro – resmungou ela. – Nem sei por que esperaria qualquer coisa de você além de rejeição. Sinto muito por ter pedido. Com certeza é perverso da minha parte desejar isso.

Merda.

Ele já a magoara muitas vezes. A última coisa que queria era deixá-la constrangida por ter realizado uma confissão íntima e vulnerável. Durante anos, ele havia desenvolvido uma espécie de vocação para fazer com que as amantes se sentissem seguras para exprimir seus desejos, por mais fora do comum que fossem. Ele não falharia nisso com a mulher que adorava acima de todas.

Para alguém que era tão franca em outros assuntos, Constance era bem comedida em relação aos próprios sentimentos. Ele percebeu que sabia pouco sobre seus sonhos íntimos, sobre os segredos de seu coração.

Ele nunca perguntara.

Maldição, *ele nunca perguntara.*

Se tivesse feito isso, não teria arruinado as coisas antes de começarem.

Ele pousou a mão sobre a dela com delicadeza, até que ela o olhou, sob a borda do travesseiro.

– Constance, nada em você é perverso. Mas não posso... tocá-la. E não é porque não quero ou porque seja errado que você deseje isso, mas porque não é correto tomar tais liberdades se não existir um futuro para nós.

Ela gemeu.

– Mas posso oferecer alguma orientação para acalmar essa... *aflição*... se você quiser.

Ela brincou com o canto de uma fronha rendada.

– Ah, é...?

Apthorp estava falando exatamente com a mesma imprecisão sofrida que ela e revirou os olhos para si mesmo. Era um adulto com histórico de manter conversas bem mais diretas e detalhadas sobre tais assuntos com mulheres que conhecera por menos de cinco minutos.

– O que quero dizer é que, se não sabe como fazer, posso ajudar você a aprender a gozar.

Constance piscou.

– *Gozar?*

– Conseguir o alívio para essa aflição... uma espécie de clímax do prazer. Você não precisa de um amante para isso. Pode fazer sozinha sempre que tiver vontade.

Ela arregalou os olhos de um modo que sugeria que ainda não tinha descoberto aquilo sozinha.

– Gozar – repetiu ela. – Que expressão estranha.

– Os franceses chamam de *la petite mort*, mas você pode chamar como quiser. O importante não é o nome, mas a sensação.

– E qual é a sensação?

Ele nem conseguia começar a responder àquela pergunta.

– Só existe um jeito de descobrir.

O que ela o convencera a fazer?

Com certeza, a julgar pelo modo como a voz de Apthorp agora estava baixa e rouca, ele achava que aquilo o lançaria irremediavelmente nas profundezas do inferno.

O que não mudava o fato de que ela desejava muito aquele tipo de morte, particularmente naquele instante, com Apthorp a seu lado na cama. Ninguém poderia ser recriminado pelo efeito que uma visão como aquela provocava em suas partes mais íntimas. O calor pegajoso entre as pernas que a castigava toda vez que passava muito tempo se lembrando do encontro no armário estava mais intenso do que nunca, e aquela pulsação persistente atingia seu cérebro em cheio.

Se havia uma cura para aquilo, por Deus ou Belzebu, ela precisava obtê-la. Até porque, se a Sra. Mountebank pudesse dizer alguma coisa sobre o assunto, sua alma mortal sem dúvida já estava mesmo destinada ao inferno.

– O que eu faço? – perguntou ela.

Apthorp... Não. *Julian*, pois não conseguia pensar nele como o rígido lorde Apthorp quando olhava para ela daquele jeito, os olhos em chamas, o calor de seu corpo deixando os lençóis tão quentes que a pele dela chegava a formigar ao encostar neles. Pois bem, Julian engoliu em seco. Um som que parecia um tanto de riso e um tanto de suspiro. Como um homem que desejava alguma coisa que não queria desejar.

– Acomode-se em seus travesseiros – disse ele, rouco. – Tente relaxar.

Ela não conseguia imaginar como seria possível relaxar com Julian em sua cama.

Mesmo assim, ajeitou-se como ele instruiu. Mas depois de ter pedido aquilo ela se sentia muito, muito tímida.

– Não estou relaxada. Pelo contrário. Estou absurdamente nervosa.

– Está tudo bem. Pode ser difícil se soltar na presença de outra pessoa. Tente fechar os olhos.

– Talvez, se você me beijasse, eu me sentisse menos nervosa. Não é assim que funciona?

– Eu já disse. Não vou tocá-la. Mas isso não significa que você não possa se tocar.

– Ser rejeitada não estimula o desejo de me tocar justamente diante de quem me rejeitou – disse ela, assumindo um tom recatado, porque, se dissesse alguma coisa diferente, cairia em prantos.

Elucubrações tortuosas eram o único conforto que lhe restava.

Ele fechou os olhos. Quando voltou a abri-los, sorria para ela.

– É isso que pensa que estou fazendo? Rejeitando-a? Meu Deus, Constance. Eu... Olhe para mim.

Ela obedeceu com relutância. Os olhos dele estavam escuros, do mesmo jeito que ficaram quando ele a beijara.

– Aí não – sussurrou ele.

Ele olhou para o quadril e arrastou a mão até a calça, que estava esticada com a evidência da excitação masculina.

– Vê como estou duro? – perguntou ele em voz baixa. – Adoraria fazer o que me pede. Mas não posso. Portanto saiba quanto eu a desejo e feche os olhos.

Ela fechou. E saber que não estava sozinha naquele maldito estado de desejo tornou o desejo mais intenso ainda. Sentia-se frenética. Seria capaz de fazer qualquer coisa para que aquilo passasse.

– Ótimo – sussurrou ele. – Agora, se concentre no seu corpo e nas sensações que você quer. Onde poderia desejar ser tocada.

Nos seios. Quero suas mãos neles de novo.

– Não consigo dizer – sussurrou ela. – Estou com muita vergonha.

– Não precisa dizer nada, minha linda. Apenas se toque. Finja que eu não estou aqui.

Ela sacudiu a cabeça. Era absurdo. Ele estava ao lado dela como se fosse a encarnação do alvorecer. Dourado, com cabelos molhados, despenteados, os olhos cor de âmbar reluzentes, as partes íntimas rijas de desejo por ela, e o que *ela* queria era que ele a tomasse nos braços e fizesse aquilo passar. E não que ficasse observando enquanto ela realizava alguma espécie de pesquisa científica sobre o desejo.

Abriu um dos olhos e olhou para ele.

– Não consigo. É esquisito demais. Não vai funcionar.

Ele pegou a gravata e começou a desfazer o nó.

– Talvez ajude se não puder me ver – disse ele suavemente. – Levante a cabeça. Vou facilitar as coisas.

Ela obedeceu, mesmo que tivesse sido apenas por aquilo ser uma desculpa para deixar que ele a tocasse.

Com delicadeza, ele colocou o tecido em torno dos olhos dela e o prendeu confortavelmente, amarrando atrás da cabeça.

Estava com o cheiro dele. Ah, meu Deus, com o *cheiro* dele.

Um pouco de luz atravessava o pano macio, mas ela não conseguia mais discernir as formas. Não era como se ele não estivesse ali, mas pelo menos aquilo a poupava de ter que encará-lo naquele estado infernal de desejo.

– Melhor?

– Talvez – sussurrou ela.

Então sentiu que ele se sentava na outra ponta do colchão, perto de seus pés.

– Não posso dizer como encontrar o prazer, porque cada mulher é diferente. Mas direi a você o que eu faria, se fôssemos amantes. E, se quiser experimentar por si mesma, vá em frente. Mas podemos parar a qualquer momento e esquecer que isso tudo aconteceu.

Bem, bem discretamente, ela se mexeu de modo que seu calcanhar encostou no quadril dele. O contato fez com que ela sentisse um choque de eletricidade na perna.

– Me diga o que você faria – murmurou ela, pois suspeitava que iria gostar de qualquer coisa que ele fizesse.

Constance esbarrou com o arco do pé na coxa dele, como se por acidente, e tentou não suspirar com o prazer de tocá-lo. Meu Deus, como ela queria tocá-lo.

– Humm – disse ele, com suavidade. O tom não tinha nada de brincalhão. – Primeiro, acho que tocaria nos seus seios.

Seria ele capaz de ler seus pensamentos?

Constance fechou os olhos vendados pela gravata, inalou seu perfume de cedro e, reunindo as últimas gotas de coragem em seu corpo, fez exatamente isso. Fingiu que eram as mãos dele que roçavam nela quando chegou aos seios e tocou o tecido firme.

– Assim? – perguntou a ele.

– Isso. Bem assim. E talvez apertasse os mamilos por cima da camisola só para vê-los mais rosados.

Os mamilos ficaram mais firmes e, quando ela os esfregou sobre o tecido, pareceu tão bom que, por um momento, ela se esqueceu de que ele a olhava.

Constance soltou um grande suspiro e sentiu que ele mudava de posição, fazendo um contato mínimo, mínimo, com o dedo do seu pé. Quase como se também quisesse tocá-la.

– Assim mesmo – continuou ele, sem ar. – Esfregue-os entre os dedos.

Ela obedeceu, e a fricção do tecido liso da camisola na pele enrugada parecia dolorosa e boa ao mesmo tempo, desencadeando sensações em seu ventre. A respiração acelerou. Antes, ela ficaria horrorizada ao pensar que ele pudesse perceber e tentaria ocultar, mas, com os olhos protegidos pelo tecido, sentia-se estranhamente livre. Quase como se *quisesse* que ele reparasse. Constance mordeu a língua e dobrou a perna para que o calcanhar alcançasse o músculo da coxa dele.

Ele não se afastou.

– Isso – disse ele numa voz que não era exatamente um suspiro.

E, quando ouviu que a respiração dele estava entrecortada e soube que ele também estava gostando, uma onda de *aflição* disparou por seu ventre.

– Está gostoso? – indagou ele.

– Está – admitiu ela. Para dizer o mínimo. – Mas ainda quero experimentar a morte.

Ele riu.

– Meu anjo, infelizmente você ainda está bem longe da morte. Mas não se preocupe. Vamos ver se conseguimos matá-la em breve.

– Como? – sussurrou ela.

– Bem, agora eu tiraria sua camisola, porque estaria morrendo de vontade de passar as mãos na sua pele.

Constance sorriu ao ouvir aquela confissão, ao ouvir que ele gostava de sua pele. E então imaginou que ele a olhava – ali, naquele momento, naquela cama – e sentiu muito, muito calor.

– É – concordou ela. – Parece o melhor a fazer agora.

Ela não poderia se imaginar permitindo que ele a visse nua em circunstâncias normais. Mas, naquele instante, parecia extremamente necessário e urgente que ela se despisse.

Puxou a camisola até a altura das coxas e tirou-a pela cabeça, com cuidado para que sua impaciência não desfizesse os nós da gravata. Não queria vê-lo observando-a, queria só imaginar. Acomodou-se nos travesseiros e deixou que as mãos explorassem seus seios nus e o ventre, e ouviu a respiração dele.

– Ah, você é uma criatura linda, Constance.

– Não, não sou...

Mas não era um protesto sincero, porque naquele momento ela se sentia linda. Especialmente quando ele falou:

– Em que outros lugares gostaria de ser tocada? Finja que está guiando minhas mãos para onde você quer que elas sigam.

Mais embaixo.

Ela passou as mãos pela barriga, o que provocou uma forte reação entre suas pernas – uma pontada. *Ela iria em frente? Diante dele?*

Sim. Não era hora de hesitar. Com os dedos, foi traçando o caminho até a *aflição*. Mas logo se perdeu. A sensação parecia vir de algum lugar nas profundezas, e, todas as vezes que tentou localizá-lo sozinha, ela só acabou mais suada, mais frustrada, mais irritada, incapaz de produzir o alívio desejado.

Os dedos pararam nos pelos entre as pernas.

– Sim, é exatamente onde eu gostaria de tocá-la – afirmou Julian.

Com alguma hesitação, ela pôs os dedos mais embaixo, mas parou ao se surpreender com o que estava acontecendo ali.

– Você está tão molhada... – sussurrou ele, e o tom não era de confusão nem de nojo, mas de alguma coisa parecida com... fome.

– Isso é bom?

Ele gemeu.

– Muito bom.

Ela passou os dedos na carne, explorando, embora estivesse bem ciente de que ele a observava e de que ela não tinha a mínima ideia do que fazer em seguida.

– E agora? – perguntou ela.

– Eu abriria um pouquinho suas coxas e acariciaria bem ali, naquele pontinho intumescido sob seu dedo médio.

Ela mexeu os dedos de leve. *Ah.*

– Talvez eu parasse aí e me demorasse por algum tempo. Acariciando. Só para descobrir o que a faz ter as melhores sensações.

Tudo parecia bom. *Intensamente* bom. Constance empurrou o calcanhar com mais força ainda na coxa dele, sem se dar ao trabalho de fingir que era por acidente. Mas ele não se afastou. Continuou falando naquela voz baixa, íntima.

– Mas eu também gostaria de fazer com que você se sentisse bem por inteiro, por isso exploraria um pouco para descobrir os lugares que levam você a estremecer. Mais profundamente, entre as suas pernas, onde você está muito, muito molhada. Devagar. Só para ter certeza de que não estamos deixando nada de fora.

Ela seguiu as instruções, e isso pareceu despertar outras partes de seu corpo. Mas aquele "pontinho", como ele chamara, parecia implorar uma atenção mais demorada, e ela acabava voltando para lá.

Quando percebeu que fez um barulhinho, Constance congelou, com medo de que ele risse dela.

– Ah, querida – disse ele, sem ar –, assim. Quero ouvir como é bom. Toque bem ali. Um pouco mais rápido se quiser, fazendo pequenos círculos até não conseguir mais parar, até ficar bem na beira do precipício.

Ela esfregou os dedos de modo ritmado.

– Julian, a aflição está ficando *pior* – declarou ela, ofegante, contorcendo os dedos do pé sobre a perna dele.

– Eu sei, querida. – Ela percebeu um sorriso na voz dele. – Fica pior antes de ficar melhor. Mas vale a pena, eu prometo.

A voz dele, baixa e rouca, a fez se sentir tonta, e ela pressionou a *fleur* com um pouco mais de força, sendo premiada com uma onda de prazer. Arquejou.

– Eu poderia enfiar alguns dedos em você, Constance, agora que está mais perto de chegar lá. Sinta como está quente, molhada, apertada...

A voz dele era pesada, densa. Julian tinha se aproximado, e por isso sua coxa estava sendo pressionada pela parte de baixo do pé de Constance. Estava suficientemente próximo para permitir que ela sentisse o calor de seu corpo emanando das roupas.

– Eu gostaria de fazer você se sentir completa e carente, como se pudesse desfrutar de todas as sensações possíveis ao mesmo tempo.

Ela *sentia*. Meu Deus, ela *sentia*!

– Eu faria isso até que você estivesse em agonia. Até que eu estivesse em agonia com você.

Para seu choque, Constance deixou escapar um gritinho involuntário. Em resposta, ela ouviu que ele emitia um gemido baixo e dolorido.

– Ah, querida, eu ficaria feliz em ouvir quanto isso é bom. Estou completamente duro só de pensar nisso. Só de observar você.

Duro. Ela se lembrou da sensação do contato com sua virilidade no quartinho de empoar, e o vazio que a lembrança provocou foi insuportável.

– Quero sentir. *Você* – disse ela. – Por favor, isto não basta.

– Não posso, Constance. Eu quero, mas não posso.

Ela continuou a se tocar, tentando passar daquele limite de intensidade que prometia algo melhor, mas não conseguia.

– Não é suficiente – repetiu ela.

Nunca era. Tinha tentado tantas vezes encontrar o que desejava, e aquilo era melhor, com certeza, mas ainda a deixava agitada, e ela sabia que ficaria naquela aflição para sempre. Fechou as pernas, quase com vontade de chorar de pura frustração.

De repente, o colchão mudou de posição e seu pé perdeu o contato com a coxa dele. Ouviu Julian atravessar o quarto e remexer em suas coisas.

– Ah, meu Deus, não me deixe assim...

O colchão voltou a se mexer.

– Tenho uma ideia. Me dê sua mão.

Ele então colocou algo firme e redondo em sua palma.

Era... uma maçã. Uma maçã da cesta que ela mantinha na escrivaninha.

– O quê... Julian... Sua solução para o meu sofrimento é me oferecer uma fruta?

A voz dele soou como se achasse graça de alguma coisa.

– Constance, vou contar um segredo a você. Nas quartas-feiras, quando uma dama visita o clube procurando satisfação de um modo que não comprometa sua virgindade... certos itens podem ser usados para ajudá-la a encontrar o prazer. Como aquele que você encontrou no meu baú. Posso providenciar uma solução mais permanente, mas, nesse meio-tempo, talvez você sinta com isso algo parecido com a dureza de um homem.

Ela ficou literalmente sem palavras. Lembrou-se da onda de excitação que sentira ao tirar a escultura de mármore obscena do baú e perceber o que era – a crueza daquele objeto era diferente de qualquer coisa que tivesse visto até então –, mas aquilo não era um falo. Era um alimento.

– O que gostaria que eu fizesse com isto?

A voz dele soou baixa, sedutora, nada tímida.

– Coloque entre as pernas e finja que o que você está sentido é o meu pênis.

O pênis dele.

O modo sensual, franco como ele disse aquelas palavras fez com que Constance quisesse experimentar, mesmo que a sugestão parecesse absurda.

– Assim?

Ela tomou a maçã e a colocou na junção das coxas.

Era... redonda. E dura. E lisa. E não era desagradável.

– Mais embaixo, para que se esfregue no seu sexo.

Ela colocou a maçã entre as pernas. A princípio, o estranhamento foi maior que o prazer. Mas, à medida que seu calor e sua umidade encontraram a fruta, de repente tudo pareceu... muito bom. Estava completa. Atingia todos os lugares certos ao mesmo tempo.

– Minha nossa – sussurrou ela.

– Ah, minha linda, isso – disse ele. – Que delícia, você toda molhada... apertadinha. Como se fosse o meu membro tentando entrar em você.

Ela arqueou as costas e estendeu o pé até sentir o pênis duro dele sob os dedos. Ela o roçou enquanto se remexia, esfregando-se em toda a maçã, fingindo que era ele.

Alguma coisa se desmanchou dentro dela.

Ela sentiu. Percebeu que a morte se aproximava e que tomava conta dela.

Afundou o calcanhar na coxa dele e se entregou ao ritmo dos quadris enquanto seus dedos executavam o milagre que ela desejava ter conhecido antes.

Gritou o nome dele ao ser dominada pela sensação.

E, quando voltou a si, decidiu que ele estava errado.

A sensação não era de *morte*.

Era mais como um despertar.

∼

Apthorp observou Constance estremecer. Observou ela se recuperar lenta e docemente, o cabelo louro esparramado como se fosse o luar, o rosto parcialmente oculto pela gravata, a pele clara ruborizada, o corpo frouxo, a maçã vermelha largada num canto, entre os lençóis úmidos e desarrumados.

Observou Constance sorrir. O modo como os cantos daquela linda boca se ergueram de satisfação lhe causou um aperto no peito. Ele não se esqueceria daquele sorriso pelo resto da vida.

– Obrigada – sussurrou ela.

Ele soltou o ar pela boca.

– O prazer foi todo meu.

– Não. – Ela deu um sorriso maroto, pegando a gravata e tirando-a dos olhos. Encarou-o com timidez e tocou seu pênis ereto com o pé, aquele maldito pé erótico cujos movimentos lhe deixaram lembranças que levaria consigo para a sepultura. – Não é verdade.

Meu Deus, ele a queria naquele momento. Toda corada e safada, com o poder íntimo, recém-descoberto, reluzindo em seus olhos.

Ela rolou para um canto e olhou para ele, ousada.

– Mas poderia ser.

Os olhos dela viajaram do rosto até o colo dele, onde a ereção manifestava todo o seu interesse de forma inconteste, bem embaixo dos dedos do pé dela.

Ela fitou o volume com grande atenção.

– A sensação é a mesma para você?

– Não exatamente...

O pé dela se aproximou e ele precisou de todas as forças de que dispunha para não apertar os dedos sobre si para obter alívio.

Maldição, tinha deixado aquela situação ir longe demais. Era diferente quando os dois podiam fingir que ela havia tocado nele acidentalmente, sem se dar conta, em um momento de paixão. Aquilo ia além de seu contrato particular consigo mesmo.

Julian se afastou.

– Não precisa se mexer – declarou ela. – Eu teria curiosidade em aprender... Se quisesse me dar uma demonstração...

Querer algo com aquela intensidade era pura tortura.

Seria fácil soltar a calça, gozar ali mesmo diante dela, narrando a experiência do próprio prazer. Dizer quanto ele a desejava, como ela o deixava duro. Como a lembrança de amarrar as mãos dela o deixara... *aflito*... muitas vezes. E como estava com ciúme de uma maldita fruta.

Ela deve ter reparado que a ereção se intensificou com aqueles pensamentos, porque avançou e colocou a mão ao lado dela, sobre a coxa.

– Minha nossa... – disse ela. – Posso tocar?

Nem todos os artistas do Renascimento teriam produzido uma visão mais atraente em suas tentativas de captar o paraíso.

Por favor. Eu imploro.

A tentação era enorme, e não era apenas uma resposta do corpo.

Era difícil deixar de lado o desejo de pedir mais uma vez: *Só se você se casar comigo de verdade.*

Mas ela não queria se casar com ele.

Por isso fazer amor com ela não melhoraria a situação. Apenas o tornaria incapaz de conviver consigo mesmo. Ele a perderia de qualquer modo.

Julian se levantou.

O esforço quase o matou.

E, enquanto se levantava, disse a verdade:

– Eu simplesmente não posso, Constance. Eu não suportaria.

Capítulo catorze

Constance contou as horas que a separavam da liberdade. Eram 116 horas e 45 minutos.

Estava sonhando com aquilo. Talvez conseguisse enfim descansar.

Fingir estar apaixonada havia se tornado uma tortura.

Tinha sido bem mais divertido fingir antes de ela e Julian decidirem fingir estarem apaixonados também a sós. Desde então, cada dia era um exercício doloroso de uma doce e carinhosa desonestidade.

Ele não voltou a pedi-la em casamento. Não repetiu que estava apaixonado por ela. Nem fez menção aos momentos que passaram juntos no quarto dela.

Ninguém que os observasse perceberia qualquer mudança.

No entanto, tudo estava diferente.

Ele estava diferente.

A boca, sempre tão resolutamente austera, sorria sempre que estava com ela. Ele também ria com mais facilidade, tinha uma postura mais relaxada e falava com mais liberdade. Descobria motivos para tocá-la – ajustar a capa sobre seus ombros, afastar fios de cabelo de seus olhos. Começou a chamá-la de *meu amor*.

Quando estavam *a sós*.

Sem qualquer traço de ironia.

Mas a verdadeira diferença estava nos olhos. Estavam mais suaves, como se um véu tivesse se erguido e ele permitisse ser visto por ela pela primeira vez. E, quando Constance os olhava, alguma emoção reluzia em resposta, alguma coisa sem controle, perturbadora, crua.

Algo parecido com adoração.

Era o modo como ela sempre quisera ser olhada por alguém. No entanto, quando via aquilo nos olhos de Julian, ficava tão nervosa que precisava virar o rosto.

E a cada dia ela se afastava um pouco mais, sem saber o que pensar nem o que sentir.

Seu estado de espírito não se prestava à vida social. Constance não queria atuar. Queria ir para o quarto, trancar a porta, ficar sozinha e pensar. Queria escrever no diário por horas e horas, durante dias e dias, até ter câimbras nas mãos, ficar com manchas de tinta até os cotovelos e, com isso, de algum modo, descobrir o que fazer.

Mas horas e dias não eram bens que ela tivesse de sobra. Cada momento acordada entre aquele instante e a manhã em que sairia pela janela rumo ao litoral era consumido pela produção *O namoro do século*, a obra-prima teatral da qual ela era a estrela e a autora.

E o clímax aconteceria naquela noite: deveria impressionar os Spences de tal forma com seu comportamento piedoso e simples, com sua alegria contagiante pelo matrimônio, que concordariam definitivamente em apoiar o projeto de seu falso noivo.

Preferia que me furassem um olho.

Pare com isso. A cegueira seria um obstáculo para a escrita e você ficaria muito esquisita de tapa-olho.

Alisou um tecido rústico que obtivera pessoalmente na cozinha da criadagem na Casa de Westmead e que cobria a velha mesa de carvalho na sala de jantar de Julian, pois descobrira que lorde Spence apreciava uma casa humilde. Passara semanas sutilmente procurando pistas sobre como conquistá-lo e preparou a noite de acordo com elas. A Bíblia ganhou lugar de destaque na prateleira sobre a lareira, pois lorde Spence era religioso. Pela casa, um perfume delicioso de rosbife, pão com nozes e maçãs cozidas, pois lorde Spence tinha problemas de estômago e preferia comidas simples. A mesa foi posta sem vinho, pois os Spences evitavam bebidas alcoólicas. Tulipas foram colocadas em vasos de vidro, pois lorde Spence investia no comércio dessas flores.

Ao chegar o convidado, relaxou visivelmente. Assim como a esposa, que comentou sobre a evidente habilidade de Constance para cultivar uma atmosfera doméstica.

A única pessoa no aposento que não parecia encantada pela pequena refeição era a própria Constance. Esperava que seu comportamento muito sério passasse por um ar de devoção espiritual.

– Condessa, estou tão feliz por poder nos visitar – disse lady Spence para a mãe de Apthorp. – Já posso ver o efeito que está tendo sobre minha afilhada. Ela está bem mais tranquila.

Constance deu seu melhor sorriso recatado falso.

– Fico encantada que pense assim.

Apthorp fez uma pausa e olhou para ela do outro lado da mesa, como se conjeturasse se aquilo era mesmo verdade.

– Acho que ela está estranhamente tristonha – disse, numa voz baixa que Constance entendeu ser mais para seus ouvidos.

Ele falou com leveza, mas o comentário guardava uma pergunta. Algo como: *Você está mesmo bem?*

Ela estava bem. Aquele comportamento contido não era o que ele e o resto do mundo sempre quiseram dela?

Desviou o olhar e sorriu para lady Spence como se pedisse desculpas.

– Lorde Apthorp está brincando. Na noite passada comentou como eu havia me beneficiado com sua orientação firme.

– Não, ele tem razão. Você está bem menos vibrante, Constance. Mal a reconheço – disse o irmão, olhando-a com um grau incomum de preocupação. – Está se sentindo mal?

A preocupação nos olhos de Archer fez com que ela tivesse vontade de arrastá-lo para o corredor, confessar todos os seus segredos e esperar que ele resolvesse tudo até que fosse possível alguma espécie de final feliz.

Mas contar a ele qualquer parte da história significaria confessar toda aquela confusão de mentiras, e isso era impossível, uma vez que as mentiras tinham sido criadas para protegê-lo.

Constance estava dentro da prisão que ela mesma concebera e construíra. Sozinha.

Como sempre esteve.

E como em breve estaria eternamente.

Não. Chore. Em. Cima. Do. Rosbife.

– Estou ótima. É só a empolgação com os preparativos do baile que está me deixando cansada. É a alegria.

Lady Spence sorriu.

– Claro, minha querida. Além do mais, nosso objetivo é tornar lady Constance menos vibrante, Westmead, e mais devota. Como estou certa de ser o desejo de lorde Apthorp.

– Na realidade, adoro quando lady Constance é vibrante – disse Julian, mais uma vez olhando para ela com o carinho que havia demonstrado durante toda a semana. – Sempre achei que é isso que a torna tão notável.

Lady Margaret levou as mãos aos lábios para esconder um sorriso.

Até o irmão de Constance, dono de um coração gélido, sacudiu a cabeça, parecendo ligeiramente comovido. Comovido *por causa dela*. Por achar que Apthorp dizia a verdade.

Porque ela havia criado um monstro.

Julian era tão tocante e solícito que a deixava perturbada. E era tão bom em se comportar como se a amasse que ela estava começando a acreditar que era verdade. Que todas aquelas coisas cínicas que ele dissera em seu quarto eram verdade.

E, se fossem, por que ela estava desmantelando sua vida para fugir dele?

Queria mesmo ir embora? Ou queria Apthorp? E, se quisesse, será que ele não agiria como sempre agira? Lembrando-a de todos os motivos pelos quais a achava insuficiente, descartando-a assim que ela demonstrasse o menor interesse?

Deveria acreditar numa semana de olhares amorosos e toques delicados e deixar para trás toda uma década sendo rejeitada, ignorada e castigada por ser inadequada?

Voltou à tarefa de cortar a carne, mas as mãos tremiam, e ela teve que baixar a faca.

– Está se sentindo bem, meu amor? – perguntou Julian, não mais disfarçando sua preocupação.

Ela sorriu para ele com animação.

– É claro que sim, querido.

– Lady Margaret, o que está achando de sua estadia em Londres? – perguntou Cornish Lane Day com animação.

Sem dúvida se esforçava para levar a conversa para algum assunto mais atraente para os Spences do que o abalo emocional de Constance.

Constance havia reparado nos olhares de esguelha que ele lançou para Margaret a noite inteira.

Margaret estava bastante ruborizada.

– Está sendo bem mais animada do que estou acostumada. Mal consigo dormir à noite por causa do barulho, embora meu quarto tenha vista para o jardim.

Lady Margaret corou mais ainda, sem dúvida chocada por ter, inadvertidamente, mencionado seu quarto diante de um cavalheiro.

Constance cravou as unhas nas palmas das mãos, sob a mesa. Não queria pensar em quartos. Mal conseguia comer ou dormir de tanto pensar ininterrupta, constante, *desesperadamente* em quartos.

O Sr. Lane Day sorriu para lady Margaret, claramente encantado com ela.

– Acontece o mesmo comigo, mesmo depois de todos esses anos por aqui. Acho que, quanto mais fico na cidade, mais atraente se torna a vida no interior.

– Mas o trabalho que faz aqui deve supri-lo – comentou Margaret. – Adoro me informar sobre política pelos jornais. Li com enorme interesse seu artigo falando do projeto de lorde Hardwicke sobre o casamento. O paralelo que traçou entre os cavalheiros inadequados e as vantagens dos lobos na floresta foi muito bem observado... me fez sorrir.

Lorde e lady Spence assentiram.

– É um projeto muito virtuoso – disse lorde Spence. – O matrimônio deve ser celebrado numa igreja.

Constance afundou ainda mais as unhas na palma das mãos. Nenhuma legislação recente a deixava mais zangada do que o projeto de lorde Hardwicke, que substituíra a prática do casamento por votos por um sistema em que os proclamas deveriam ser emitidos com semanas de antecedência, com permissão dos pais garantida para quem não havia atingido a maioridade e cerimônia obrigatoriamente realizada numa igreja. Sua intenção era proteger as mulheres de homens que praticariam abusos com falsas promessas de matrimônio, sob os antigos códigos. Mas, em sua opinião, o efeito primário era colocar barreiras entre as mulheres e o modestíssimo controle que exercem sobre as próprias vidas.

– De fato – bufou lady Spence. – Não somos pagãos.

– Mas, como cristã, lady Spence – Constance pegou-se dizendo, apesar de abrir a boca não ser, sob nenhum aspecto, uma boa ideia –, a senhora não se preocupa com o fato de a lei transformar o sacramento do matrimônio em uma transação, baseada mais em moedas do que no princípio religioso do amor?

Lorde Spence ergueu uma sobrancelha peluda.

– O que está querendo dizer?

– Pois bem, vejamos a cláusula a respeito do casamento antes da maioridade. Ao requerer a permissão do pai, a lei permite que ele trate seus rebentos como fichas para ampliar sua fortuna, sem qualquer preocupação em relação ao que os filhos talvez queiram para o próprio futuro.

– Ninguém escolhe o próprio destino – afirmou lady Spence com severidade. – Está nas mãos do Senhor.

Apthorp encontrou o olhar de Constance, do outro lado da mesa, e sacudiu a cabeça com sutileza, alertando-a para não prolongar o debate. Ele pigarreou e interveio:

– A lei tem a intenção de proteger as mulheres da bigamia e de falsas promessas, não é? Isso só irá fortalecer nossa sociedade.

– As damas não precisam que os cavalheiros limitem suas escolhas, supostamente para protegê-las – declarou Constance em um tom de voz mais alto do que pretendia. – As mulheres precisam ser capazes de se proteger. Precisam de informação. Precisar de *direitos*.

Todos olharam para ela.

Lorde Spence soltou uma gargalhada.

– De fato. Direitos! – Ele cortou o bife alegremente. – Você criou um diabrete, Westmead.

– Muito obrigado – disse o irmão, continuando a olhá-la, como se tentasse diagnosticar uma doença mental.

Lorde Spence voltou a rir.

– Apthorp, você terá que mantê-la na linha com firmeza.

Apthorp exibiu uma expressão totalmente neutra.

– Adoro lady Constance, entre outras coisas, pela independência de sua mente. Foi isso que, na verdade, fez com que eu me apaixonasse por ela.

Ela se encolheu para o canto mais recôndito de sua cadeira de madeira, sem querer que ninguém observasse como tinha ficado comovida com aquela manifestação, a ponto de ter vontade de chorar. Comovida pela atuação daquele falso sentimento que ela mesma insistia em que ele demonstrasse em todas as ocasiões.

A não ser que fosse verdade.

E se fosse verdade?

Sentia que todos olhavam para ela, perguntando-se por que estaria tão instável.

Deveria estar feliz naquele momento, com a vitória tão próxima.

Deveria estar aproveitando a vitória, fisgando-a com o garfo e saboreando sua doçura.

Mas não queria doçura. Tinha a sensação de que engasgaria se comesse uma única ervilha.

Porque desfrutar daquele sucesso que se sentava diante dela à mesa, tão fácil de alcançar, seria o mesmo que dizer que tudo tinha realmente acabado. O ambiente familiar, a agitação do propósito, a conversa reconfortante das damas, a solicitude do irmão. Até as terríveis sessões de costura.

E, claro, seu gentil, bem-apessoado e maravilhoso falso noivo, Julian.

Ela providenciara para que tudo funcionasse exatamente daquele jeito. Só não tinha esperado que fosse doer tanto.

– Meu querido lorde Apthorp – disse ela, enfim encontrando o tom reconfortante exigido –, é gentil de sua parte, mas lorde Spence tem razão. Posso, sim, ser temperamental. Sou abençoada por um futuro marido tão paciente.

– E, ao que parece, paciência é tudo o que possui – comentou lorde Spence, rindo. – Com certeza vai precisar do canal para bancar os gostos de sua futura esposa, Apthorp. Westmead estragou a jovem, e ela está acostumada a extravagâncias.

– Vejo que o senhor é bem direto – disparou o irmão, num tom de alerta.

– É por isso que estou aqui, não é? – entoou Spence. Seu vozeirão trovejante estava dando dor de cabeça em Constance. – As damas podem ser enganadas por seu súbito interesse em nossa congregação, Apthorp, mas sejamos francos. Não estou aqui porque minha esposa salvou sua alma, mas porque você precisa dos meus votos para salvar seu projeto.

– Seu apoio seria de fato muito importante para o bem-estar de meus arrendatários, que sofrem por conta do alto preço do carvão – rebateu Apthorp. – Esses canais abrirão a região a um comércio justo.

Lorde Spence espalmou as mãos na mesa.

– Minha esposa diz que você é um sujeito decente. Cada vez mais devoto. Que aquelas porcarias nos jornais são apenas calúnias. Isso é verdade?

– É, sim – disse Julian.

– Pois bem, meu secretário me disse que há um bloco fomentando uma oposição à nomeação de Henry Evesham como lorde-tenente.

Apthorp engasgou-se com o licor de flor de sabugueiro.

– Perdão?

– Fiz uma proposta aos Lordes para formar uma comissão especial a fim de investigar desvios de conduta moral, nomeando Henry Evesham como lorde-tenente e dando a ele amplos poderes para arrancar esta cidade infernal da balbúrdia.

Apthorp pareceu surpreso.

– Temo que tenha andado preocupado demais com a votação. Não estava ciente.

– Nem eu – acrescentou o irmão de Constance, parecendo aborrecido.

– É muito importante que ele seja aprovado, cavalheiros. E, se de fato está tão reformado, Apthorp, imagino que compartilha desse impulso.

– Ninguém apoia mais os objetivos do Sr. Evesham do que nós – interveio Constance depressa, pois Julian parecia propenso a discordar.

– Sim – disse ele, parecendo um pouco amargurado. – Certamente tem o meu apoio.

– Se puderem me assegurar seus votos, concederei os meus a favor da construção dos canais.

– Fico muito feliz em ouvir isso – declarou Julian. – Muito obrigado pela consideração, lorde Spence. Saiba que estamos todos muito gratos.

Lorde Spence se levantou, esfregando a barriga prodigiosa.

– Bem, não há necessidade de esperar a sobremesa. Eugenia, estou sentindo muito a dispepsia. Apthorp, mande seu criado providenciar minha carruagem.

Assim que os Spences partiram, Constance relaxou na cadeira. Então comentou:

– Achei que nunca mais iriam embora.

– Eles comeram apenas a entrada e o prato principal – notou lady Apthorp.

– Apenas? Pareceu uma eternidade. Sinto que no tempo que passou eu me transformei numa sábia velha coroca.

– Tem o temperamento difícil de uma velha coroca, embora não seja exatamente sábia – observou o irmão. – *Ainda*. Apthorp, onde está seu Armagnac? Minha irmã precisa de uma bebida, com toda a certeza.

Julian serviu a todos.

– Acho que devemos brindar – sugeriu ele. – A nossos canais. E a nossas almas imortais.

Ele piscou para Constance.

Todos vibraram, menos ela.

O irmão ergueu uma sobrancelha.

– Não está feliz?

– Estou felicíssima – respondeu ela. – Mas também estou exausta. Fiquei tão nervosa e preocupada em não dizer a coisa errada que quase acabei dizendo. Poderia me acompanhar de volta para casa, Archer?

Julian se levantou e tocou em seu braço.

– Esperava que pudéssemos ter uma palavra antes de sua partida. Tenho algo para você. Pode me dar um minuto?

Os olhos grudaram nos dela, insinuando que o que ele desejava lhe dar deveria ser entregue em particular.

Mas naquela noite, se ficasse sozinha com ele, ela romperia seu juramento. Não poderia fingir estar apaixonada com o coração doendo tanto que olhar para um cômodo despojado, cheio de tecidos grosseiros e hinários, a deixava à beira das lágrimas.

Ela bocejou.

– Ah, é que estou muito cansada. Podemos esperar até amanhã?

Julian fez menção de protestar, mas ela não suportava mais ficar na presença dele e das próprias emoções por nem mais um minuto. Tomou o braço do irmão e praticamente o arrastou para a entrada.

Rosecroft abriu a porta de casa às onze e meia da noite, totalmente incrédulo.

– Apthorp, eu me considero um homem progressista, mas ainda assim devo estabelecer um limite para os visitantes tardios. Pode vê-la pela manhã.

Apthorp levantou a cesta de palha que havia trazido.

– Sinto muito. Não pode esperar. Ela está acordada?

– Duvido muito.

Apthorp não duvidava. Pela palidez do rosto de Constance, sabia que ela não andava dormindo.

Teria preferido simplesmente se esgueirar pela janela, evitando o primo, mas Constance teria problemas para explicar como o presente aparecera em seu quarto da noite para o dia.

– James, estou em agonia. Preciso vê-la ainda hoje. Por favor.

O primo suspirou.

– Outra briga de casal?

– Não. Mas ela estava chateada esta noite e não sei o motivo. E também preciso dar uma coisa a ela e não suporto imaginar que...

O primo ergueu as mãos e deu um passo para trás, abrindo espaço para que ele entrasse.

– Muito bem, muito bem. Entre, pobre homem. Aguarde na sala. Westmead está aqui tomando uma bebida. Verei se ela está acordada.

Ele subiu a escada e desapareceu, rindo.

O duque bebericava conhaque perto do fogo. Ergueu uma das sobrancelhas ao ver Apthorp.

– Ora, ora, você parece todo agitado – disse ele, como quem acha graça. – O que minha irmã fez com você?

– Nada, Vossa Graça. Tenho um presente para ela que não vai durar até o amanhecer, e ela saiu correndo antes que eu tivesse a chance de entregá-lo.

– Que desculpa inspirada para fazer uma visita no meio da noite – insinuou o duque, num tom arrastado. – Mas não se incomode comigo. Sei que o amor pode ser uma provação para os jovens.

– Não é uma provação estar apaixonado por sua irmã, Vossa Graça. De modo algum.

Estar apaixonado por Constance Stonewell em vez de fingir que não estava era como respirar ar fresco depois de passar uma década dentro de uma caverna submarina. Era como sentir o calor do fogo na pele depois de uma marcha longa e fria sob a neve sem casaco.

Ele não precisava fingir que gostava da perspicácia dela nem da forma delicada como mordia o lábio quando refletia. Não precisava fingir que seus olhos vagavam em sua direção sempre que ela estava perto, nem simular que desejava sua companhia quando ela não estava. Caiu em seu colo a tarefa de fazer algo que muitos homens jamais tiveram a oportunidade de fazer em toda a vida: levar adiante um belo romance de primavera com a mulher dos seus sonhos.

Observá-la regendo a sinfonia de seus dias finais era como ver Bernini esboçando a *Pietà*, ouvir Vivaldi tocando de ouvido. Era só o que podia fazer para não ficar apenas olhando para ela com admiração apaixonada.

Com o passar dos dias, no entanto, cada vez que faziam uma bela demonstração de namoro num baile, ou quando fingiam expressões carinhosas ao ouvirem uma programação musical, ou ainda quando trocavam olhares ternos à mesa de jantar enquanto buscavam os últimos votos no projeto, Apthorp se sentia menos à vontade.

Porque, quando ficavam a sós, o olhar de Constance era vazio.

Continuava agindo de forma igualmente agradável. Solícita. Encantadora.

Mas a garota que discutia com o mesmo vigor com que dançava, que nunca hesitava em provocá-lo, em desafiá-lo ou em dizer a ele exatamente o que pensava tinha desaparecido.

Parecia que, para ela, fingir que estava apaixonada era o mesmo que se recolher sob um manto de doçura.

Ele nunca imaginara que teria saudade dos dias em que ela o chamava de lorde Chato. Mas naquela noite, em que ela parecera tão estranhamente abalada pela vitória final e tão determinada a partir logo em seguida, ele teria dado qualquer coisa para que ela lhe dissesse como era tedioso.

Porque, de algum modo, ele convencera a única garota que realmente desejara de que o único futuro imaginável para os dois era um futuro em que ela precisava fugir. E, naquela noite, teve a sensação de que ela já havia partido. A vontade que ele sentia era de chorar sua perda.

O amor é um conjunto de atitudes, ela havia declarado.

E estava certa. Por anos e anos, ele dera provas de que aquela súbita declaração de amor não merecia crédito. Não insistiria para que Constance mudasse de ideia. Não com palavras.

Mas estava determinado a demonstrar, com atos, quanto se importava com ela antes que partisse. Se ela soubesse, talvez sentisse que havia uma opção.

A porta se abriu, e ela entrou, acompanhada por Rosecroft.

– Seja rápido – disse o primo. – Alguns de nós gostariam de dormir esta noite.

Constance olhou-o de relance, como se tivesse medo de fitá-lo.

– Lorde Apthorp.

– Constance, obrigada por me receber. Quis entregar isto a você antes, pois temo que não seja o tipo de presente que se conserva bem da noite para o dia.

Ele ofereceu o cesto para ela, e lá de dentro veio um ganido, como o choro suave de um bebê.

Rosecroft ergueu a sobrancelha.

– Constance, por favor diga a seu noivo que aqui não é um orfanato.

Apthorp o ignorou.

– Olhe dentro.

Constance abriu desajeitadamente a tampa do cesto e então emergiu a cabeça de um cachorrinho spaniel de orelhas caídas e grandes olhos castanhos. Era um bichinho minúsculo e adorável, e Apthorp por acaso sabia que Constance tinha um fraco por qualquer coisinha minúscula e adorável. Quando o vira na rua, naquela tarde, ele simplesmente tivera que pegá-lo e levá-lo para ela.

Ela soltou uma exclamação e se ajoelhou.

– Meu Deus, um filhotinho!

O cachorrinho latiu como se protestasse diante daquela constatação.

Ela riu e levou a criatura peluda para junto do rosto.

– É para mim?

Apthorp pigarreou.

– Se gostar dele... Achei que iria gostar.

A intenção de Julian na verdade era que Constance tivesse algo que não falharia com ela como ele falhara. Queria que ela tivesse algo que a adorasse incondicionalmente.

– Essa criatura não vai ficar aqui – disse Rosecroft, de modo arrastado. – Meus filhos vão persegui-la sem dó.

– Eu vou cuidar dele – garantiu Constance enquanto o filhote se acomodava junto a seu pescoço. – Ele vai ficar no meu quarto e depois vai morar conosco em Apthorp Hall.

Conosco em Apthorp Hall.

A frase o atingiu bem fundo. Era uma lembrança de que, mesmo naquele momento, Constance estava atuando. Ela não tinha a menor intenção de viver em Apthorp Hall.

O cãozinho lambeu seu rosto.

– Nossa, mas que ousado você é, hein, camarãozinho? – sussurrou, afundando o nariz em seu pelo.

– Melhor não chamá-lo de camarão – objetou Rosecroft. – É provável que ele fique tão grande quanto você logo, logo.

– Ele nunca vai pesar mais de 12 quilos – corrigiu Apthorp.

Constance acariciou o filhote atrás da orelha. Ele se contorceu de prazer.

– Ah, Camarãozinho, vou cuidar muito bem de você.

Westmead gemeu.

– Eu a proíbo de chamá-lo de Camarãozinho.

– Tarde demais – disse ela com firmeza. – É este o nome dele e ele já se apegou. Não é, Camarãozinho, meu amor?

– Ele vai urinar em todos os tapetes da casa... – resmungou Rosecroft.

Como se tivesse pegado a deixa, o filhote lançou um jato. Constance gritou:

– Ele me molhou! Camarãozinho! Como pôde fazer isso?

Apthorp deu um salto para retirar o cachorrinho de seus braços e colocá-lo no chão.

– Estou coberta de xixi! – exclamou ela, parecendo achar mais graça do que incômodo.

Ela afastou o roupão sujo dos ombros, revelando uma camisola longa e casta de musselina, com uma gola de renda que ia até o queixo.

– Constance! – disparou Westmead. – Recomponha-se. Está indecente até para os seus padrões.

– Prefere que eu continue coberta de xixi?

A manifestação deixou o cachorro agitado, correndo aos pés de Constance.

Apthorp agarrou uma manta e correu para jogá-la sobre os ombros de Constance, parando para acomodá-la um pouquinho.

– Pronto. Agora está decente.

Não podia deixar de reparar em como parecia delicada sem todos aqueles enchimentos e barbatanas. As mãos de Julian queriam continuar encostando em seus braços ligeiramente rechonchudos. Queriam descer e acompanhar o contorno da sua cintura.

Pare com isso, cretino.

Ela o olhou com seus grandes olhos inocentes.

– Obrigada.

– Parece um bolinho com glacê, assim toda embrulhada – comentou ele.

Não podia acreditar no que havia saído de sua boca diante de Rosecroft e Westmead. Os dois gemeram.

Constance só olhou para ele, espantada.

– *Um bolinho?*

Ele sentiu que as bochechas começavam a arder.

– É... Sabe, toda essa renda, parece glacê. – Ele fez uma careta. – Esqueça o que eu disse.

Ela ergueu a sobrancelha em uma expressão de extremo desgosto.

– Vou tentar.

– Eu também – disse Rosecroft. – Meu Deus, homem, eu deveria ter acreditado em Hilary quando ela disse que você estava completamente pateta. Leve esse cachorro para fora antes que faça cocô no tapete.

Julian pegou a guia de couro, desesperado para desviar o assunto de seu suposto estado de patetice. Assobiou para que o cão o seguisse e saiu pelas portas que davam no pátio.

– Posso levá-lo? – perguntou Constance, indo atrás dele.

– Fique onde posso vê-la – gritou Westmead, de seu canto perto da fogueira.

Apthorp entregou-lhe a guia e se postou junto às portas. Ele queria ficar perto dela, mas, ao mesmo tempo, não queria olhá-la depois da bobagem que acabara de dizer.

Ela foi guiando o filhote, sussurrando:

– Ah, sabe, isto é um laguinho com peixes, Camarãozinho. Seja bonzinho e nunca coma os peixes, ouviu bem?

O cão saltou e bateu com a pata no lago raso. Apthorp então ouviu o som suave das risadas indulgentes de Constance.

– Ele gostou de você – disse ele.

Ela abriu um sorriso, olhando para trás.

– Você acha? Bem, eu também gostei bastante dele.

Apthorp fechou os olhos. Era isso que tinha em mente quando acreditou estar prestes a se declarar. Noites calmas, risadas suaves. O começo de uma amizade que ele alimentaria até desabrochar em algo mais. E então, quando ela estivesse pronta, ele falaria sobre seus sentimentos.

Como tinha deixado que as coisas dessem tão errado?

Haveria um modo de consertá-las?

– Você pareceu chateada esta semana, Constance – ousou ele, aproximando-se, para que suas palavras não fossem ouvidas pelos demais. – E sei que dissemos que continuaríamos fingindo, mas, como a votação é amanhã e talvez não voltemos a ter uma oportunidade de ficarmos juntos e a sós, eu queria ter certeza de que...

– Estou muito bem – garantiu ela, num tom que ela mesma teria condenado no passado como sendo insípido.

– Está? Porque, se precisar de qualquer coisa de mim, é só pedir.

Ela o olhou nos olhos.

– Obrigada.

Então se voltou para o cão e começou a puxar a guia na direção da casa.

– Muito bem, chega por hoje, meu jovem – disse Constance a Camarãozinho, dirigindo-se para as portas.

Ao passar, ela estendeu o braço e tocou na mão dele.

– Obrigada por isso. Vai ser bom ter um amigo que me acompanhe aonde eu for. – Ela fez uma pausa e o olhou diretamente. – Vou pensar em você sempre que estiver com ele.

O que isso queria dizer? Ele teria coragem de perguntar?

– Espere – disse ele.

Ela se virou, e os olhos pareceram vazios de novo. Ele perdeu a coragem.

– Trouxe mais uma coisa. – Ele tirou um pequeno embrulho do bolso do casaco e colocou em sua mão, beijando-a. – Abra quando estiver sozinha.

Constance colocou o filhote no cesto a seu lado na cama e o acariciou enquanto pensava em Gênova. Havia visitado a amiga Maria muitas vezes, despertando com o aroma pungente dos limoeiros que invadiam as janelas. Contemplando do alto do penhasco as velas brancas dos navios que passavam pelo mar turquesa. Comprando sacos de pinhões em praças empoeiradas e silenciosas ao anoitecer.

Você foi feliz naquele lugar. Sol. Brisa do mar. Paz para escolher qualquer futuro que deseje.

Qualquer futuro menos este.

Alguém bateu na porta.

– Sim?

– Posso entrar? – perguntou o irmão.

– Claro – respondeu ela, surpresa por ele ainda estar ali.

Embora desprezasse a socialização, ele havia permanecido na casa dos Rosecrofts a noite inteira mesmo sem um bom motivo, como se relutasse em se afastar dela.

Ele se sentou na beira da cama e a olhou como se estivesse tentando decifrar uma charada.

– Não precisa levar tudo isso até o fim, você sabe – disse ele.

Ela olhou para ele, confusa. Como Archer poderia saber o que ela estava planejando?

– Levar o que até o fim?

– Casar-se com ele.

Ah. Por um momento, Constance tinha achado que ele pressentira sua fuga.

– Não seja bobo, Archie – retrucou ela, com leveza. – Eu quero me casar com ele.

Sentiu um calafrio ao pronunciar aquelas palavras. Porque naquele momento percebeu que era verdade.

O irmão pareceu muito pouco convencido.

– Então por que ficou com uma cara tão infeliz a noite inteira? Por Deus, Constance, se está querendo mudar de ideia, basta dizer, e eu juro que vai ficar tudo bem. Já superamos escândalos piores.

Ela torceu os dedos.

– Você está equivocado – afirmou ela. – Não quero cancelar. Estou um pouco sentimental esta noite porque estou muito apaixonada por Julian.

Para seu horror, o truque funcionou mais uma vez. Era verdade.

Estava muito apaixonada por Julian.

Ela o amava.

Amava.

Maldita fosse ela por amá-lo.

O irmão se levantou e hesitou, depois fez um carinho desajeitado em sua cabeça.

– Então espero que sejam muito felizes juntos – disse enfim.

Ela mal conseguiu pronunciar as palavras, sabendo que ele se recordaria daquele momento e perceberia que ela mentira.

– Tenho certeza de que seremos.

Ele assentiu e partiu.

Sozinha, Constance afundou nos travesseiros e se perguntou se deveria ter dito mais alguma coisa a Julian. O que ele acharia se ela lhe contasse que estava revisitando milhares de momentos, se arrependendo de metade de sua vida?

Retirou da gaveta o embrulho que ele lhe dera e o fitou, sem saber se conseguiria suportar mais um presente cheio de emoção.

Começou a desembrulhá-lo lentamente até se ver diante de uma caixa de couro. No interior, aninhado em veludo, havia um ornamento liso em mármore, parecido com a escultura fálica que ela vira em seu baú, porém mais delicado, mais bonito e preso a uma esfera. Havia um bilhete dentro da caixa com a letra dele.

Para o seu prazer, nas noites em que quiser ser tocada por alguém.

Sinto muito não ter sido o homem a fazê-lo. Nunca deixarei de desejar que eu pudesse ter sido.

Com todo o meu amor,

Julian

Capítulo quinze

A pthorp andava de um lado para outro na Câmara dos Comuns, na capela de São Estevão. A terceira leitura de seu projeto de lei estava prevista para acontecer em quinze minutos – as séries de "sim" e "não" que decidiriam o resto de sua vida. No entanto, de algum modo, ele não se importava com o resultado.

O que antes parecera tão vital agora parecia absolutamente desimportante.

Ele só conseguia pensar em Constance.

Não era capaz de afastar a sensação de que estava deixando que ela fosse embora de um modo fácil demais. Voltou a examinar as palavras de Constance em sua mente. *Vou pensar em você sempre que estiver com ele.*

Estaria dizendo a ele que não queria ir embora? Ou ele estava apenas torturando os dois ao revirar cada palavra em busca de significados ocultos?

Não queria prendê-la a um futuro que ela odiaria. Mas, juntos, talvez pudessem criar um futuro diferente daquele que ela imaginara. Um em que morariam em Londres na maior parte do tempo. Reformariam a casa na Strand e ela poderia organizar saraus e escrever peças. Talvez, assim que estivesse livre, ele pudesse abandonar aquela fachada austera e acolher os amigos dela, seus comportamentos, e mostrar um lado que tinha sido tão cuidadoso em ocultar.

O lado que só existia nas noites de quarta-feira, sob uma máscara.

– Apthorp.

De um canto, saiu uma figura alta, dando passos largos.

Henry Evesham.

– Ah, Sr. Evesham – disse, esforçando-se para manter um tom agradável. Não seria adequado, naqueles corredores onde poderiam ser entreouvidos, dar a entender que era algo menos do que amistoso com o sujeito. Continuou:

– Ou eu deveria dizer lorde-tenente. Felicitações por seu novo posto.

– Muito obrigado, lorde Apthorp. – Ele baixou a voz. – Ou talvez prefira ser chamado de Mestre Damian.

O coração de Apthorp parou de bater.

Finja confusão.

– Perdão?

Evesham deu um sorriso martirizado para ele.

– Pode fingir não entender do que estou falando, mas nós dois sabemos o que o senhor faz.

– Não faço a mínima ideia do que está dizendo.

– Se é esse o caminho que pretende seguir, espero que seja bem forte para suportar a próxima história que vou reportar. Londres talvez se considere incapaz de se chocar mais com o senhor, mas nós sabemos que a verdade é sensacional.

Apthorp procurou assumir um tom entediado.

– Seria de imaginar, dado o peso de suas novas responsabilidades, que o senhor ficaria sem tempo para investigar boatos caluniosos.

– Minhas novas responsabilidades consagram na lei minha missão de erradicar a imoralidade e a corrupção... dos mais altos escalões da cidade até as sarjetas. E até aqueles raros lugares, como Charlotte Street, onde as duas curiosamente fazem uma interseção.

Sorriu para Apthorp como se tivesse acabado de vencê-lo em uma partida de xadrez.

– Vamos lá – disse ele. – Não precisamos ser inimigos. Vou garantir que seu nome não esteja entre aqueles que serão maculados. Seus pares... sem falar na sua futura esposa... nunca saberão de suas transgressões. Isso se o senhor me ajudar.

– Por que está indo atrás disso? Para vender jornais?

– Por uma questão de princípios – respondeu Evesham. – Acredito que o público tem o direito de saber onde seus supostos superiores estão envolvidos. Os mesmos homens que recriminam os humildes pelos bares de gim, pelas tavernas que recebem desviados e pelos filhos bastardos são culpados de imoralidades que fariam uma cafetina corar. O sol brilha igualmente para todos os homens, meu senhor, e também o perdão de Deus. Assim como a justiça terrena.

– Estimo tanto a justiça quanto qualquer homem, mas perseguir desnecessariamente aqueles que buscam apenas um prazer inofensivo não equivale à honra, a meu ver. Não tenho mais nada a declarar.

Se Evesham queria destruir uma instituição que se destacava como um raro santuário, então teria que fazer sozinho o trabalho sujo. Apthorp correria o risco de ser arruinado. Depois de passar por isso duas vezes, descobriu que estava ficando bastante acostumado.

– Muito bem – disse Evesham. – Mas não se esqueça de que teve sua chance. Sinceramente, estremeço ao pensar no que lady Constance vai achar quando descobrir que se casou com um prostituto. E ela descobrirá, lorde Apthorp. A habilidade de lady Constance para descobrir verdades inconvenientes é famosa em Grub Street.

– Dê o fora, Evesham – rosnou ele, deixando de lado os pretensos bons modos. – Tenho trabalho a fazer.

Apoiou-se na parede e observou o homem recuar, com a sensação de que a cada passo observava também sua futura queda.

Prostituto. Preferia pensar que fornecia um serviço mutuamente agradável.

Mas era verdade. Durante cinco anos, ele fizera sexo por dinheiro. Fizera sexo de formas que poderiam levá-lo a ser enforcado.

E, se a verdade viesse à tona, não haveria falsa virtude cristã nem chantagem política que abrandaria a força da vergonha pública. Os aristocratas supostamente não deveriam ter profissões. Com certeza não se rebaixariam praticando a profissão mais antiga do mundo. Se ele já era considerado menos que um conde, aos olhos da sociedade aquilo o faria parecer menos que um homem.

Se havia algo de bom em perder Constance, era que ela não seria arrastada para o lodo. Sabia que ela tentaria encontrar um ângulo que preservasse a dignidade dele. Sabia que lutaria por ele.

Mas ela não merecia ter que passar por isso.

Ele sabia o que devia fazer.

Precisava deixá-la partir.

Pois não era mais uma questão de *se* a verdade seria exposta.

Era apenas uma questão de *quando*.

– Bom dia – disse Poppy, a duquesa de Westmead, ao cumprimentar Constance e lady Margaret na entrada imponente da Casa de Westmead, acompanhando-as sob o ar perfumadíssimo de flores.

Constance sofreu um ataque de espirros imediatamente.

– Malditos lírios – disse ela, arfando.

– Tentei avisá-la.

Poppy riu, oferecendo-lhe um lenço.

Por trás dela, o saguão estava decorado com 12 metros de flores brancas entrelaçadas em painéis de treliça que iam do chão ao teto, projeto que custara um mês de trabalho para os floristas da duquesa e dias para ser instalado.

Constance esperara que o efeito fosse um atordoamento dos sentidos. Mas dos sentidos visuais. Lamentou ter ignorado o aviso da cunhada, que a alertara de que o principal atordoamento seria da capacidade respiratória de seus convidados.

– Ah, Poppy – choramingou ela. – O que faremos? Os jornais vão escrever que provoquei a febre do feno em toda a aristocracia.

– Estamos recolhendo o pólen das flores para reduzir o efeito – informou Poppy.

Ela gesticulou para uma fileira de lacaios armados com tesouras, cortando com cuidado as anteras de cada lírio e as recolhendo em jarras de vidro.

– Mas eu diria que, se você provocasse a febre do feno em toda a aristocracia, todos presumiriam que foi apenas por querer lágrimas ao ser vista em seu vestido.

Constance suspirou.

– Pelo menos temos os acrobatas. Talvez os convidados fiquem tão assombrados com a estreia de Catrine Desmurier que presumam ter perdido o fôlego de espanto, não por causa das flores.

Margaret riu.

– Não se preocupe. Quando virem isso, não acho que ficarão preocupados com a respiração. Está de tirar o fôlego de muitas formas.

– Ah, Margaret. Você é muito gentil, mas só está dizendo isso porque Julian a mantém escondida no campo e você nunca tem oportunidade de ver meus escândalos atordoantes.

– Ele não me obriga a ficar lá, sabe – explicou Margaret em voz baixa. – Não gosto muito de Londres.

– É? – perguntou Constance um tanto distraída, examinando os arames dourados que tinham sido pendurados para a apresentação. – E por quê?

Constance não deveria ter falado daquele modo sobre Apthorp com a irmã dele. Seu juízo estava comprometido pelo mau humor ao perceber que seu último ato diante da sociedade londrina seria provocar um ataque coletivo de asma.

Margaret sacudiu a cabeça, como se tivesse ficado constrangida.

– A vida na cidade não combina comigo.

Constance não concordava inteiramente, porque a beleza pálida de Margaret e seus modos delicados tinham conquistado óbvia admiração no pouco tempo desde sua chegada. Particularmente da parte de Cornish Lane Day.

Mas, antes de começar a discutir com ela, Alfred, mordomo da Casa de Westmead, entrou no aposento com um cartão de visita.

– Minha senhora – disse ele, entregando-o a Constance.

– A Srta. Gillian Bastian? – indagou ela, lendo em voz alta. – Aqui? Ora, muito estranho.

– Srta. Bastian... – repetiu Margaret num tom alarmado. – É a jovem que está noiva de lorde Harlan Stoke?

– Sim, que Deus a proteja – retrucou Constance. – Alfred, por favor, conduza-a até a sala de visitas. A sala pequena. Vou recebê-la. Em algum momento.

– Ela é sua amiga? – quis saber Margaret.

Constance trocou olhares com Poppy, que nunca gostara muito de Gillian e que testemunhara o último encontro das duas, na ópera.

– Para falar a verdade, não faço a menor ideia.

Margaret pareceu desconfortável, por isso Constance deu batidinhas em seu ombro.

– Querida, são criaturas como a Srta. Bastian que tornam Londres interessante. Mas não se preocupe. Valeria está à sua espera no salão, para os ajustes nos vestidos. Pode ir. Estarei lá assim que acabar aqui.

– Tudo bem – disse Margaret, ainda pouco à vontade.

Constance deu uma última olhada em si mesma, para ter certeza de que parecia bela, confiante e absolutamente entediada, e depois seguiu para a menor e menos elegante sala de visitas da casa. Como já estivera lá muitas vezes, Gillian saberia que ser recebida naquele cômodo era um sinal de que não era bem-vinda.

Ela a aguardava numa cadeira reta, vestida com requinte em violeta, uma cor que valorizava seus olhos escuros e a silhueta esguia.

Tinha sido Constance que encorajara Gillian a escolher vestidos que valorizassem essas características. Também tinha sido Constance que a presenteara com os pingentes de safira que destacavam as maçãs do rosto. Assim como tinha sido Constance que a estimulara a usar o cabelo jogado sobre um dos olhos, para dar ênfase a seu curioso queixo petulante.

Constance fizera um trabalho notável transformando a Srta. Bastian, a princípio a filha excessivamente tagarela de um rico colono da Filadélfia, na jovem herdeira elegante que estava ali diante dela. Ao contemplar o notável sucesso de seus esforços, lamentou ter tanto talento para realizar milagres.

– Estou muitíssimo surpresa em vê-la aqui – disse Constance, ignorando a etapa das gentilezas enquanto se sentava num sofá.

– Fiquei muitíssimo surpresa por não ter sido convidada para seu baile amanhã – rebateu Gillian, usando o mesmo tom.

– Ficou? Considerando nosso último encontro, concluí que não queria mais manter relações.

Gillian revirou os belos olhos.

– E o que você esperava, associando-se a um homem tão patético?

Patético. A palavra fez Constance fervilhar. E não apenas por ter certeza de que Gillian pensaria isso de qualquer um que tivesse gostos pouco orto-doxos. Ao tentar proteger a amiga de surpresas maritais desagradáveis, sem dúvida Constance havia alimentado preconceitos injustos – encorajando que prazeres íntimos fossem vistos como fraqueza, quando as duas coisas não tinham relação. Pela centésima vez, ela desejava apagar o que havia escrito.

– Se acha lorde Apthorp patético, então fico muitíssimo confusa, sem entender por que você gostaria de vir ao nosso baile de noivado.

Gillian ergueu um dos cantos da boca.

– Ah, você não está confusa. Sabemos exatamente por que estou aqui. Vou admitir, Constance: cometi um erro de cálculo. Eu deveria ter imagi-nado que você conseguiria transformar um escândalo em alguma espécie de espetáculo romântico. Nunca é bom duvidar de sua habilidade para esse tipo de coisa, não é?

Os imprevisíveis acessos de sinceridade de Gillian e sua astúcia sempre foram os motivos que levaram Constance a gostar dela. Em certas ocasiões, os interesses da outra pareciam tão vazios que era de espantar que ela não flutuasse para longe, ao sabor do vento. No entanto, no momento em que a pessoa ficava tentada a descartá-la, Gillian fazia uma observação tão mordaz que se notava, com doses idênticas de medo e admiração, que ela absorvia muito mais do que dava a entender.

Essa qualidade parecia divertida em uma amiga. Mas era bem menos atrativa quando utilizada *contra* alguém.

– Se estamos sendo sinceras, então me diga uma coisa – pediu Constance. – Por que fingiu querer se casar com Apthorp e me encorajou a uni-los se tinha vínculos com lorde Harlan Stoke?

Gillian deu suas risadinhas secas, uma espécie de tilintar – um som parecido com gelo rachando. Constance achara isso contagiante no passado. Hoje parecia apenas desconcertante.

– Eu nunca disse que queria me casar com lorde Apthorp. Apenas parei de criar objeções quando você afirmou que nutríamos uma estima mútua.

– Mas por quê? Com certeza deve saber que eu não tinha o menor desejo de forçar um casamento sem vínculo. Se você simplesmente houvesse dito que ele não a interessava, eu teria esquecido o assunto. Por que não desfazer minhas falsas impressões se eu estava tão completamente errada?

Gillian a fitou como se ela fosse muito, muito tola.

– Nunca houve, obviamente, a mínima chance de que ele viesse a se casar comigo, mesmo se eu o quisesse. Não quando ele olha para você como se estivesse querendo... – Ela fez uma pausa e ergueu uma sobrancelha de modo um tanto sugestivo. – Como se quisesse se aproveitar de você. Ou, se a reputação dele for verdadeira, deixar que *você* se aproveite dele.

Gillian riu sozinha.

– Mas você *fingiu*...

– Sim, porque ser honesta com você nunca valeu a pena. Você é audaciosa, mas não é muito fácil de lidar, Constance. Sabia que reprovaria meu vínculo com lorde Harlan. Então, em vez de deixar que você se intrometesse nos meus assuntos e tentasse impedir meu noivado com sua circular idiota...

– Minha o quê?

– Ah, nem se dê ao trabalho de negar. Nunca fui a boba que você achava que eu era. Você gosta tanto da sensação de estar certa que não é preciso muito esforço para convencê-la disso quando convém a outra pessoa. Todos concordam que você é fútil demais para saber quando está sendo ridícula.

A expressão severa no olhar de Gillian fez com que Constance se sentisse nua. Era assim que ela era vista? Como uma pessoa tão cheia de si, tão convencida de seus poderes para moldar o mundo de acordo com seus desejos, que era incapaz de enxergar a verdade?

Nos anos em que se dedicara a reformular sua pessoa na imagem de sua escolha, costumava pensar em si mesma como uma escultura de gelo. A olho nu, o gelo parece sempre tão brilhante, belo e espetacular; sob um escrutínio mais atento, no entanto, se vê que o brilho vem do fato de estar derretendo devagar. Uma escultura de gelo, portanto, não maravilha o espectador apesar da transpiração, mas *por causa* dela. Assim Constance havia se imaginado.

Era por isso que preferia o tipo de amigo que só se encontrava em festas. Se não passasse tempo suficiente na companhia das pessoas, ninguém veria as falhas de caráter que estavam à espreita sob o encanto superficial. E isso era reconfortante. Porque exigia um esforço enorme dominar o ambiente, ser a estrela da noite, dar um espetáculo. Com a dose certa de transpiração, tudo que se via era a luz brilhando nos detalhes cuidadosamente esculpidos. A poça d'água sob o vestido passaria despercebida.

Gillian a olhava como se seu vestido não estivesse apenas molhado, mas encharcado. Constance odiava ser vista daquele jeito. *Odiava.*

E Gillian percebia. Ficou sentada ali bebendo chá como se fosse o néctar de uma flor com a qual havia sido coroada depois de uma vitória longamente esperada.

– Seja como for – continuou Gillian, quase sem conseguir bebericar o chá com aquela expressão insolente –, agora você tem seu casamento por amor, seu espetáculo, e eu, o meu. Portanto, me convide para o baile e eu a receberei depois do meu casamento. E aí poderemos nos esquecer desse episódio desagradável e continuar sendo mutuamente úteis.

– Casamento por amor? Você ainda pretende se casar com lorde Harlan mesmo depois do que contei na minha carta?

Gillian franziu os olhos.

– Ah, não se canse falando mal dele de novo, Constance. Sei que o despreza. Você nunca gosta de alguém que a faz se sentir inferior. Ele me contou como você o perseguiu como uma vadia e como ele precisou afastá-la. Para sua sorte, foi discreto sobre o episódio.

Constance desejava dizer a Gillian que aproveitasse bem o destino que a aguardava, se fora a essa conclusão que ela chegara depois da história contada em sua carta. Mas, quando se tratava de determinados assuntos, a necessidade de ser sincera superava a força da raiva.

– Ele está mentindo para você. Não me agrada nem um pouco afirmar que tudo o que lhe escrevi é verdade. Uma vez, tive que me defender das atenções dele por meio da força. Descobri que ele ainda mantém uma amante apesar do compromisso de vocês. E tenho motivos para crer, embora não disponha de provas, que ele tem pelo menos um filho ilegítimo, o qual abandonou...

– Pare – disse Gillian, ácida. – Se não quer me transformar em sua inimiga... transformar nós dois em seus inimigos... você vai esquecer tudo isso, nos convidar para o baile e deixar claro para todo mundo que somos pessoas elegantes. E nunca mais voltará a espalhar essas mentiras.

Constance se levantou.

– Não, não farei nada disso. Desejo a você toda a sorte do mundo, mas lorde Harlan Stoke não é bem-vindo em minha casa. E, se quiser se poupar de um mundo de aborrecimentos, Gillian, antes de se casar com ele, peça que lhe conte a verdade.

Gillian se levantou e sorriu calmamente.

– Você vai se arrepender.

Constance deslizou até a porta, abriu-a e esperou que Gillian saísse, sem tirar os olhos da garota até que Alfred a acompanhasse até a rua. Depois, ela se apoiou na moldura da porta e se segurou.

Reparou que Margaret continuava no corredor, olhando para ela.

– O que foi, querida? Não conseguiu encontrar Valeria?

A garota parecia tão pálida e abalada quanto Constance.

– Eu o conheci – declarou Margaret. – Conheci Lorde Harlan, quero dizer. Ele vai... Ele estará presente amanhã? Porque não gostaria de reencontrá-lo, e se ele estiver sendo esperado...

– Não – respondeu Constance. – A não ser que ele deseje acabar com um alfinete de chapéu cravado entre os olhos.

Margaret pareceu ao mesmo tempo perturbada e aliviada.

– Perdão, querida – disse Constance, tomando a mão da jovem. – Esqueço que nem todo mundo fala sobre assassinato de um modo tão casual. Vamos lá, vamos nos embelezar e nunca mais repetir o nome desse sujeito.

⁓

Quando Julian chegou com o duque de Westmead para celebrar as boas notícias, Alfred o informou de que lady Constance se encontrava no salão, com sua irmã e a costureira.

– Vou esperar por ela – disse ele, mandando o duque ir em frente e compartilhar as boas-novas com os Rosecrofts, que aguardavam no pátio. – Gostaria de dar a notícia a Constance pessoalmente.

Agora que sabia que não podia mudar o final da história deles, ele queria um último adeus.

A porta do salão estava entreaberta, e ele ouvia o som suave da conversação feminina. Sentou-se num banco, esperando que as damas concluíssem seus assuntos.

– Reparei que o Sr. Lane Day demonstrou interesse por você – comentou Constance, e Apthorp vislumbrou o sorriso conspiratório na voz dela. – Vou garantir que tire você para dançar no baile.

– Ah, espero que não – reagiu Margaret, parecendo em pânico diante daquela ideia.

– Mas, querida, por que não? É um prazer dançar com um cavalheiro que a admira, e, vestida assim, ele simplesmente não vai conseguir não se apaixonar. Ela não está deslumbrante, Valeria?

– Está, sim – concordou uma voz com um ligeiro sotaque.

Apthorp estremeceu. Era culpa dele. Podia ter insistido em que Margaret frequentasse mais uma temporada após se recuperar da doença, mas não gostara da ideia de lançá-la ao frisson e aos perigos de um salão de festas londrino depois de tudo que ela suportara. Ele ainda não conseguia olhá-la nos olhos sem se lembrar de como era vulnerável. Mas talvez Constance tivesse razão. Talvez encorajá-la a continuar em Cheshire não houvesse sido a melhor opção.

– Não seja boba! – exclamou Constance. – Seus modos são perfeitos, suas formas são poéticas, e você tem uma natureza sensível. E com certeza chamou a atenção do Sr. Lane Day.

Margaret baixou a voz.

– Acha mesmo? Desde a minha doença, eu me sinto um tanto... sem graça.

Apthorp voltou a estremecer. A irmã não era sem graça. Era muito bonita e, além disso, tinha uma bondade interior que a iluminara mesmo durante seus piores momentos.

– Mas você é perfeita como uma pomba! Em espírito e em aparência – prosseguiu Constance, reproduzindo exatamente os sentimentos de Apthorp. – Além do mais, o brilho da beleza é altamente superestimado. Me dê um pedaço de carvão, seis pence e uma hora, e posso transformar qualquer uma em beldade.

Margaret riu.

– Como assim?

– A beleza é uma questão de dirigir o olhar para os traços que a pessoa quer que sejam notados e deixá-los com a melhor aparência possível. Qualquer um que tenha a infelicidade de me ver pela manhã poderá atestar isso.

Aquilo certamente não era verdade. Apthorp havia passado a última semana tentando não se lembrar o tempo todo da aparência dela em certa manhã bem recente.

– Por favor, lady Constance – disse a irmã dele. – Você é uma das mais celebradas beldades de Londres.

Constance soltou uma gargalhada.

– Apenas porque treinei Londres para celebrar as ilusões. Se você olhar com atenção, vai perceber que meu queixo é disforme; as sobrancelhas, invisíveis; e minha silhueta é franzina demais para ser elegante. Diga a ela, Valeria.

Ele ouviu quando a mulher estalou a língua.

– Pouquíssimo busto.

Também não era verdade. Ele já vira muitos bustos para saber que Constance era perfeita. Ele gostaria, inclusive, de passar muito tempo se familiarizando com aquele em especial.

– É verdade – suspirou Constance, num tom que tinha uma dureza que ele não gostou de ouvir. – É tudo verdade. E saber disso é valioso, porque, se a pessoa conhece os próprios defeitos, pode corrigi-los ou exagerá-los para criar sua melhor versão. Acrescente um vestido de corte cuidadoso e uma pitada de charme, e, antes do que imagina, todos começam a ver exatamente o que você quer. Ficariam chocados ao descobrir como é escassa a substância por baixo de tudo isso.

A irmã dele, que raramente contradizia qualquer pessoa, discordou com veemência:

– Não há nada de escasso em você.

Houve uma pausa e ele ouviu passos.

– Margaret – disse Constance em voz baixa e firme –, me permita lhe dar alguns conselhos. Poucas pessoas chegam a gostar mesmo de mim. Faço com que achem que gostam do seguinte modo: descubro o que elas querem e dou um jeito de ajudá-las a conseguir. Quando isso não é possível, eu as distraio com piadas, favores e festas até que se esqueçam do que realmente pensam. Se quiser, você também pode fazer isso. Não deixe que ninguém lhe diga que não pode ser o tipo de pessoa que deseja ser. Agora, vamos lá, a família está à nossa espera...

A porta se abriu e as três damas fizeram uma pausa, surpresas por encontrarem Apthorp ali.

– Você não acredita nisso – disse ele para Constance, sem se preocupar em fingir que não estava escutando a conversa alheia.

– Não acredito em quê? – perguntou Constance.

– Que ludibria os outros para ser admirada.

As outras damas desviaram os olhares, como se estivessem constrangidas pelo tom de voz acalorado.

Constance corou.

– Bem, se você quer que o truque funcione, não deve mencionar as táticas diante de seus admiradores – declarou ela, e piscou para Margaret.

– Constance, você é *linda* – afirmou ele. – Realmente linda. Todo mundo vê. Não precisa de truques.

– Não disse que ele é bastante apegado? – comentou ela com a costureira em um tom irônico, como se ele não pudesse ouvi-la.

A mulher deu um sorriso amarelo.

– De fato. Os vestidos devem estar funcionando.

Constance soltou uma gargalhada rouca.

– Ou o busto.

Ele detestava a fragilidade em seus modos. Refletia a convicção de estar certa em relação à forma como se enxergava.

Ela não estava.

E, depois daquela noite, ele talvez não tivesse outra chance para demonstrar como estava errada.

– Constance, podemos conversar? A sós?

Ela olhou para a costureira.

– Valeria, você disse que tinha algo para me contar. Não quero prendê-la.

A costureira grudou o olhar em Apthorp, como se a presença dele a confundisse.

– Nada que mereça sua atenção agora – respondeu ela. – Vou deixar um bilhete com sua criada. Tenha um bom dia.

Assim que as outras partiram, Julian veio e pôs a mão sobre a dela, passando o dedo numa mancha de tinta perto do polegar.

Seus olhos estavam intensos. Ela não conseguia decifrar sua expressão.

– Você está errada sobre o modo como as pessoas a veem. Passei quase todos os dias em sua presença durante um mês e me considero especialista no assunto.

– Ah, de novo isso – suspirou ela.

Se soubesse que ele só queria prosseguir com essa conversa, ela teria encontrado um motivo para se retirar com Valeria e Margaret.

– E como as pessoas me veem? – perguntou Constance, pensando em Gillian, mas sem querer realmente ouvir a resposta.

– Lamento informar que as pessoas adoram você. Que ficam felizes por estar perto de você. E, depois de observá-la de perto, posso confirmar que esse juízo, sim, é correto. As pessoas gostam muito de você. *Eu* gosto muito de você.

Parecendo muito sério, Julian apertou-lhe a mão e a levou aos lábios.

– Acho que você é o melhor tipo de mulher, Constance. O melhor tipo de pessoa.

Constance ficou nervosa. Uma parte de si queria que ele tivesse sentimentos maiores do que aqueles que exprimia, e a outra morria de medo de descobrir como se sentiria caso isso acontecesse.

– Você ficou mal-acostumado – disse ela, com leveza, sem saber como agir, ignorando a intensidade do tom dele. – Andei comportadíssima durante esse mês. Não é real.

– Eu já vi o que está por baixo de tudo isso.

De repente, tudo que ela conseguia pensar era no fato de Julian ter, literalmente, visto o que estava por baixo de tudo. Ele a vira sem roupa nenhuma, tão perdida na atração que sentia que tinha feito amor com uma maçã diante dele. E, depois, ele declarou que ela era insuportável e partiu, dando a ela de presente uma rocha em formato de falo para se lembrar dele.

Esse comportamento não deveria deixá-la sentimental. Estava ficando perturbada.

– Você já viu o que está por baixo de tudo, de fato – prosseguiu ela, esforçando-se para manter a leveza do tom. – E, ao que me parece, não gostou muito.

Ele sacudiu a cabeça.

– Espero que saiba que não estou falando sobre o que está por baixo do seu vestido – declarou ele em voz baixa. – Estou falando do seu coração. Nunca tinha reparado, até esse mês, em como você é generosa. Em como se esforça para dar alegria aos outros ou para evitar que sofram, mesmo quando isso machuca você. É uma qualidade nobre. E rara.

Ela não sabia o que dizer, então virou para o outro lado e começou a recolher os alfinetes que Valeria havia deixado no escritório.

– Mas – acrescentou ele em voz baixa, vindo por trás –, para falar a verdade, eu *gostei* do que vi por baixo do seu vestido.

Ela deu uma olhada nele, por sobre o ombro.

– Não gostou, não – sussurrou.

O lábio dele fez uma ligeira curva.

– Ah, gostei, sim. Gostei muito. Talvez eu tenha me lembrado de quanto gostei e precisado até me aliviar da *aflição* hoje de manhã.

O que ele queria dizer? Ah, a ideia fez com que ela se sentisse realmente bem aflita...

Ele passou a mão em algumas mechas do cabelo que se soltaram durante a prova do vestido e as inspecionou sob a luz do crepúsculo dourado de verão que entrava pela janela.

Ela o fitou pelo espelho sobre a escrivaninha, sentindo-se como sempre sem fôlego pela sua proximidade.

– Gostaria que pudesse se ver como eu a vejo – disse ele, olhando para os olhos de Constance no reflexo.

Constance inspirou, tentando não revelar como aquele diálogo era perturbador.

– É? Como?

As mãos dele deslizaram por seus ombros, por cima dos braços, pela curva de seus seios.

Ele pousou o queixo em seu ombro, fitando os dois. Ela não ousava respirar.

– Você é uma deusa. Qualquer homem que não a valorize adequadamente não é digno de você. Se for levar uma única lição do tempo que passamos juntos, que seja essa.

O tom categórico esvaziou a tensão que ela sentira.

Ele não estava pedindo mais do que aquilo. Só estava se despedindo.

Sempre bem-educado, o lorde Chato.

– Então chegamos ao fim – disse ela, soltando o ar. – O projeto foi aprovado.

– Sem nenhuma alteração. Seis votos a mais. – Julian riu baixinho, um som de alívio íntimo que a fez sorrir apesar da tristeza. – Estou salvo. Você me salvou. É um gênio, sabia? – declarou ele, dando outro beijo nos nós dos dedos de Constance, nas marcas de tinta.

Ela fechou os olhos e se apoiou nele.

– Mas é claro que eu sei – sussurrou ela. – Saio por aí dizendo isso para qualquer um que possa escutar, então não devia ser assim tão surpreendente quando demonstro que estava certa.

Ele a envolveu em seus braços.

– Shh...

Os lábios dele desceram para seu pescoço.

Durante apenas um segundo, enquanto ele percorria, quente como lava, o caminho até o ombro dela, Constance imaginou um tipo diferente de futuro.

Nessa versão, ela encontrava a coragem de dizer a ele que estivera errada.

De dizer que talvez, se ele pedisse mais uma vez para ficar, ela lhe desse uma última chance de tomar o que achava tão difícil oferecer a qualquer um: seu coração.

Mas, enquanto ele roçava os lábios na sua pele, Constance não conseguiu reunir essa coragem.

Talvez porque realmente não quisesse entregar seu coração.

Ou talvez porque sua memória tivesse ido longe e ela simplesmente não confiasse em que ele não fosse parti-lo em mil pedaços.

Apoiou-se nele, convidando a mais beijos.

Porque uma coisa ela sabia ser verdade: confiava seu corpo a ele de um modo totalmente instintivo.

– Meu Deus, que perfume é este que você usa? – sussurrou ele, inspirando profundamente para não correr o risco de perder a oportunidade de sentir aquele cheiro. – Sempre me perguntei...

– Não uso perfume.

Ele gemeu.

– Está mentindo, garota malvada.

Ela sacudiu a cabeça, e ele percebeu que devia ser verdade, pois, cada vez que inspirava, encontrava alguma coisa nova, fresca, intoxicante.

– Então sou totalmente viciado no cheiro da sua pele – murmurou ele.

Dizer aquelas palavras o deixava exposto, mas, naquele momento, ele não se importava. Em breve perderia aquela mulher; em breve o mundo saberia que ele não era o tipo de homem que tivesse praticado muito a decência. Essa combinação o tornava fisicamente incapaz de deixá-la partir.

Ele a puxou para si e suspirou com a sensação dos corpos unidos. Estava duro e não queria deixá-la desconfortável, mas também não queria se afastar.

– Tudo bem por você? Me sentir? – perguntou ele, apertando a ereção contra a fenda entre suas nádegas.

Ela fechou os olhos diante do espelho.

– Adoro a sensação.

– Eu também.

Ele virou o rosto dela, para que o olhasse.

– Ah, sim...

Constance afastou as coxas e pressionou as nádegas contra ele, para sentir a ereção por cima da saia. Ele a apertou e gemeu.

– Minha nossa! – exclamou ela.

– Constance – sussurrou ele, incapaz de resistir à atração que sentia. Desejando, de algum modo, deixá-la com alguma prova disso. – Sei que disse que não faria... mas, antes de nos despedirmos, quero tocá-la. Não consigo parar de pensar nisso.

– Nem eu – disse ela, beijando-o na altura do queixo. – Por favor, não pare. Está tão bom...

Apthorp apertou-a com ainda mais força e a beijou onde os seios se projetavam no corpete.

– Nunca comprometeria sua virtude. Mas, se quiser, posso fazer com que você se sinta ainda melhor.

Ela ergueu os olhos e estremeceu.

– Sim – pediu ela, ofegante. – Tranque a porta. Há uma chave no guarda-louça.

Ele obedeceu e, quando voltou, ela correu em sua direção.

– Me beije – disse ela.

Dessa vez, ele não discutiu. Abraçou-a e colocou-a sobre um sofá diante do espelho. Era impossível não perceber que ela tremia.

Trêmula por minha causa, e eu mal a toquei. Meu Deus, ela é preciosa.

Beijou seus olhos, o nariz, o pescoço. Ajoelhou-se no chão diante de seus pés e beijou os pontos que pulsavam em seus punhos.

– Posso levantar isto? – perguntou ele, brincando com a barra de seu vestido.

– Pode.

Ergueu-lhe a saia até a altura dos joelhos e beijou as rendas das meias que ela usava. Com cuidado, afastou a anágua e abriu suas pernas, beijando a parte interna das coxas.

– Quero que você me veja pelo espelho.

Ele mordiscou suas coxas, aproximando-se cada vez mais de seu sexo até sentir o calor e o perfume de seu desejo. Provocou-a com seus lábios e sua respiração até ela parecer ter se transformado em um longo suspiro. Estava tão molhada, tão intumescida, tão exuberante, e suspirava com tamanho ardor ao sentir seu toque que ele sentiu vontade de chorar.

Ele passou o polegar na fenda entre suas pernas.

– Posso beijar você aqui?

– Pode... – sussurrou ela.

Os dedos tocaram a carne mais tenra.

– Meu Deus – disse ele ao constatar quanto ela estava molhada.

– Isso acontece sempre que eu penso em você.

– Então espero que pense em mim com frequência.

– Não consigo parar – declarou ela, arfante, pois a língua dele entrara em contato com seu corpo.

Ele não respondeu, porque tinha perdido toda a noção de linguagem.

A única coisa que ela conseguia fazer era sentir.

Julian a segurava pela cintura enquanto sua boca reescrevia o que significava estar viva. Ela fitou a imagem no espelho: a saia espalhada, o rosto dele entre suas coxas, a cabeça jogada para trás em êxtase. A visão daquela cena erótica a tomou por inteiro. Ela se jogou para a frente, agarrou o cabelo dele e sucumbiu, enterrando o rosto em seu pescoço.

Ele a abraçou enquanto ela se recuperava e tentava evitar que os gemidos convocassem a família inteira.

Quando finalmente parou de tremer, o prazer foi substituído por uma sensação de timidez diante do que ele acabara de fazer. Mas ele a olhou com os olhos mais gentis do mundo, sorriu e depois deu um beijo bem demorado em seu joelho.

– Obrigada pela lição, Julian – disse ela, porque não conseguia pensar em mais nada para dizer a não ser "*Por favor, peça mais uma vez*".

Julian se levantou e acariciou seu cabelo.

– Preciso falar uma coisa – sussurrou em seu ouvido.

Diga que me ama. Me peça para ficar.

– É isso que você merece de um amante – afirmou ele, carinhosamente.

– Por onde quer que vá, independentemente da vida que encontre, nunca jamais aceite qualquer homem que não perceba que você é uma deusa da cabeça aos pés.

Ela suspirou. Qualquer *outro* homem, era o que ele queria dizer.

– Sei que vai encontrar um que a valorizará e que vai merecê-la. E eu, lady Constance, ficarei morrendo de ciúme.

Tinha recebido sua resposta.

Vinha esperando um sinal de que o risco de revelar o que sentia poderia valer a pena. Mas, gentilmente, Julian sinalizara o contrário.

Ela o envolveu em seus braços, para que ele não conseguisse ver seu rosto.

– Chega dessa conversa, seu gato vira-lata. Você é tão mau quanto dizem os jornais. Venha, me ajude a arrumar o vestido. Estão esperando por nós.

Depois de ajudá-la a recuperar a aparência, os dois foram para o pátio, onde as famílias os saudaram. Julian parecia orgulhoso, ligeiramente agitado e tímido por ser recepcionado com tanto afeto.

Pelo menos o sacrifício dela valera a pena, se tinha sido capaz de promover tamanho alívio para ele.

Queria se lembrar dele daquele jeito para sempre.

Julian ergueu a taça no ar e perguntou:

– Perdoem-me por estar tão sentimental, mas poderiam suportar um brinde?

– Um brinde! – exclamaram todos da família dela. – Um brinde!

– Há um mês, minha vida estava arruinada. Eu tinha certeza de que jamais reconquistaria o respeito de nenhum de vocês. Mas uma mulher acreditou em mim. Quando desisti de mim mesmo, ela veio, me acolheu e explicou passo a passo o que faríamos para consertar a encrenca. Na ocasião, duvidei que seu plano pudesse funcionar, mas ela foi muito persistente e eu estava desesperado. E então, vejam só, lady Constance Stonewell estava, como sempre, absolutamente certa.

Constance sentiu as lágrimas brotando. Por que ele estava falando aquilo? Não havia necessidade de brindar a ela. Já tinham vencido. Não precisavam mais fingir.

De qualquer forma, a família vibrou.

– A lady Constance, a quem devo minha vida. A uma mulher que não é uma mulher qualquer, mas uma *deusa*.

Seus olhares se encontraram. Constance ficou corada até os seios, que ainda doíam pelo desejo não realizado de serem levados à boca dele. Até as coxas, ainda úmidas de desejo. Até o coração, que se partia.

– A lady Constance! – gritou a família.

Ela ergueu a taça e pigarreou.

– Sabem que não suporto que lorde Chato dê a última palavra – disse ela, provocando risadas mordazes. – Então tenho que me pronunciar: Julian, você nunca mereceu as coisas que os jornais disseram a seu respeito. Nunca mereceu ter que lidar com uma encrenqueira do meu tipo. Mas devo dizer que a situação o favoreceu, porque, antes desse mês, acho que nenhum de nós sabia exatamente como você é notável. Acho que nós... que eu... não o víamos como o homem forte, intenso, determinado, bom e astucioso que é. Lorde Chato, você é inesquecível.

A emoção deixou os olhos de Julian reluzentes. Ela ergueu a taça na direção dele.

– Para o homem menos chato que conheci. Estou muito empolgada para ver o que reservam as próximas décadas da sua vida.

– Bravo! – gritaram todos.

Mas Constance mal conseguia ouvi-los. Pois só tinha olhos para ele, e ele a olhava.

Como se nada daquilo fosse fingimento.

Como se aquela noite fosse o começo do resto de suas vidas.

Capítulo dezesseis

S empre se podia esperar que um evento criado por Constance Stone-well fosse espetacular, mas o que se via ao cruzar as portas da Casa de Westmead, na noite seguinte, era tão deslumbrante que dessa vez Apthorp nem sequer conseguiu reunir o cinismo necessário para revirar os olhos.

Flores imensas, exuberantes, cobriam as paredes do chão ao teto em tons de branco e de creme. O perfume dos lírios viajava pelo ar. Cortinas esvoaçantes, tingidas em tons claros de violeta, davam um ar onírico à atmosfera. Cordas douradas, penduradas do teto, provocavam especulações sobre os mistérios que poderiam estar guardados.

Constance estava oferecendo a Londres um momento pelo qual pretendia ser lembrada.

Aquilo acabava com ele.

Westmead acenou e se aproximou.

– Suba e aguarde por Constance no salão. Vou apresentar o entretenimento e vocês dois vão esperar atrás da cortina até o fim da apresentação dos acrobatas. Quando acabar, vou erguer as cortinas e apresentar ambos aos convidados. Vocês descerão aquela escadaria para a dança de abertura. Constance providenciou uma orquestra. E uma chuva de 10 mil pétalas de rosas. Naturalmente.

Ele assobiou.

– Que dramático, Vossa Graça.

Westmead revirou os olhos.

– Eu sei. Mas é o que ela quer. Talvez eu esteja ficando sentimental ao pensar que você vai levá-la de mim.

Apthorp não conseguiu responder, porque qualquer coisa que dissesse seria o pior tipo de mentira. Deu um tapinha nas costas do duque e subiu a escada para buscar consolo no excelente conhaque de Westmead enquanto aguardava.

Uma hora se passou até Constance aparecer, e, àquela altura, ele estava ligeiramente embriagado. Mas não a ponto de não perceber como ela estava deslumbrante.

O cabelo estava presto com lírios rosa-chá, exatamente da cor de seus lábios. Todo aquele cor-de-rosa dava destaque a seus olhos azuis brilhantes, que reluziam próximos a longos brincos de safira. As mesmas pedras também apareciam ao redor do pescoço.

– Deveria ser ilegal ter essa aparência.

Ela abriu um sorriso maroto.

– Você também parece bastante ilegal, milorde.

Ele tomou a mão dela.

– Enfim, nosso último ato.

Ela sorriu.

– Vamos torná-lo memorável. Os acrobatas estão quase prontos. Podemos assumir nossas posições atrás das cortinas? Teremos que ficar ali por algum tempo, mas não quero distraí-los enquanto andam na corda bamba.

Ela o levou até uma alcova que tinha sido montada com peças de linho drapeadas atrás da balaustrada no alto da escadaria principal. Cortinas de um tom suave de violeta desciam do teto, presas com lírios e fios de ouro. Parecia uma gaiola para o passarinho de um anjo.

Por Deus, ele estava confuso. Tinha exagerado no conhaque.

Do lado de fora, Westmead usou um sino para capturar a atenção da plateia, dando as boas-vindas aos convidados. A orquestra soou e as interjeições da multidão sinalizaram que os acrobatas já estavam em posição.

– Quanto tempo dura a apresentação? – perguntou ele a Constance.

– Um quarto de hora – disse ela, bebericando champanhe.

– E o que fazemos para passar o tempo?

Ela sorriu, um tanto tristonha.

– É uma pena que nunca tenha gostado de jogar dados.

– Ah, Constance – sussurrou ele, apertando-a contra o peito e a mantendo ali.

– Foi divertido, não foi? – Ela deu um sorriso triste. – Nós formamos uma boa dupla, afinal de contas.

Ele odiava o tom final daquelas palavras.

Queria dizer a ela que não precisavam se afastar. Queria se ajoelhar e implorar por uma última chance.

Mas então pensou em Evesham e soube que não podia pedir aquilo a ela.

O que não tornava tudo menos doloroso. Agarrou-a com mais força, deixando o perfume dela envolvê-lo.

– Talvez pudéssemos passar o tempo com uma última lição – murmurou ela.

– Que tipo de lição?

– Talvez pudesse me ensinar a beijar alguém de um modo a ser lembrada para sempre.

– Você acha que existe alguma chance de eu esquecê-la?

Julian passou as mãos pela base das costas dela e a puxou para si. Não esperou pela resposta para colocar sua boca sobre a dela.

A necessidade de beijá-la com delicadeza – afinal, em pouquíssimos minutos os dois teriam que descer como se nada tivesse acontecido – fazia com que ele sentisse cada respiração, cada tremor, cada gemido com total clareza.

– Você me deixa ansioso como um garoto – confessou ele, junto ao seu cabelo. – Meu Deus, estou tremendo. Sabe disso, não sabe? Sabe quanto eu desejo você?

Ela não disse nada, apenas segurou os ombros dele com mais força e escondeu o rosto em seu pescoço. Sem dúvida era por causa do conhaque, mas de repente ele queria dizer tudo a ela. Afinal, quando teria outra chance?

– Sempre quis você – disse ele, ofegante. – Desde a primeira vez que a vi achei você a criatura mais cativante da terra.

Ele arrastou as mãos pelo corpete do vestido, com ferocidade.

– Eu queria tocá-la. Queria saber tudo que houvesse para saber a seu respeito.

Ainda quero.

Ela soltou um sonzinho agoniado e ele pôs a boca na pele quente e perfumada sobre seus seios.

– Então prove – sussurrou ela, tomando as mãos dele.

– Minha doce Constance. É tarde demais.

Ela lançou um olhar que ele não vira por uma semana. Um olhar de desafio, de provocação.

– Não, Julian, não é. Temos, no mínimo, quinze minutos.

– Ah, minha querida... – Ele começou a rir junto do pescoço dela, para não chorar.

Ela o afastou.

– Deixe-me tocá-lo – disse ela. – Só uma vez. Para que eu possa sonhar com isso.

Antes que Julian conseguisse pensar, as mãos dela tateavam as calças dele e alcançavam sua carne. Atrás das cortinas, ele ouviu a orquestra tocar o final do primeiro movimento. A apresentação devia estar avançada.

Constance segurou a ereção e passou os dedos na ponta do membro. O corpo dele estremeceu por inteiro.

– É mais macio do que eu imaginava – afirmou ela. – E maior. É um assombro que consiga andar.

Ela deslizou a mão e o apertou com delicadeza.

– Não faça isso – gemeu ele. – Não vou conseguir me recuperar.

– E se eu não quiser que você se recupere? – Ele percebia a excitação na voz dela. – E se eu quiser que você desmorone?

Meu Deus, era tentador.

– Eu quero lhe dar prazer. Quero que me mostre como. Encare isso como mais uma lição.

Os dedos dela cercaram-no, sem prática mas instintivos.

– Uma pequena morte antes do nosso final – sussurrou ela. – Um último segredo.

Ele queria muito, mas era errado sob todos os aspectos.

– Não temos tempo suficiente.

Ela o segurou com mais força.

– Tem certeza? Descobri que, com um pouco de prática, não demoro quase nada. Especialmente desde que você me deu aquele presente tão astucioso.

Julian gemeu tomado pelo mais puro desespero de desejo, fechou os olhos e sentiu os dedos dela passeando pela cabeça de seu pênis, onde encontraram um pouco de umidade e espalharam-na com o polegar. Ele estremeceu de um modo tão violento que ela ergueu os olhos e sorriu.

– Está experimentando uma morte? – perguntou ela, brincando com a cabeça que exsudava.

– Não faça isso – arfou ele. – Eu vou gozar e fazer uma bagunça em você. Desejo você há muito tempo.

– Quero fazer você gozar, Julian. Para poder pensar nisso depois, quando estiver aflita.

O que ele iria sugerir era a essência da pura canalhice. Mesmo assim, sussurrou:

– Talvez, se você se ajoelhasse e usasse a boca...

Ele merecia uma bofetada por ter dito aquilo, mas em vez da bofetada, ela lhe deu um sorriso muito malvado.

Aquele que ela guardava para os momentos em que estava no auge da provocação. Deus, ele sentia falta daquele sorriso.

Constance se ajoelhou e olhou para ele com seus longos cílios, sorridente. Os lábios hesitantes percorreram a cabeça, a língua parando bem na pontinha.

– Você tem gosto de sal – sussurrou ela.

Meu Deus.

– Diga o que devo fazer. Rápido.

Ela o tomou em seus lábios.

Lá fora, a multidão se espantava no ritmo da vibração das cordas. Os dançarinos chegavam ao clímax da apresentação.

– Isso, assim, engole tudo. Chupa... Devagar... Só com a língua, sem os dentes.

O mundo ficou escuro e contido nos limites da carne unida de ambos. Ele deixou que as pontas dos dedos caíssem no cabelo dela.

– Isso. Um pouco mais fundo. Meu Deus, Constance.

Ele se moveu para a frente e para trás com toda a delicadeza possível enquanto ela lambia a parte de baixo de sua ereção, o desejo dele enchendo-lhe os testículos, os gritos da multidão tão próxima tornando tudo tão errado e tão primordial.

– Gosta disso, de fazer em um lugar onde poderíamos ser pegos? – perguntou ele, arfante.

Julian mal conseguia articular as palavras, mas precisava perguntar, precisava saber.

Em resposta, ela só conseguiu gemer e arfar um "sim". Se permitisse que ela continuasse, gozaria em sua boca. Mordeu a articulação dos dedos para não gritar.

– Meu Deus! – exclamou ele. – Já chega. Querida, pode parar... Estou bem perto da morte.

Mas ela não parou. Olhou nos olhos dele sem interromper a conexão. E então o segurou com mais firmeza e chupou por muito tempo, com intensidade, pressionando o quadril dele contra suas têmporas.

Ele tirou o membro da boca de Constance e por muito pouco conseguiu se derramar sobre as fraldas da camisa, escondendo o rosto no braço para não urrar de puro prazer.

Julian caiu de joelhos em trêmula gratidão e a apertou contra si. Enxugou os lábios dela com o punho da camisa. Constance estava cálida e dócil, arfando um pouquinho.

– Você é um homem muito travesso, lorde Chato – sussurrou ela, sorrindo. – Surpreendente.

Do outro lado da cortina a multidão se espantava. A apresentação devia estar chegando ao fim. Precisavam se recompor enquanto ainda tinham tempo. Mas, em vez disso, ele se ouviu dizer:

– Você não faz ideia. Abra as pernas.

Ele esperava que ela fosse protestar, mas Constance apenas deu uma gargalhada que continha centenas de segredinhos sujos.

– Estão quase no fim. Seja rápido.

Ele revirou sua saia até encontrar o que queria. Ela estava molhada – molhadíssima. Beijou-a com voracidade enquanto os dedos encontravam a carne viva e a tocavam de modo indecente. Ele sabia que ela estava perto. Sabia que o perigo, a multidão, o champanhe tinham o mesmo efeito sobre ela que tinham sobre ele. O clitóris latejava sob seus dedos.

– Droga, o que eu não daria para enterrar meu membro em você...

Ao ouvir aquelas palavras, ela começou a perder o controle. Ele sentiu que ela ficou paralisada, tensa. Ele não parou e, quando o orgasmo chegou, ela gritou junto à boca dele, desabando sobre ele, de joelhos. Julian perdeu o equilíbrio, o joelho bateu no chão de mármore. Ele cambaleou, fazendo com que ela abrisse os braços para se segurar na cortina.

Ele percebeu o que estava acontecendo justamente quando já era tarde demais para impedir. Ao se agarrar no tecido da cortina, a estrutura inteira começou a desabar em volta deles.

O grito rouco do orgasmo rapidamente se transformou num berro bem agudo à medida que peças e mais peças de tecido despencavam em volta deles, derrubando-os no chão, embrulhados.

A multidão se calou.

Julian se libertou das cortinas para conseguir enxergar.

Atônitos, os acrobatas que haviam acabado o número, correram até eles sobre as cordas, todos com ar confuso.

Uma mulher minúscula e de pele escura, vestida com uma pantalona, pousou bem perto da balaustrada.

Ela ergueu o braço e apresentou o casal para a multidão, os dois ainda totalmente embolados.

– Damas e cavalheiros – retumbou a voz de Westmead, num tom seco. – Gostaria de apresentar o conde de Apthorp e sua futura condessa.

Julian contemplou um mar de rostos desconcertados e ficou feliz.

Porque certas coisas eram tão chocantes que jamais seria possível se recuperar delas.

Algumas coisas eram simplesmente irreparáveis.

Era egoísta, indesculpável e errado, mas ele não queria que ela fosse embora. E agora... ela não precisaria ir.

Sob as pilhas de cortinados e a confusão da sua saia, Constance sentiu que as mãos de Julian trabalhavam depressa para devolver, discretamente, as roupas ao lugar certo antes que a plateia, assustada, notasse que, além de embolados, também estavam em um estado de completa indecência.

A tagarelice furiosa que vinha do andar de baixo deixava claro que os convidados já especulavam alegremente sobre o que os dois estavam fazendo sozinhos atrás da cortina para causar tamanho colapso e acabarem emaranhados daquele modo.

Ela fez a única coisa que lhe ocorreu para interromper a especulação. Deu a eles algo para observar.

Inclinou-se e pousou os lábios no rosto de Julian.

A multidão vibrou, demonstrando aprovação.

Constance abriu o maior sorriso que conseguia colocar do rosto, livrou o vestido da cortina, ergueu-se e fez uma reverência para a multidão.

– Curve-se – sussurrou para Julian enquanto sorria.

Ele obedeceu.

A multidão vibrou mais alto.

– Diga alguma coisa – cochichou ela.

– Damas e cavalheiros, minha futura noiva – disse ele. – Ela não é deslumbrante?

Aplausos.

Constance se sentia atordoada, o corpo ainda zumbindo com o impacto do que tinham feito. Acolheu a onda de aprovação enquanto a orquestra dava os primeiros acordes do minueto. Julian tomou sua mão e, com mais uma piscada teatral para os convidados, desceu com ela a escada e atravessou a multidão até a pista de dança, sorrindo como se nada no mundo estivesse errado.

Enquanto a orquestra se empolgava e o aposento se enchia com a etérea chuva de pétalas que caíam do teto como estrelas cadentes, ele se abaixou e sussurrou no ouvido dela:

– *Case-se comigo.*

Disse aquilo em voz baixa e rouca. Mas, quando ela olhou em seu rosto, ele sorria.

O coração dela deu um salto.

No entanto, não seria justo obrigá-lo a fazer algo do qual se arrependeria simplesmente porque a cortina tinha caído.

– Não precisamos nos casar – disse ela rapidamente, quando as mãos se encontraram. – Nada mudou.

– Tudo mudou.

– Não quero obrigar você a fazer algo que não quer.

– Que bom. Porque sou apaixonado por você há oito anos e não há nada que eu queira mais.

Ela parou de dançar.

– Julian, isso é *realmente* verdade?

Ele alisou uma mecha de cabelo que caíra nos olhos dela.

– É – respondeu ele, carinhosamente. – Eu lhe contei.

– Achei que estivesse fingindo porque se sentia culpado.

– Eu sei, minha doce menina. Eu também não quis pressionar você a fazer algo contra sua vontade. Mas é verdade. Sempre quis você. Na noite em que lhe perguntei sobre presentes de noivado... foi porque queria comprar um presente para você assim que o projeto fosse aprovado.

– Mas todo esse tempo...

– Eu tinha medo de não conseguir atender as expectativas que eu tinha para mim mesmo, Constance. Tinha medo de não merecer você. Tinha medo de que você não me quisesse. – Ele suspirou, trêmulo. – Ainda tenho.

De repente, ela entendeu.

Todos os sermões. Todas as mágoas dela. Toda a raiva dele. *Todos aqueles anos.*

E o coração, que se partia de uma dor tamanha por ambos, ao mesmo tempo se enchia de alegria.

– Não precisa ter medo disso – afirmou Constance. – Nunca foi verdade. Eu vou provar.

Ela se inclinou e beijou o conde de Apthorp bem no meio da festa do século.

E, quando acabou, a multidão vibrou tanto que ela sabia que todos se lembrariam daquele instante pelo resto da vida.

Capítulo dezessete

E le adiou a conversa.
Sabia que precisava contar a ela, antes de se casarem, toda a verdade sobre seu passado e o risco que isso representava.

Mas queria encontrar as palavras certas. Queria achar um modo de dizer que isso nunca havia interferido em seus sentimentos por ela. Que ela não precisava encará-lo de um modo diferente.

Não estava, porém, muito acostumado a ser sincero com Constance. E, quando a via, o brilho nos olhos dela era tão vibrante, tão intenso, que ele não queria apagá-lo.

Talvez por isso tenha deixado o tempo correr. De uma semana, sobraram alguns dias, e, então, duas noites antes que fossem esperados na capela.

E também por isso ele voltava a escalar a treliça até a sacada de Constance numa hora preferida principalmente por ladrões e malfeitores em geral.

Bateu suavemente na janela.

– Tem certeza de que nunca foi um salteador? – perguntou ela, aparecendo na janela com um bocejo. – Desperdiçou sua vocação de criminoso.

– Sinto muito. Acordei você?

– Não. Estava escrevendo. Mas Camarãozinho não deveria ficar mais alerta aos intrusos? – Ela apontou o cão, encolhido pacificamente em seu cesto, diante do fogo, adormecido. – Acho que você me deu um cão defeituoso.

Julian sorriu para ela.

– Talvez ele não esteja querendo cumprir seus deveres em protesto pelo nome ridículo que você deu.

– Camarãozinho *adora* o nome dele. Não é, meu marisquinho?

O cão roncou.

– Posso entrar?

Ela sorriu, deu um passo para trás e o puxou para dentro.

– Não há nada que eu queira mais.

O quarto dela estava assustadoramente vazio.

– Onde estão todas as suas coisas? – indagou ele.

– A maior parte já está a caminho da sua casa, imagino eu. Sobrou pouco por aqui, além do meu vestido de noiva. Que você realmente não deveria ver até eu entrar na igreja.

Ela fez um gesto para um vestido claro que se encontrava num manequim de madeira. Era largo como uma carroça puxada por cavalos e um tanto fantasmagórico sob o luar. Apesar da pompa, parecia um pouco tristonho fora do corpo. Ele desviou o olhar, pensando em como aquele lugar pareceria inóspito assim que ela partisse.

Afastou o pensamento. Ela estaria na *casa dele*. Seria *esposa dele*. Desde que ele conseguisse levar aquela conversa adiante.

Estendeu o braço e voltou a segurar na mão dela.

– Constance, preciso contar uma coisa antes de nos casarmos. Andei tentando encontrar as palavras certas, mas temo que tenham me escapado.

A expressão dela se tornou suave e delicada, como se conseguisse notar a intensidade com que ele não queria ter aquela conversa. Apertou a mão dele entre as dela, menores.

– Estou ciente das manchas no seu passado – declarou ela. – Seja lá o que for, não pode ser tão absurdamente chocante assim.

– Pois bem, na verdade existe um detalhe bastante importante que não contei.

– Julian – disse ela baixinho, acariciando seus dedos –, acho que sei o que está prestes a dizer.

– Sabe?

– Sei. E, se estou correta, você agiu da melhor forma possível.

– Verdade?

– Bem, o ideal teria sido que se você tivesse se casado, mas todo mundo erra, e parece que você resolveu tudo de forma honrada.

Constance parecia muito serena e segura, e ele não estava nem um pouco convencido de que ela entendia o que havia acabado de perdoar.

Ele engoliu em seco.

– O casamento não costuma ser o resultado desejado do arranjo. É por isso que há pagamento. Para manter o casamento inteiramente fora da equação.

– Você pagou para ter uma filha bastarda?

Ele fez uma pausa.

– Constance, do que você está falando?

– De Anne – disse ela, em voz baixa.

– *Anne?*

– Não foi bem isso que eu quis dizer – respondeu ela depressa. – Ela é uma criança inocente e eu a adoro. Vamos reconhecê-la publicamente, separar fundos para ela e criá-la como faríamos com qualquer filha. Não precisa se preocupar.

– Você acha que Anne é minha filha?

Ela deu um ligeiro sorriso compassivo.

– Não foi muito difícil chegar a essa conclusão, Julian. Ela é a sua cara. Não foi por isso que você ficou tão relutante em fazer amor comigo? Porque não queria se arriscar a ter outro...

Ele sentiu que enrijecia, e quis se afastar e encerrar a conversa.

– Anne não é minha filha – obrigou-se a dizer. – É minha protegida.

– Julian. – Constance olhou para ele com ceticismo. – Se vamos nos casar, você precisa ser honesto comigo.

Ele suspirou. Não era um segredo dele, e ele havia prometido nunca contar. Mas Constance tinha razão. Precisava aprender a confiar nela. E ela sem dúvida descobriria a verdade, pois, afinal de contas, estava entrando para a família.

– Anne não é minha filha. É minha sobrinha.

Ela o olhou, genuinamente chocada.

– Sua *sobrinha*? Mas isso significa que...

– Sim. Ela é filha de Margaret.

Constance ficou boquiaberta.

– Mas Margaret é tão inocente...

Ele suspirou.

– Verdade. É exatamente esse o problema.

Constance pareceu perturbada.

– Sinto muito. Nunca comentaria nada a respeito... Mas, bem... como? *Quem?*

Apthorp hesitou. Havia prometido à mãe e à irmã nunca contar a ninguém uma só palavra sobre aquela história sórdida. O maior desejo da mãe era manter a aparência de respeitabilidade. O sigilo havia sido o único consolo que ele fora capaz de proporcionar, depois de ter fracassado com as duas.

– Pode me contar – insistiu ela. – Julian, pode me contar qualquer coisa. Prometo ser discreta, especialmente em relação a algo desse tipo.

– O pai de Anne é lorde Harlan Stoke.

Ao ouvir o nome, a expressão chocada se transformou em algo mais horrorizado.

– Não. *Não*. Pobre Margaret...

– Ele passa férias perto da minha propriedade e andou visitando-a há três verões, enquanto eu trabalhava na cidade. Ele a cortejou, disse que se casaria com ela... que não precisava se preocupar por não terem feito os votos numa igreja. E, quando descobriu que ela estava grávida, ele a deixou. Negou descaradamente qualquer envolvimento.

Margaret deixou-se abater de tal modo que o irmão temeu que ela fizesse mal a si mesma. Depois, veio uma gravidez difícil, suportada em segredo, em uma casa pequena e barata que ele alugou na Escócia, tendo apenas a mãe como companhia. Ela amava a filha, tinha recuperado a saúde e ficou aliviadíssima pelo escândalo ter se mantido oculto. Mas a provação a tornara frágil, de um modo que parecia chegar até as profundezas da alma.

– Sujeito desprezível – esbravejou Constance. – Ouvi dizer que ele tinha filhos fora do casamento, mas não sabia de nada a respeito de Anne. Ele deveria ser mantido longe das mulheres... Por que não o procurou?

Era uma boa – e óbvia – pergunta, mas respondê-la ainda o deixava se sentindo desmoralizado. Sua inutilidade nunca ficara tão aparente quanto no dia em que não conseguiu salvar a irmã caçula.

– Tentei. Fui procurá-lo e exigi que ele consertasse as coisas. Margaret tinha apenas 16 anos. Ele riu. Recusou-se a reconhecer o filho ou Margaret e disse que, se eu o acusasse publicamente, ele revelaria a gravidez. Ele precisava de uma esposa rica, e eu não tinha condições de oferecer um dote. Eu não tinha saída. Não podia obrigá-lo. Minha mãe ficou horrorizada com a possibilidade de cobrir Margaret de vergonha e não quis pedir a ajuda de ninguém da família. Então providenciamos que ela viajasse para ter o bebê.

– Aquele bastardo de uma figa. E sua pobre e querida Margaret. Que provação deve ter sido tudo isso.

Julian assentiu, aliviado por ela ter compreendido.

– Foi horrível, mas ela se recuperou. E esperamos que conheça um cavalheiro e encontre um casamento que a faça feliz. Se essa história for revelada, isso nunca acontecerá.

– Vou encontrar um marido para ela – disse Constance no mesmo instante.

Ao ver a expressão alarmada dele, ela riu e levantou as mãos.

– Não se preocupe. Nada de fofocas. Aprendi bem a minha lição.

Ele soltou o ar.

– Obrigado.

Constance bateu com o dedo no queixo.

– Ora, Julian. Isso significa que lorde Harlan sabia que você tinha informações que poderiam arruinar as chances dele na época em que cortejava Gillian.

– Sim. Tenho certeza de que foi por isso que nos evitaram na ópera. Ele não ia querer que ela descobrisse.

– Lembra-se de quando mencionei a atriz do Theatre Royal? E que você me pediu que esquecesse o assunto?

– Sim.

Os esforços dele para seguir a pista não tinham dado em nada. Ela mordeu o lábio.

– Pois bem... eu não esqueci o assunto. Não se zangue, mas minha costureira andou desvendando a ligação, discretamente. Na última semana, ela me deixou um bilhete contando o que descobriu. Parece que a mulher que estava espalhando o boato de que você frequentava a casa de lady Palmerston é uma atriz de teatro que recebe uma série de cavalheiros em um apartamento que mantém em Charlotte Street. Onde é possível que ela tenha visto você chegando ou partindo e tirado as próprias conclusões. Ou então falou com os vizinhos, ou ouviu algo. Valeria mencionou que um dos cavalheiros que ela costuma receber é Harlan Stoke. Sei que acha que não existe uma conspiração, mas deve haver alguma ligação. Porque, se ele sabia de seu clube, a melhor forma de se proteger seria destruindo sua credibilidade.

– Mas como ele saberia que deveria contar isso a você?

Ela suspirou.

– Pois bem, ele não saberia disso sozinho. Mas parece que Gillian concluiu que eu estava por trás da circular. É possível que ela tenha mencionado a lorde Harlan, que articulou para plantar o boato de tal modo que ele pudesse enviar meus escritos para Evesham sem trair o próprio envolvimento. – Ela se jogou no sofá, com ar deprimido. – Então é culpa minha, como sempre.

– Não diga isso. Mesmo se for verdade, não muda nada. Ele já conseguiu se safar.

– Talvez não tenha conseguido. Poderíamos usar a informação para pressioná-lo a fazer a coisa certa em relação a Margaret. Ou alertar outras pessoas.

– Não – declarou ele, incisivo.

Constance pareceu atordoada pelo tom.

– Sinto muito – disse ele, suavizando a voz. – Mas prometi a Margaret e minha mãe que nunca diríamos uma só palavra a ninguém. Elas ficariam arrasadas se alguém de fora da família soubesse.

Já fora muito ruim não ter sido capaz de proteger a irmã da primeira vez. Ele não a faria sofrer mais do que já havia sofrido.

Constance não pareceu convencida. Aquilo o deixou nervoso.

– Constance, prometa que você nunca vai comentar nada a respeito.

– Claro – respondeu ela, depressa. – Sim, claro. Eu prometo.

– Seja como for, não vim contar os segredos de minha irmã. Vim falar dos meus.

Ela sorriu.

– Já sei a respeito das suas quartas-feiras, lorde Chato.

Ele respirou fundo.

– Não, não sabe. Não de tudo. E é possível... até provável... que a verdade venha à tona. Talvez em breve. Henry Evesham está cercando o clube, buscando mais informações. Se conseguir me expor, vai causar outro escândalo. Um escândalo ainda maior.

Fiel ao jeito Constance de ser, ela pareceu mais intrigada que alarmada.

– Por quê? – balbuciou. – Qual é a verdade?

Ele inspirou profundamente.

– Sabe o clube sobre o qual você escreveu? Eu não era um sócio. Eu era um dos anfitriões.

Ela sacudiu a cabeça, sem entender.

– Como um investidor, você quer dizer?

Ele suspirou.

– Não. Como um prostituto.

– *O quê?* – perguntou ela, com uma risada estrangulada e incrédula.

– Eu trabalhava lá.

– Como... como cortesão?

– Algo assim. Meu papel era interpretar o homem dominador para os membros que pagavam pelo privilégio de viver tal fantasia.

Constance estava de queixo caído, como se ele fosse uma peça em exposição num museu.

– Tudo era muito discreto, pensava eu – explicou ele, depressa. – Eu usava uma máscara e era conhecido ali apenas como Mestre Damian. Não dormia com qualquer pessoa que pudesse conhecer fora do clube. E era tão seguro quanto possível... eu tomava medidas para me proteger das doenças.

– Entendo – disse ela, em voz baixa, absorvendo a informação. Constance passou os olhos nele, como se o visse de uma forma diferente. – O que quis dizer com fantasia?

– As pessoas diziam o que desejavam experimentar, coisas fora do comum. Ser violentada por um pirata ou um bandido... amarrada, chicoteada... ou receber ordens para fazer as vontades do outro durante o amor... – Ele interrompeu a frase, pois os olhos dela estavam tão arregalados que ele teve medo de que pudesse desmaiar. – Eu ouvia o que queriam e tornava aquilo realidade.

Ela assentiu, de leve.

– Posso perguntar por quê?

Ele deu de ombros.

– Por dinheiro. Começou como algo que eu fazia em particular. Quando era mais novo, tive uma amante com certas propensões que descobri que me agradavam. Depois que as minas fracassaram, fiquei desesperado por dinheiro, e ela me apresentou a essa amiga, uma mulher chamada Sra. Brearley, que por acaso era proprietária do clube. Ela me contratou. E os sócios pagam muito bem. Ganhei o suficiente para garantir que minha mãe e Margaret tivessem suas necessidades diárias atendidas enquanto eu tentava restaurar nossa fortuna.

– Sei – balbuciou ela lentamente.

Ele não conseguia decifrar sua expressão.

– Constance, quero que saiba que não teria me arriscado se realmente achasse que a verdade poderia vir à tona. Fui honesto sobre como me sentia em relação a você, sobre como tinha esperanças de me casar com você. Isso não muda a forma como me sinto em relação a você.

– Julian – disse ela, em voz baixa –, sei que você pensa que sou inocente, mas não estou chateada porque você teve amantes. Ou se esqueceu de que eu me cerco de todo libertino e toda mulher perdida que aceita minha companhia?

Ele suspirou.

– Está sendo gentil, minha linda. Mas sabe muito bem que não é apenas uma questão de ter amantes. Eu aceitei dinheiro. Não quero que você seja humilhada por minha causa.

– Você considerava isso uma coisa humilhante?

Ele mordeu o lábio, inseguro. Não queria mentir para ela nem causar alarme, mas a verdade era complicada.

– Na verdade... longe disso, Constance. Me excita dar prazer a quem quer ter prazer, e fazer amor desse modo... sendo um pouco dominador e rude... é algo de que também gosto quando a outra pessoa tem interesse. Não me envergonho do que fiz. Mas, independentemente de como eu me sinto, se Henry Evesham publicar que andei vendendo meu corpo para pagar a conta do alfaiate, minha reputação estará arruinada para sempre. Minha esposa sofrerá as consequências desse escândalo, e eu não quero que você se arrependa de ter se casado comigo.

Ela tomou sua mão e a apertou.

– Julian – disse ela com firmeza –, será que não demonstrei direito que nunca encontrei um escândalo do qual eu não tenha conseguido tirar vantagem? Será que você, por acaso, deixou de perceber que esse é meu maior talento? – Ela se inclinou e beijou seu rosto. – Se planeja se tornar infame, meu querido, então encontrou a mulher perfeita.

Ele ficou tão aliviado que soltou uma gargalhada. Ela o alcançou e acariciou seu cabelo.

– Julian, se Henry Evesham descobrir seu segredo, eu simplesmente vou contar a ele o meu segredo: que sou muito feliz por passar as noites ao lado do melhor cortesão de Londres.

Ele a apertou contra o peito.

– Você, lady Constance Stonewell, é de fato a mulher perfeita. Como pude duvidar disso?

Ela deu um passo para trás, com um brilho malicioso no olhar.

– Não vou mentir, lorde Chato. Estou ligeiramente desapontada.

A ansiedade dele voltou correndo.

– Por quê?

– Ora, acabei de descobrir que ando recebendo visitas clandestinas de um dos mais talentosos artistas da alcova da cidade de Londres. No entanto, por algum motivo, ele não se dignou me violar.

Ele sorriu.

– Mais duas noites e ele se devotará a esse objetivo exclusivamente, se esse for o seu desejo.

– Mas, a essa altura, eu serei sua esposa e nunca vou saber como é ser sua amante. Se você teve a oportunidade de ser um devasso, seu homem malvado, eu não deveria ter também?

Constance sabia que não tinha sido a intenção de Julian excitá-la com sua confissão, mas, depois de toda aquela conversa sobre sua vida erótica secreta, a noite de núpcias parecia distante demais.

Ela percorreu o braço dele com os dedos.

– Vamos fazer jus a seu passado libertino antes de nos tornarmos entediantes, virtuosos e casados. Por favor. Pela Sra. Mountebank. Ela ficaria tão feliz em descobrir que está certa em relação a nós dois...

Ele deu uma gargalhada amarga.

– Minha querida, é muito tentador. Mas vamos nos casar em dois dias.

Ela sabia que ele resistiria. De algum modo, apesar de anos de evidências contrárias, ele parecia acreditar que ela era delicada ou tímida simplesmente por ser inexperiente. Era hora de fazer com que Julian abandonasse essa ideia de uma vez por todas.

– Eu sei – argumentou ela. – Mas eu quero você *agora*.

Os ombros dele relaxaram e ele começou a rir.

– Você não faz ideia de como é bom ouvir isso.

Ele a alcançou de forma abrupta e a pegou no colo.

– O que está fazendo?

Ele deu um sorriso maroto.

– Levando minha mais nova cliente para a cama.

– Só um minuto. Tenho uma surpresa justamente para esta ocasião.

Ele a pôs no chão, e ela saiu correndo para o quarto de vestir, onde as caixinhas douradas da butique de Valeria ficavam guardadas. Ela sabia muito bem como apaziguar os medos dele em relação a ela. Vestiria uma daquelas camisolas audaciosas e mostraria a ele que vinha planejando seduzi-lo o tempo todo. Era tão grata a Valeria que seria capaz de beijá-la.

Isto é, até enfim conseguir vestir aquele negócio e vislumbrar sua imagem no espelho.

Depois de muitos minutos, Julian bateu na porta.

– Tudo bem?

– Sim – disse ela, embora não tivesse tanta certeza.

Tinha parecido uma ideia sedutora, mas, agora que conseguia ver seu reflexo... ela não gostou. Não parecia *ela*.

– O que houve? – perguntou Julian.

Ela cerrou os dentes. Não seria tímida.

– Nada. Feche os olhos.

– Muito bem.

Ela saiu de trás da porta com a mandíbula tensa.

– *Voilà*.

Ele abriu os olhos e eles ficaram arregalados de espanto.

– *Minha nossa.*

Sem dúvida, aquele seria o momento em que uma cortesã experiente sairia desfilando e dizendo alguma coisa obscena e atraente, mas seus nervos a deixaram na mão. Ela queria se jogar pela janela.

Puxou ansiosamente a camisola – o pouco que havia –, tentando fazer com que a cobrisse mais, lutando contra a vontade de sair correndo de volta para o quarto de vestir.

Julian sorriu. Só que não do jeito que Valeria pretendera, suspeitava Constance. Ele não a encarava como se estivesse fitando uma gata selvagem. Parecia observar um cordeiro machucado.

– O que é isso? – perguntou ele, com delicadeza.

O traje no qual morrerei de humilhação!

– Uma... camisola?

Ele sorriu, com uma ponta de humor nos olhos.

– Com certeza deve ser parte de uma.

Ela mordeu o dedo, em desespero.

– Valeria disse que pessoas especialmente vibrantes gostam desse tipo de coisa. Achei que seria perfeita. Mas...

Ela esticou a renda, tentando encontrar um ângulo que não a fazia se sentir como uma gravura erótica.

Sentia falta da camisola do convento, de mangas compridas, gola alta e metros e mais metros de tecido reconfortante. Sentia falta dos vestidos formais do tamanho de fortalezas.

Ele veio e passou os dedos sobre a renda junto a suas costelas expostas.

– Eu estou completamente fascinado – sussurrou ele.

– Está?

– Estou – disse ele, devagar. – Mas não me agrada o fato de que você parece odiá-la.

– Dá para perceber?

– Você está encolhida e se coçando como estivesse com pulgas. Se isso aconteceu, aliás, terei que dizer algumas palavras bem rudes a Camarão-zinho.

Ela riu, sentindo-se um pouquinho melhor, embora ainda um tanto pequena e exposta.

Ele passou os dedos sobre os contornos da roupa.

– Sabe do que eu mais gosto, Constance?

– Do quê?

Os dedos seguiram a trilha de renda e foram parar nos recortes, roçando na sua pele desnuda.

– Do que está por baixo.

Ela se abaixou para pegar o que supostamente era a bainha da roupa feita por Valeria e a tirou pela cabeça. Quando soltou a renda e a seda no chão, ele sorriu, estendeu o braço e a puxou para junto de si.

– Você é perfeita do jeito que é – sussurrou ele.

– Não, sou bastante...

Ele cobriu sua boca com a mão.

– Não ouse estragar este momento.

Os dois riram juntos no escuro.

– Não precisa usar um traje para fazer amor, Constance – disse ele. – Na verdade, a parte boa de fazer amor do jeito certo é poder ser exata e maravilhosamente quem você é.

Exata e maravilhosamente quem você é.

Ela era capaz disso.

– Pois então – sussurrou ela, passando os dedos no colete que ele usava. – Talvez possa dispensar isso.

Ela desceu a mão pelo quadril dele, demorando-se na altura da virilha.

– E isso.

Ele gemeu, livrando-se do casaco e abrindo os botões do colete enquanto ela observava, cada vez mais impaciente.

– Ande logo... – murmurou ela. – Esperei por isso minha vida inteira.

Ele franziu a testa, uma mecha de cabelo caindo sobre os olhos. Deu um sorriso torto.

– Se está impaciente, talvez pudesse ajudar a tirar isto aqui.

Ela esticou o braço e desfez a gravata, revelando seu pescoço longo.

– Beije meu pescoço...

Ela obedeceu, subindo na ponta dos pés para beijar sob sua orelha.

– Minha camisa – sussurrou ele, levantando os braços.

Ela desprendeu o tecido de dentro das calças dele, subiu na ponta dos pés e ajudou a levantá-la, revelando um tórax tão esguio, dourado e musculoso quanto as esculturas, como ela sempre imaginara.

Ele tirou a camisa e a agarrou, de modo que os seios nus tocaram seu peito. A ligeira camada de pelos dourados provocou cócegas nos mamilos dela de um modo que a fez ter vontade de se esfregar nele.

– Sua costureira está errada em relação a seu busto, sabe – disse ele, tomando seus seios nas mãos. – Aprecio muitíssimo.

Ele pôs então a boca em seus mamilos, como ela vinha querendo pelo que pareciam ser dias, semanas, anos.

– Ah, Julian – suspirou ela. – Não pare nunca mais...

Ele não parou por algum tempo, chupando-a e puxando-a para junto de si, abrindo-lhe as coxas e pressionando-a com o membro rijo. Ao sentir finalmente aquela sensação, Constance se viu tomada por um tremor crescente.

– Ah, sim – sussurrou ele, sentindo a excitação dela.

Ele pôs um dedo em sua *fleur* e mordiscou de leve os mamilos. Ela abriu as pernas, convidando-o a se aprofundar dentro dela.

– Meu Deus... – gemeu ela, pois a morte já se aproximava. – Sinto muito... Vou gozar...

– Pode gozar, minha linda – encorajou ele, dando-lhe mais um dedo. – Adoro ver você chegar lá.

E ela gozou, na ponta dos pés. Teve que prender os braços em torno do pescoço dele para não cair no chão.

– Suspeito que não era para eu ter feito isso ainda – sussurrou ela enquanto se apoiava nele, trêmula.

Ele a segurou pelo traseiro.

– Ah, você pode fazer quantas vezes aguentar.

– Temos que terminar de tirar suas roupas. Para que você possa ter a sua vez. Tire as botas.

Ele se virou e obedeceu, permitindo que ela admirasse os belos contornos de seus ombros. Constance se aproximou por trás e passou a ponta dos dedos pela cintura dele até o caminho de pelos dourados que partia de seu umbigo.

Ele tomou as mãos dela e as arrastou até a braguilha da calça.

– Desabotoe.

Foi o que ela fez, demorando-se, pois gostava do modo como ele gemia quando seus dedos deslizavam sobre a ereção. Com o membro liberado, ele soltou a peça de roupa no chão, junto das meias, e se virou, totalmente nu.

Envolveu-a em seus braços e a apertou com força junto de si.

– Tem certeza do que está fazendo, meu amor?

Ela estendeu os braços e tomou sua cabeça entre as mãos, trazendo seu rosto mais para perto. Depois, deu um único beijo sobre os lábios. Ele sorriu, puxou-a para a cama e fez com que se deitasse ao lado dele. Ele a beijou até que os dois ficassem sem fôlego.

– Estou morrendo de vontade de estar dentro de você – disse ele.

– Estou morrendo de vontade de sentir você também.

– Irei devagar. Se doer, me avise que eu paro.

Ela sentiu uma pressão insistente, rasa, e aí, finalmente...

Ele.

– Que tal? – sussurrou ele.

– Melhor que a maçã.

Ele riu e a penetrou com mais intensidade. Ela sentiu dor e conteve um gemido. Ele parou, erguendo-se sobre ela de uma forma que, apesar da pontada entre as pernas, ela não podia deixar de admirar. Beijou aquele bíceps belo e trabalhado.

Julian estremeceu um pouco ao sentir o contato com seus lábios, e ela foi tomada por tamanha onda de carinho que se esqueceu da dor e ajustou o quadril para recebê-lo mais profundamente.

– Estou pronta. Por favor...

Ele parou, ergueu um joelho e virou os dois, deixando-a por cima. Espalmou as mãos em suas nádegas e abriu suas coxas, para que seu calor se espalhasse por seu membro.

– Era nisso que eu estava pensando dentro do armário.

Era muito bom ouvi-lo dizer aquelas palavras. Ela queria ouvir todas as confissões que ele tivesse a fazer. Todas as vezes que ele a desejara e escondera seus sentimentos.

Ela queria uma lista.

Ele fez uma pausa.

– Está tudo bem, meu amor?

– Estou nervosa – admitiu.

Porque, se ela deveria ser exata e maravilhosamente quem era, imaginava que não fazia sentido fingir que não estava.

– Não sei como fazer isso. Você me mostra?

Ele tomou seus quadris nas mãos e a ergueu, então a penetrou mais fundo. Os dois gemeram diante da intensidade daquele prazer.

– De novo – sussurrou ela. – Por favor, por favor, faça de novo.

Ele escondeu o rosto em seu peito.

– Ah, Constance. Vou cuidar tão bem de você. É tudo que eu sempre quis.

E assim ele fez.

Quando finalmente terminou de cuidar dela, ela já havia perdido a conta do número de mortes que morrera e o sol começava a nascer. Ele se encolheu ao lado dela e a acomodou junto ao peito, beijando-lhe a pele e o cabelo, sussurrando quanto a amava. Exatamente como ela era.

Aquilo devia ser o matrimônio, pensou ela enquanto adormecia. Esqueça a igreja ou a lei.

Quando acordou, o sol já ia alto e ele tinha desaparecido.

Mas havia um bilhete junto de seu travesseiro.

Mal posso esperar para ser seu marido, Constance.

Mas serei seu cortesão sempre que quiser.

Capítulo dezoito

Constance bebericava uma xícara de chá no jardim ensolarado dos Rosecrofts na companhia de Hilary, que aparecia com um dia de atraso para educá-la sobre os eventos que se desenrolavam no leito matrimonial.

– Já deve ter ouvido falar que é desagradável – comentou a prima, em voz baixa. – Porém não precisa ser. Não fique assustada se sangrar da primeira vez, mas depois disso não deve ser doloroso.

– Não? – perguntou Constance com inocência, mudando de posição na cadeira, ligeiramente dolorida por ter perdido a virgindade pelo menos três vezes na noite anterior. – E como deve ser?

Hilary sorriu e esfregou a barriga.

– Deve ser delicado, carinhoso e agradável.

Agradável não era bem a palavra que Constance teria escolhido ao se lembrar da noite anterior.

Julian, quero você dentro de mim de novo.

Eu sei, querida. Mas você se importaria muito se eu a atormentasse só um pouquinho mais?

Após a noite anterior, ela se sentia capaz de voar. Sua pele estava maravilhosa, os olhos reluziam e, naquele dia, ela se pegara rindo sozinha.

– Vou me esforçar para me lembrar disso – afirmou ela.

– Apthorp talvez não seja muito experiente nessas coisas – confidenciou Hilary. – Ele claramente a acha deslumbrante, como atestam os eventos recentes. Mas ele é do tipo certinho. Puxou a mãe. É por isso que nunca acreditei nem um pouco naquelas histórias horrorosas que falavam sobre ele.

Ajoelhe-se e segure a cabeceira da cama. Quero você de quatro.

Constance assentiu solenemente.

Hilary baixou a voz.

– Não é grande motivo para preocupação se ele ficar nervoso no começo. É bem jovem, afinal de contas. Se tiver algum problema, fale para ele ir conversar com Rosecroft.

Constance sorriu, recatada.

– Espero que não seja necessário.

Está sentindo dor?

Não. Não ouse parar.

Será que consigo deixar você tentada a sentar no meu membro?

De repente as portas para o pátio se abriram e Apthorp apareceu correndo. Seu tom de pele habitualmente dourado estava corado, vermelho. O cabelo em desalinho fazia crer que ele viera da Strand num cabo de vassoura.

– Lady Rosecroft, preciso ter uma palavra com Constance – anunciou ele, ofegante.

– Julian, meu querido, está se sentindo bem? – perguntou Hilary, atônita.

– Por favor – insistiu ele, parecendo nada bem.

Minha nossa. Constance esperava que ele não estivesse sofrendo de algum tipo de ataque de culpa pós-coito. Ela, com toda a certeza, não sentia nenhuma.

É sem graça para você, que já teve tantas mulheres?

Não. É incomparável. Já fiz sexo, Constance, mas nunca com alguém que eu amasse.

– Tudo bem – disse Hilary. – Estarei lá dentro.

Ela se levantou e os deixou, lançando um ar preocupado para Constance ao sair.

– Certo, lorde Chato – começou Constance, sorrindo. – Senti sua falta.

Ele não se aproximou para cumprimentá-la. Ficou ali, fitando-a como se nunca a houvesse visto na vida. Estava pálido, a fronte ligeiramente úmida, como se estivesse sofrendo de malária.

Talvez estivesse realmente doente.

– O que houve? – indagou ela, aproximando-se.

Ele se encolheu e se afastou. Constance sentiu um nó no estômago.

– O que disse para Gillian Bastian? – perguntou ele.

Sua voz estava rouca.

Ela não entendeu.

– Gillian? Como assim?

Ele fechou os olhos.

– Não brinque comigo. Não brinque com esse assunto. Pelo amor de Deus, o que disse a ela?

Sua pulsação acelerou. Ela procurou a mão dele.

– Julian, qual é o problema?

Ele puxou a mão.

– É minha irmã. Gillian Bastian acabou de ir até a minha casa para acusar Margaret de chantagem e ameaçou mandar Anne para as colônias.

Ela agarrou as mãos dele, tentando acalmá-lo.

– Levar Anne? É impossível. O que está querendo dizer?

– Ela acusou minha irmã de caluniar lorde Harlan e propôs mandar a filhinha dela para a Filadélfia, para a conveniência de todos.

– Como? Isso é horrível, mas não se preocupe, nós vamos...

– Ela disse que *você* estava espalhando as histórias.

Ela o fitou. Não podia estar falando sério.

– Eu? Julian, é óbvio que não.

– Ela disse a Margaret que deu um aviso e que você a ignorou. Margaret me contou que Gillian a visitou antes do baile.

De repente, ela se lembrou da ameaça de Gillian. *Você vai se arrepender.*

Constance respirou fundo, tentando não entrar em pânico.

– Ela me visitou. E eu disse a ela que suspeitava que lorde Harlan tinha um filho. Mas só falei isso porque houve boatos por muitos anos. E insisti em que perguntasse a ele antes do casamento, em prol da própria paz de espírito. Foi tudo.

Ele arrancou as mãos, colocando-as longe de seu alcance, e começou a andar de um lado para outro, como um animal zangado, enjaulado.

– Adoraria acreditar em você, Constance, mas é a *única* pessoa além da minha família que sabe dessa ligação. Contei isso na noite passada, e de repente Gillian aparece com uma espécie de plano extravagante, dizendo que você a procurou com histórias. É muita coincidência.

A compaixão de Constance começou a se esvair. Julian estava surtado?

– Julian, não mencionei Margaret. Eu nem sabia da história de Margaret.

Ouvi cochichos sobre lady Jessica Ashe. Sugeri a Gillian que perguntasse a lorde Harlan. Você não considerou a hipótese de ter sido ele mesmo quem falou sobre Anne?

Ele jogou a cabeça para trás, como se aquela ideia fosse de algum modo mais ridícula do que imaginá-la atravessando a cidade às pressas, um dia antes das núpcias, para fazer fofocas sobre o mais doloroso segredo de família do futuro marido.

– Por que ele faria isso, Constance? Por quê, quando já fez tudo o que era possível para ignorar a paternidade e manter esse vínculo oculto? E por que você diria qualquer coisa a Gillian? Por que tem que interferir constantemente em assuntos que não lhe dizem respeito?

– Porque ela precisava saber.

– Minha irmã está transtornada, temerosa de que a filha seja tirada dela e que seu nome seja destruído. Minha mãe está fora de si. E Stoke tem mais um motivo para nos arruinar.

Ele continuou a andar para lá e para cá.

– Julian, se quiser que eu fale com Gillian a respeito de Anne, ficarei feliz em conversar com ela, mas...

Ele a olhou com fúria.

– Nem pense nisso. Meu bom Deus, por que nunca consegue deixar as coisas quietas? Por que achei que você conseguiria?

Ela voltou a encará-lo, horrorizada pela injustiça daquela acusação.

Horrorizada, mas, infelizmente... nem um pouco surpresa.

A certeza tomou conta dela. Um conhecimento que a acompanhara o tempo todo.

O amor é um conjunto de atitudes.

Ela achara que ele a havia perdoado.

Mas não.

Inspirou fundo.

– Você sabe exatamente o motivo. Escrevi para Gillian, semanas atrás, para alertá-la sobre o caráter de lorde Harlan quando descobri que estavam noivos. Não estou nem um pouco envergonhada por ter feito isso. E você não tem o direito de ficar chateado comigo. Sei que me acha imprudente, mas não é justo nem razoável de sua parte me responsabilizar por isso. *Eu não fiz nada de errado.*

Ele suspirou e se apoiou nas portas de vidro, o peito subindo, sem olhar para ela.

– Você me deve um pedido de desculpas – declarou ela, num tom indiferente. – Eu insisto.

Ele pôs as mãos no rosto. Quando finalmente retirou os dedos, os olhos estavam avermelhados.

– Sinto muito – disse ele, com rigidez. Estava rouco. – Tem razão. Se está dizendo que não fez isso, eu acredito em você.

Mas o corpo contava uma história diferente. Aquele corpo, que ela finalmente passara a conhecer tão bem na noite anterior, não dava sinais de acreditar nela. Estava tenso e agitado; os olhos não encontravam os dela.

Parecia claramente um homem que não confiava nela.

Mesmo depois da noite anterior, Julian não acreditava nela.

Tenho medo de que você venha a se arrepender disso. Que eu venha a fazer algo que o magoe ou cometa algum erro e depois você se sinta preso a mim.

Constance, isso não vai acontecer.

Ela se sentou com as mãos dobradas sobre o colo, onde não se sentiriam tentadas a lançar o bule contra os tijolos na parede pelo simples prazer de vê-lo se espatifar.

– Entendo – disse ela, em voz baixa.

– Merda – balbuciou ele.

Constance ergueu os olhos. Ele a fitava como se não pudesse acreditar no que via.

– Que droga. Constance... eu lamento muito. – Ele bateu com a cabeça na parede de tijolos. – Tem razão. Estou perturbado... não estava pensando com clareza. Você tem toda a razão. Me perdoe.

Parecia abalado. Chocado com o próprio comportamento. Culpado.

O que era um pequeno consolo, supôs Constance.

Ela respirou profundamente e apertou os próprios dedos para se manter composta.

Ele veio em sua direção.

– Sinto muito – disse ele, ofegante. – De verdade.

– Compreendo.

Ele socou o muro do jardim e gemeu. Ela nunca o vira com um ar tão devastado.

– Constance, preciso procurar Stoke e cuidar disso antes que as coisas piorem.

Ela assentiu.

– É claro.

– Voltarei hoje à noite e vou compensá-la pelo meu erro. De algum modo.

Ela endireitou a coluna.

– Não precisa. Prometi que passaria a noite com Poppy e Archer em Hammersmith. Eles querem fazer uma despedida.

Julian se ajoelhou diante dela e pousou a testa em seus joelhos.

– Precisamos conversar sobre esse assunto – disse ele, infeliz. – Antes de amanhã.

Ela suspirou.

– Teremos dois dias inteiros dentro de uma carruagem rumo a Cheshire, sem nada para fazer além de conversar. Poderá se prostrar na ocasião.

Ela acariciou o cabelo dele.

– Não se preocupe. Eu entendo. Vá fazer o que precisa ser feito. Tenho certeza de que sua irmã está à beira da histeria, e ninguém pode culpá-la.

Ele se voltou para ela, os olhos úmidos.

– Não quero ir. Mas eu preciso.

– Sim. Você precisa – concordou ela.

– Eu amo você – afirmou ele.

E ela acreditava naquilo.

Mas também percebia que ele não a perdoara. Que ele não *confiava* nela.

E que era possível – bem provável – que nunca viesse a confiar.

O amor e o ódio, no fim das contas, são coisas tão entremeadas que a borda afiada de um às vezes é confundida com a do outro. Ela crescera negociando o equilíbrio delicado entre ser adorada e indesejada. Não seria capaz de suportar uma vida inteira assim.

– Vá, meu querido – disse ela, sobre seu cabelo. – Vejo você pela manhã.

Ele se levantou e tomou sua mão.

– Constance, lamento muitíssimo.

Ela assentiu.

– Eu sei.

E ela sabia.

E também lamentava.

Porque nem saber da tristeza dele nem compartilhá-la poderia mudar o que ela precisava fazer.

❦

Margaret esperava na escada quando Apthorp retornou.

– Julian, você voltou. Fiquei tão preocupada...

Estava mais calma, embora ainda parecesse tão pálida e trêmula quanto ao meio-dia, quando ele a encontrou na escada, urrando.

– Fui visitar lorde Harlan Stoke.

Ao ouvir o nome de lorde Harlan, o rosto dela ficou rígido.

– O assunto está resolvido – disse ele depressa. – Ele não voltará a nos incomodar.

– Como sabe?

– Ele não tem mais motivos para isso. Venha, vamos conversar no escritório.

– Claro.

Ela se sentou num sofá, com a postura alinhada como sempre, as mãos dobradas no colo. Era uma dama, sua irmã. Tão impecavelmente correta... Tão rígida... Como se não pudesse se dar ao luxo de cometer um só erro depois daquele que tanto lhe custara. Aquilo partia o coração dele.

– Constance tinha ouvido falar que Stoke tinha filhos fora do casamento e insistiu em que a Srta. Bastian o questionasse. Stoke negou, mas a Srta. Bastian ficou desconfiada e encontrou uma carta sua nas coisas dele. Foi assim que soube de Anne. Ela veio até aqui sem que ele soubesse. Stoke já conversou com ela e concordamos que é melhor para todos os envolvidos que ninguém saiba do que aconteceu. Stoke não foi... exatamente um modelo de conduta cavalheiresca, mas pelo menos pareceu lamentar ter assustado você. Garantiu que você não precisa temer mais problemas.

Margaret se recostou no assento, aliviada. Julian ficou feliz, mas também se sentia mais miserável do que em qualquer outro momento da vida. Tinha saído da casa de Stoke e voltado à residência dos Rosecrofts para mais um pedido de desculpas a Constance, mas ela havia partido para Hammersmith e já estava ficando tarde. Ele não podia deixar sua irmã esperando em agonia, imaginando o pior. Mas a culpa que sentia por ter acusado Constance o envolvia como escória em um lago pútrido.

– Ah, graças a Deus – disse Margaret.

– Ele também disse que pretende criar fundos para Anne, depois do casamento, se você aceitar.

– Não quero o dinheiro dele. Nunca quis.

– Eu sei – comentou ele em voz baixa.

Ela inspirou, trêmula.

– Mas vou aceitar o dinheiro para a minha filha.

– Não precisa. Vou garantir que ela tenha um dote.

Margaret assumiu um ar muito sério.

– Não quero ser um fardo para você, Julian. Pelo menos não um fardo maior do que já sou.

Ele estendeu o braço e tomou sua mão.

– Você não é um fardo.

Ela sacudiu a cabeça.

– Você é bondoso, mas não está sendo sincero.

Não. Talvez não estivesse.

– Tem razão. Não acho que tenha dito o que precisava dizer a você em todos esses anos.

Ela levantou o olhar.

– E o que é?

– Que eu lamento não ter estado por perto quando você precisou de mim. Que eu não consegui resolver as coisas. Que se nosso pai estivesse vivo... Que sinto muito, sinto muito mesmo. Era meu dever proteger você, e eu falhei.

Ela franziu a testa.

– Julian, se você se culpa pelo que aconteceu, não deveria.

Mas ela não sabia da verdade. Que ele se sentira *aliviado* por estar em Londres. Tinha se sentido feliz aprendendo política, preparando seu projeto sobre vias navegáveis, recebendo amantes em Charlotte Street – desfrutando do fato de estar livre das infindáveis e tediosas ansiedades que havia em casa. Dissera a si mesmo que tinha que estar ali para trabalhar, para assumir suas responsabilidades. No entanto, mais do que de dinheiro, Margaret precisara dele em casa.

– Eu podia ter passado mais tempo em Cheshire, cuidando de você. Falhei quando mais precisou de mim e daria qualquer coisa para mudar isso.

– Isso não é nem um pouco verdade. Você estava em Londres tentando consertar o estrago causado quando papai se foi. Esse era e ainda é seu dever. Você é um conde. Eu tinha mamãe para tomar conta de mim e minha própria consciência. Me apaixonar talvez tenha sido tolo da minha parte, mas foi um erro meu, não seu.

Ele a fitou.

– Odeio que você tenha passado por tudo isso.

Ela sorriu.

– Não precisa se sentir assim, Julian. Não me arrependo do passado. Nunca vou perdoar Harlan por abandonar minha filha, mas não trocaria Anne por nada neste mundo.

– Nem eu – disse a voz da mãe, do outro lado do aposento.

Ele se virou e descobriu que ela estava sentada em uma poltrona num canto, costurando.

A mãe se levantou e se sentou ao lado dos filhos.

– Todos nós sofremos desde a morte de seu pai... ninguém mais do que Margaret... mas estamos bem agora. Temos um lar feliz. Já suportou muitas coisas, meu filho. Isso está acabando com você. A culpa é toda minha por ter pedido muito de você quando seu pai morreu.

– Nenhuma das duas pediu muito. Era minha responsabilidade...

– Não – interveio a mãe. – Você era uma criança. Mesmo agora, você é pouco mais do que uma criança.

– Tenho 25 anos – corrigiu-a, indignado.

– Exatamente – disse ela, dura. – E agiu como um homem com o dobro dessa idade por anos durante a última década. Está na hora de parar de tentar buscar a nossa felicidade e ir atrás da sua.

– Sobre esse assunto... – comentou Margaret. – Adoro lady Constance. E decidi seguir seu conselho. Espero que não se importe, mas pedi a mamãe que escrevesse para o Sr. Lane Day, fazendo-lhe um convite para nos visitar durante o verão. Parece-me um cavalheiro extremamente agradável. E acho que ele sente a mesma coisa em relação a mim.

Julian sorriu. Lane Day era uma alma gentil, séria – totalmente adequado para Margaret. Caso se casassem, talvez cuidassem da propriedade, liberando-o para passar mais tempo em Londres com Constance.

– Cornish é um bom homem. Eu o deixarei em suas mãos competentes.

– Espero que fique ocupado demais arrebatando lady Constance para se preocupar com quem está arrebatando Margaret – sugeriu a mãe.

Ele estremeceu.

– Vou ter que fazer melhor que isso. Meu temperamento... – Ele sacudiu a cabeça. – Preciso melhorar.

– Ah, querido – disse a mãe. – Não é que precise melhorar. Só precisa parar de se preocupar com as outras pessoas.

Ela se levantou e acariciou sua cabeça, de um modo que não fazia desde que ele era um menino.

– Sua Constance tem um coração enorme. Confie que ela vai ser fiel a ele.

– Ah, mãe. Eu a magoei. Muitas e muitas vezes.

A mãe sorriu.

– O amor quase sempre machuca, mas você é afortunado por ter uma vida inteira pela frente para compensá-la. *Muitas e muitas e muitas vezes.* Estou certa de que ela o colocará à prova.

Capítulo dezenove

Apthorp estava na frente da igreja, desejando que aquela parte das núpcias já tivesse acabado.

Havia passado a noite em claro. Ao amanhecer, sentiu-se tentado a pegar um cavalo emprestado e cavalgar até Hammersmith, mas a mãe já estava de pé, fez chá e observou que ele parecia pálido.

– Ficar nervoso no dia do casamento não é nada extraordinário. – Ela sorrira para ele. – Não precisa fazer nada correndo. Deixe que Constance aproveite a manhã das núpcias com a família. Vamos tomar o desjejum.

Ele não tinha conseguido engolir nada. Sentia-se impaciente, irritadiço, excessivamente quente, como se estivesse com febre.

Tudo o que queria no mundo era vê-la atravessar aquelas portas e sorrir para ele. Talvez assim os calafrios passassem e ele conseguisse respirar de novo.

Pensando racionalmente, ele sabia que Constance apareceria a qualquer momento. No entanto, não conseguia deixar de se lembrar do olhar dela no dia anterior.

Vazio. Como se ela tivesse abandonado o próprio corpo.

O desfile dos convidados em busca de assentos diminuíra, já que estava chegando a hora marcada para a cerimônia. Ele franziu os olhos na direção das portas da igreja em busca de algum sinal de sua noiva.

– Pode esperar uma entrada triunfal de Constance – disse Rosecroft em seu ouvido. – Será que ela vai desfilar seguida por pavões amestrados? Ou o lugar vai se acender em chamas assim que ela chegar?

Ele riu debilmente.

– Nada disso me surpreenderia.

Esperaram. A luz agradável que atravessava as janelas ficou mais tênue.

Estava úmido, quase molhado, como costuma acontecer antes de um temporal súbito.

Nos bancos da frente, a duquesa de Westmead pediu a lorde Avondale que visse a hora no relógio, depois sussurrou nervosamente no ouvido de lady Rosecroft. Os lábios dela formaram as palavras *Onde poderiam estar?*.

A luz fraca deu lugar ao tamborilar suave da chuva, e Apthorp sentiu gotas de suor escorrerem pela nuca.

Ainda assim, esperaram.

A tagarelice no aposento aumentou enquanto os convidados conversavam entre si. A chuva se transformou em tempestade.

E eles continuaram naquela espera interminável.

O bispo fingiu estar absorto na leitura da Bíblia. Apthorp transferia o peso de um pé para o outro. Ao lado dele, Rosecroft começou um cantarolar desafinado, quase imperceptível.

Ele sentiu outra gotícula de suor se formando na testa. Mas não era um dia particularmente quente. O único motivo para transpirar era o medo de que a noiva não se materializasse.

Não seja ridículo. Claro que ela virá. Constance está sempre atrasada.

No entanto, as mãos também começaram a suar à medida que os minutos se arrastavam e "atrasada" se tornava algo mais parecido com "ausente".

Nem pense nisso.

Mas, meu Deus, ali estava ele, diante de todos os conhecidos dos dois e de todas as principais figuras da sociedade aos quais ele e Constance haviam dedicado o mês anterior a convencer de sua história de amor épica... Todos desviando os olhares dele e começando a parecer desconfortáveis à medida que se tornava difícil demais ignorar a realidade.

A realidade de que *ela não viera*.

Eram dez e meia, uma hora após o horário marcado para a cerimônia, e ela não havia chegado.

Por fim, houve movimento à entrada. Todas as cabeças se voltaram, aliviadas, preparadas para sorrir para a noiva. Mas nada da nuvem de seda. Era apenas o duque de Westmead, mais pálido do que Apthorp jamais o vira. Um músculo em sua mandíbula se contorceu quando ele encontrou o olhar de Apthorp.

E então ele balançou a cabeça da esquerda para a direita: o sinal universal da negação.

Não, ela não vinha.

O mundo escureceu diante de seus olhos. Cada olhar sobre Apthorp era como um fósforo aceso. Sua pele estava em chamas. Ele ia queimar vivo.

A mão de Rosecroft prendeu seu ombro e ele se obrigou a dar alguns passos para a frente e atravessar a igreja.

O silêncio era absoluto.

Tudo o que ele ouvia era o som de sua própria respiração. Ofegante, envergonhada.

Sentiu braços ao seu redor e ouviu o som de portas que se fechavam. Lady Rosecroft o abraçou, levando-o para fora.

Westmead o agarrou pelos ombros e o empurrou para dentro de uma carruagem estacionada.

– Aconteceu alguma coisa com ela? – perguntou ele com a voz fraca. – Constance está doente? Ou...

Não conseguia pronunciar aquilo. Ele sabia. No fundo, ele sabia.

– Ela foi embora – disse Westmead com a voz estrangulada. O duque pigarreou. – Fez com que os criados e eu revirássemos a casa em busca do pingente perdido da minha mãe. Devia ter algum coche à sua espera, pois a carruagem dela ainda está no estábulo. Não acreditei a princípio, até que percebi que o maldito cachorro também tinha desaparecido. Então isto aqui foi entregue.

Sombrio, ele segurava um jornal.

O CONDE QUE EU ARRUINEI:
CONFISSÕES DE UMA QUASE CONDESSA
Por Henry Evesham

Hoje, Santos & Sátiros *revela com exclusividade que lady Constance Stonewell, noiva do conde de Apthorp, andou usando o pseudônimo de princesa Cosima Ballade, autora de uma conhecida circular de fofocas, que no mês passado divulgou acusações explosivas contra seu futuro marido.*

Lady Constance, que deveria se casar com o conde esta manhã, escolheu publicar sua confissão dramática nestas páginas. Seguem suas palavras:

Algum tempo atrás, quando eu era uma menina de 14 anos, me apaixonei por um belo homem. Todos o conhecerão como lorde Dourado. Ou talvez pelo seu nome verdadeiro: conde de Apthorp.

Ele não nutria grande estima por mim. (Arrisco-me a dizer que sua estima por mim deve ter se reduzido ainda mais agora.)

Passei os oito anos seguintes tentando chamar sua atenção.

Tentei de tudo. Talvez tenham ouvido falar de alguns de meus truques. Flamingos no gramado na primeira festa que dei nos jardins. Vestidos adornados por mil sininhos minúsculos. Acrobatas e lírios. Fofocas arruinando uma imagem pública.

Mas o conde de Apthorp é um bom homem, um homem sério. Ele valoriza o comportamento, a disciplina, os modos e a integridade. O que quer dizer que meus truques não o encantaram.

Muito pelo contrário, temo dizer.

Portanto, queridos leitores, fiz uma coisa impulsiva. Algo do qual me arrependerei até o dia da minha morte.

Resolvi arruiná-lo.

Paguei uma atriz e um malfeitor para que saíssem pela cidade contando histórias sobre seu suposto fraco por uma casa onde levava chibatadas. Escrevi um poema cruel sobre suas pretensas perversidades e publiquei em minha circular, que eu sabia que alcançaria muita gente. E vocês, naturalmente, sabem do resto, pois ainda andam cantando sobre o assunto nos becos, na saída dos pubs no fim da noite. (Devem realmente parar de chamá-lo de lorde Asnotorpe. Isso o deixa muito zangado.)

Os boatos não eram verdadeiros, mas foram diabolicamente eficientes. Levantaram dúvida sobre seu caráter e sua ética. Destroçaram seu apoio político, afetaram a votação de seu projeto, acabaram com suas perspectivas de um casamento decente e o destruíram do ponto de vista financeiro.

Exatamente como planejei.

Pois, vejam vocês, eu sabia que, quando meu plano funcionasse, ele ficaria em desespero.

Eu seria o último recurso.

Ofereceria a ele minha influência, meu dote, o poder do sobrenome da família. O conde não teria escolha a não ser se casar comigo para salvar da ruína seus arrendatários e sua família.

Eu me achei muito esperta.

Quer dizer, até o momento em que o plano funcionou.

Quanto mais eu conhecia o conde de Apthorp, mais eu percebia que meus truques não poderiam ter vitimado um homem mais honrado. Apthorp não é apenas bem-apessoado e encantador, o objeto da minha paixão de menina. Ele é determinado, compreensivo e apaixonado. Profundamente comprometido com a família, seu país e seus dependentes. O tipo de homem que merece um amor verdadeiro, não um casamento com uma mulher em quem ele nunca poderia confiar.

Confesso que foi tudo culpa minha, como de costume.

Confesso ter sido imprudente com seu futuro, sua família e seu coração.

E, acima de tudo, confesso ter descoberto que me importo demais com ele para condená-lo a uma vida ao lado de uma mulher que ele não consegue perdoar.

Assinado,

Lady Constance Stonewell

P.S.: Um último conselho para damas casadoiras, vindo da princesa Cosima: lorde Harlan Stoke leva à ruína moças inocentes, é um homem mentiroso e violento. Alguma mulher rica deveria nos fazer o grande favor de enviá-lo para as colônias.

Capítulo vinte

Enquanto a chuva caía, a família de Apthorp se acotovelava no interior da carruagem de Westmead, lendo e relendo a confissão, fazendo conjecturas sobre o paradeiro de Constance e sobre o que deveria ser feito.

Ele mal prestava atenção.

Sentia-se como se tivesse sido reduzido a pó. Como se pudesse virar lama caso saísse sob a chuva.

E não era por ter sido abandonado na igreja mais prestigiosa de Londres, cercado pelos membros do Parlamento, os quais passara a maior parte da última década tentando conquistar.

Não era por ter se transformado de novo em assunto de fofocas.

Não era por ter demonstrado ser incapaz até mesmo de se casar de forma adequada.

Mas porque finalmente ele entendia, de verdade.

O amor é um conjunto de atitudes.

Compreendia exatamente por que ela fizera aquilo e por que sentira que precisava ser feito.

Porque ela acreditava de fato que ele não seria capaz de perdoá-la. Ele havia demonstrado isso.

E, mesmo assim, ela ainda havia sacrificado a própria felicidade para protegê-lo.

Porque ela o amava.

E o amava sem nunca ter se declarado. Constance simplesmente provara.

E, assim, Apthorp saiu tropeçando da carruagem para a chuva vertiginosa. Cambaleou pelo lodo que saía dos ralos, desviando da multidão que deixava a igreja e dos jornaleiros que vendiam a notícia de sua mais recente humilhação, até encontrar o estábulo mais perto onde houvesse um cavalo disponível para alugar a quem precisasse chegar depressa a algum lugar. E aí, em meio ao temporal, cavalgou a toda velocidade até Grub Street.

Henry Evesham estava em um sótão sem janelas, sentado diante de uma mesa atulhada de papéis.

– Lorde Apthorp! – disse ele, dando um salto de surpresa diante daquela súbita perturbação de sua paz.

– Aceite deixar de lado essa questão sobre Charlotte Street e vou dar a você história da sua maldita vida.

Evesham levou a mão ao queixo.

– Precisaria ser uma história *e tanto*, milorde.

– Arrume uma folha de papel e uma pena – pediu ele, tirando o casaco.

Então escreveu o que precisava escrever, jogou sobre a mesa de Evesham e viu o sujeito empalidecer. Ao terminar a leitura, Evesham estendeu a mão para selar o acordo.

– Tem a minha palavra. Que Deus possa perdoá-lo.

Apthorp saiu, voltou para a chuva e para seu cavalo de aluguel, e viajou depressa e sozinho na direção sudeste, sem prestar atenção no clima terrível e na fraqueza que sentia.

Prosseguiu por horas e horas, deixou os arredores da cidade, desceu a estrada das carruagens, passando pelas residências imponentes de Surrey e as ruínas antigas de Canterbury. Foi em frente até o cavalo estar exausto. Parou em uma estalagem para ir ao banheiro, trocar de montaria e tomar uma boa caneca de cerveja escura a fim de combater o frio que consumia seus ossos depois de tanta chuva e vento. Então seguiu seu caminho até finalmente ver um retalho amarronzado do oceano e as linhas austeras e brancas dos penhascos pontiagudos de Dover.

Seguiu até o porto, onde um paquete estava atracado, e rezou para que o transporte dela tivesse se demorado mais do que o seu cavalo, pois ela teria baús e criados em sua companhia, levando muito tempo para percorrer a estrada inundada de Maidstone. Ela então não teria partido; não conseguiria partir.

Fique. Ele implorava em sua mente, como em um mantra. *Fique. Fique.*

– Posso ajudar, senhor? – berrou um homem assim que Apthorp desceu do cavalo e se dirigiu ao paquete.

A maré estava alta. Era provável que tivesse apenas alguns minutos antes que o barco zarpasse.

– Aquele paquete – gritou ele, embora o som não passasse de um gemido, pois a garganta estava quente e dolorida. – Há uma mulher a bordo? Loura?

O homem levantou os olhos e berrou para um tripulante no convés.

– Brooks, tem um sujeito aqui procurando uma dama. Espere!

Apthorp saltou pela amurada e entrou no barco.

Se não estivesse ali, por Deus, ele seguiria para Calais e continuaria viajando até Gênova, até encontrá-la.

Cambaleou enquanto descia os degraus, as calças grudando em suas pernas empapadas, arfando, agarrando o corrimão, porque as canelas tinham se transformado em gelatina depois daquela viagem longa e fria, e também por causa da instabilidade do oceano agitado. E da febre que parecia querer derrubá-lo por dentro.

Desnorteado, avistou uma dupla de jovens cavalheiros que partia para uma viagem pela Europa, depois um grupo de mercadores falando francês e, enfim, olhou para os fundos onde, completamente sozinha, havia uma mulher coberta com uma capa cor de esmeralda, o rosto e a silhueta totalmente ocultos, a não ser por uma única mecha de cabelo que escapulira, sem dúvida, por conta da ventania no porto.

Um tom de louro particular.

Tão desprovido de cor e luminoso que podia ser platina ou prata.

Cabelo de conto de fadas.

E, a seu lado, um spaniel cor de caramelo, roncando.

Constance, balbuciou ele.

Ela se virou.

E, ao vê-lo, seu rosto ficou branco, os olhos se arregalaram, e ele não conseguia discernir se estavam repletos de assombro ou de amor, porque finalmente as pernas pararam de obedecê-lo.

❧

Ele tinha vindo atrás dela.

Ele tinha vindo atrás dela.

Mas por quê?

– Constance – repetiu ele ao mesmo tempo que caiu no chão, como se fosse feito de água.

– Julian!

Constance atravessou correndo a cabine, mas Julian desabou antes que ela pudesse alcançá-lo. Desmoronado sobre os joelhos, ele se apoiou nas mãos e olhou para ela.

Os olhos estavam febris e sem foco.

Ah, meu Deus, ela o matara.

Constance se curvou para aninhar sua cabeça. O cabelo estava empapado até o couro e a pele ardia sob as gotas de chuva que respingavam.

– Ele está doente – gritou ela, freneticamente. – Por favor, não zarpem. Precisamos levar este homem ao médico.

– Temos um bom vento, senhorita – disse o capitão, como se pedisse desculpas. – Se não partirmos agora, ficaremos parados por dias.

Ela havia sido alertada de que aquele poderia ser o último barco de passageiros a cruzar o Canal nos próximos meses, considerando-se o tumulto crescente entre Inglaterra e França. Se não partisse naquele momento, talvez ficasse presa ali. Presa para enfrentar a família, a qual tinha traído. E aquele homem, a quem magoara.

Constance precisava partir. Não tinha escolha. Mas não podia deixá-lo naquele estado.

– Por favor, por favor, ajudem o homem a se levantar! – berrou ela, sem saber o que fazer.

Dois tripulantes vieram em seu auxílio e colocaram Apthorp nos ombros, transportando-o com dificuldade pela escada que saía do porão. Constance engatinhou atrás dele enquanto um tripulante robusto o levantava sobre a amurada para levá-lo ao cais. Um marinheiro o deixou encostado num poste. Os olhos dele estremeciam.

– Não podem simplesmente deixá-lo na chuva! – exclamou ela. – Ele está doente.

– Precisamos zarpar, senhorita! – gritou o capitão.

Ela correu pela rampa de acesso ao cais e se ajoelhou ao lado dele, botando a mão em sua pele. Estava ardendo em febre. Tirou a capa dos ombros e o embrulhou para protegê-lo da chuva fria que caía quase de lado, empurrada pelo vento forte que vinha do Canal.

– Alguém chame um médico!

Mas Constance gritou para ninguém, pois as docas eram uma confusão de cordas que gemiam e marinheiros preocupados em mandar o barco para o mar.

Apesar dos gemidos do vento e das batidas das ondas no casco, ela percebeu que Julian tentava dizer alguma coisa. Chegou o ouvido bem perto da sua boca.

– O que é, Julian?

– Não vá... Eu amo você... Fique.

O olhar dele se prendeu em seu rosto. Os olhos cor de âmbar pareciam intensos com a febre. Ele pousou a mão sobre o coração.

– *Fique.*

E então Julian fechou os olhos. Gotas de chuva desciam pelo seu rosto e respingavam em seus lábios.

Ela usou os dedos para secar a umidade em seu rosto.

Um rosto tão *inesquecível...*

– Senhorita, temos uma correnteza – anunciou o capitão, dirigindo-se a ela. – Precisamos embarcar.

Julian ardia em febre. Estava muito mal.

Ele não vai se lembrar disso. Você o traiu. Deliberadamente, publicamente. Ele ficará furioso quando voltar a si e você estará encurralada.

– Levantem âncora – gritou o capitão. – Senhorita, deve embarcar agora.

O amor é um conjunto de atitudes. Ele veio atrás de você. Você fez tudo aquilo e ainda assim ele veio.

Ela desviou o olhar do homem que havia sido seu passado e observou o barco que representava seu futuro. Fechou os olhos e escolheu arriscar seu pobre e maltratado coração uma última vez.

– Não vou partir. Descarregue meus baús.

– Não há tempo – berrou o capitão.

– Então me dê meu cão – disse ela. – E minha valise.

Um tripulante entregou Camarãozinho a ela, sobre a amurada, assim como uma mala de viagem com dinheiro e joias. O filhote choramingou, irritado por ter sido retirado de sua cesta confortável e colocado sob a chuva.

Os olhos de Julian se abriram, vacilantes.

– *Fique* – repetiu ele.

Ela beijou sua testa e rezou para que ele se lembrasse de que tinha desejado isso.

– Julian, não se preocupe. *Vou consertar isso.*

Constance encontrou um marinheiro que conhecia um homem com uma carroça que poderia levar Julian, completamente encharcado, até uma estalagem, apesar da chuva torrencial. Deu um xelim a um menino para que fosse procurar um médico. Convenceu o estalajadeiro, cuja hospedagem estava lotada, a disponibilizar um quarto, pagando ao hóspede anterior para que ele fosse dividir um quarto no pub que ficava mais adiante na estrada.

Julian perdia a consciência e voltava a si, e durante todo o tempo Constance segurava sua mão, enxugava o suor e a chuva de seus olhos e repetia as mesmas palavras sem parar. *Vou consertar isso. Por favor, viva, e eu vou consertar.*

Quando finalmente garantiu o quarto pelo qual havia pago, estendeu seu manto molhado sobre a cobertura imunda do colchão e pediu que o estalajadeiro erguesse Julian e o colocasse na cama. Mandou a filha do homem buscar água quente, roupa de cama limpa e um caldo quente com limão e gengibre.

Nunca havia cuidado de ninguém na vida, mas, por Deus, ela descobriria como salvar uma vida fazendo aquilo na prática.

Ela tirou a roupa imunda e gelada de Julian.

Dessa vez, não parou para admirar a beleza de suas formas. Apenas alisou sua pele gelada, enrugada, tentando aquecê-lo, tentando infundir nele sua própria força vital, seu próprio calor.

Enquanto isso sussurrava, dizendo a ele como era tolo, pois era *ela* quem devia desafiar o bom senso com gestos grandiosos e possivelmente letais. O que aconteceria com os dois se ambos começassem a agir de forma estúpida e impulsiva?

Não tinha muita certeza de que ele ouvia, pois seus olhos apenas estremeciam. Então contou a ele sobre todas as lágrimas que chorara ao fugir na carruagem de aluguel por estradas enlameadas, pensando que nunca mais voltaria a vê-lo depois de humilhá-lo daquele modo – e como todas aquelas lágrimas tinham sido *desperdiçadas*, pois ela teria que derramá-las de novo em seu funeral, uma vez que ele decidira ir atrás dela e morrer de hipotermia.

Quando o médico finalmente chegou, já era noite e a chuva havia se transformado num vento uivante. Ela quase enlouquecera de preocupação.

– Por favor – disse ela ao médico. – O senhor precisa salvá-lo.

Saiu do quarto para dar espaço ao médico e viu que os ocupantes da estalagem – o proprietário, sua filha, a cozinheira, vários hóspedes e marinheiros – observavam seu desalinho.

Os rostos traziam uma antecipação sombria. Esperavam que ela anunciasse a morte de seu companheiro.

Pois bem, que esperassem.

Não sabiam que ela nunca tinha deparado com um problema que não pudesse resolver?

O corpo de Apthorp era composto inteiramente de dor.

Fadiga e chuva e febre e coração partido.

Não estava nem vivo nem morto, nem desperto nem dormindo. Estava completamente miserável.

Exceto nos momentos em que, no meio da neblina, da dor e da sede, havia Constance.

Constance sussurrando para ele. As mãos de Constance em seu rosto, em seu peito, em suas costas.

Constance colocando panos úmidos em sua testa, líquidos em sua boca.

A voz dela aparecia em sua mente, inseparável dos delírios febris, tecendo contos de fadas que se entremeavam com lembranças incompletas.

Ouvia murmúrios sobre uma propriedade em boas condições, cuidada por serviçais bem treinados. Os laticínios eram de primeira e a horta desabrochava com alface delicada durante o verão. As minas estavam em ordem, pois um capataz tinha sido contratado para aprimorar a produção de sal, a construção do canal havia começado e poderia ser concluída antes da hora, levando adiante todo o seu planejamento cuidadoso.

Havia dinheiro no banco – o suficiente para pagar todos os credores, abastecer a lareira com carvão e emendar os telhados para garantir o aquecimento no interior da casa.

Margaret e Anne usavam belos vestidos e passavam os dias lendo histórias, passeando pelos campos e esperando que o político gentil que adorava as duas voltasse para casa, de Londres. A mãe permanecia na casa das viúvas, com todo o conforto.

E ele e Constance estabeleceram residência na Strand, que estava cheia de arte e de gente e dos risos de duas crianças louras. Uma filha que não ficava parada nem prestava atenção por nada no mundo e um filho de bons modos, que cuidava dela. Às vezes faziam travessuras, mas, não importava o que fizessem, eles nunca questionavam a própria posição, pois sabiam desde bem pequenos que eram muito amados.

E, ao seu lado na cama, havia uma esposa que o amava tanto que às vezes ela se assustava. Uma esposa que ainda comandava a sociedade londrina, mas cujas noites favoritas eram aquelas passadas ao lado dele, comparando suas ideias de como os dois conquistariam o mundo juntos, de pouquinho em pouquinho. E, quando ele tomava sua mão e a levava para a cama, ela ia tão longe que às vezes temia não voltar para a terra. Mas voltava, porque seu lar era ao lado dele. O único lar que tinha sido verdadeiramente seu. Um lar que ela nunca imaginou desejar tanto.

Ele tremia, suava, sofria, delirava, e essa visão se desenrolava no espaço dentro de sua consciência.

Esta será a nossa vida, dizia o sussurro. *Este será o nosso futuro.*

Juntos, podemos consertar.

Só volte para mim.

Apenas abra os olhos.

Fique.

Ele abriu os olhos.

⤜⟋

Julian a fitou. Pálido, ainda mal desperto. Vivo.

– Constance.

A voz dele falhava, por causa da febre. A pele parecia uma nata aguada, levemente azedada. Os lábios estavam ressequidos, descascados. A barba tinha crescido e o cabelo estava embolado na cabeça.

Ele nunca tinha parecido tão belo para ela durante toda a sua vida.

– Ah, Julian! – Ela correu para ele, escondendo a cabeça em seu peito. – Eu tive tanto medo de perder você...

Ele se esforçou para se erguer nos travesseiros e passou a mão nos cabelos dela.

– Você achou que tentar atravessar o Canal num aguaceiro seria o suficiente para me afastar?

Um grande peso deixou o peito de Constance. Ela mal conseguia falar.

– Você se lembra?

– Ah, Constance. Um homem não esquece quando seu coração se parte.

Um soluço sem lágrimas, de puro alívio, escapou da garganta dela.

– Julian, eu lamento tanto...

Ele a envolveu em seus braços.

– Shhh. Quem lamenta sou eu. E lamento muitíssimo. Me deixe abraçar você.

Ela se acomodou num canto de seus braços, mas não se apressou. Tinha muitas coisas que precisava dizer.

– Pensei que se fosse em frente com o casamento eu o faria infeliz. Ainda acho provável que isso aconteça, pelo menos de tempos em tempos. Mas, agora que salvei sua vida, talvez você me deva um pouquinho de paciência.

– Teve razão em partir – disse ele, acariciando seu cabelo. – Estou feliz que tenha partido.

– Mas por quê? Achei que me odiaria por isso...

– Não, meu amor, eu jamais poderia odiar você. Sou tão idiota que só quando perdi você eu tive certeza do que sinto. Quando me vi ali, sozinho, percebi que nada no mundo importava a não ser o fato de que você não estava ao meu lado. Nada.

Ela tentou conter as lágrimas.

– Então, lorde Apthorp, devo fazer a única coisa apropriada depois de arruinar um homem, salvar sua reputação, destruir sua reputação mais uma vez, tentar fugir do país numa terrível tempestade, obrigar esse homem a me perseguir e correr o risco de morrer de febre, e então cuidar dele até ele restabelecer a saúde.

– É? E o que seria? – perguntou ele, sorridente.

– Devo oferecer minha mão em casamento.

– Eu aceito – disse ele, suavemente, apertando-a mais. – Porque eu amo você mais do que a minha vida. Como quase demonstrei.

Constance riu e chorou.

– Sim, seu tolo, quase fez isso mesmo.

Ela apertou a cabeça contra seu peito.

– Julian? – sussurrou.

– Sim?

– Eu amo você.

Ele fechou os olhos e sorriu.

– Ah, minha doce Constance. Eu já sabia disso.

Depois de velar seu sono até ter certeza de que ele não morreria, ela seguiu para o corredor.

– Constance Louise Eleanor de Galascon Stonewell *dos Infernos*!

Ela olhou e viu algo que temia desde que sua memória começou a funcionar: o irmão mais velho olhando-a com fúria.

– Archer. O que está fazendo aqui?

– Tive uma vontade repentina de passear à beira-mar – respondeu ele, estalando o queixo do jeito que fazia quando estava emotivo e não queria que ninguém reparasse nisso.

Constance tivera esperanças de ser poupada de sua ira por mais alguns dias. Mas o irmão sempre fora um sujeito determinado. Se alguém iria atrás dela pelas baixadas da Inglaterra exclusivamente com o objetivo de esfolá--la, esse alguém era Archer.

– Suponho que tenha visto minha confissão – disse ela.

Ele ergueu uma sobrancelha.

– Seria difícil não ter visto, Constance.

– Lamento ter mentido para você. Lamento ter descumprido minha promessa. Sei que não vai me perdoar pelo que fiz. Não espero que perdoe... foi por isso que parti.

– Não estou aqui para oferecer perdão – declarou ele com impaciência, num tom que dava a entender que estava ali para esganá-la.

– Não precisava me perseguir até aqui apenas para brigar comigo. Sinto muito.

Ele cruzou os braços.

– É por isso que acha que vim atrás de você? Acha que foi por isso que paguei investigadores para descobrirem quem você subornou e depois atravessei o país numa correria até ficar com o traseiro doendo? Para brigar?

– Ele sacudiu a cabeça. – Para uma mulher que é dona de uma inteligência excepcional, Constance, você consegue ser dolorosamente lerda.

Ela revirou os olhos e resistiu ao desejo de sorrir. Acusações de falta de inteligência eram a forma mais próxima de palavras de carinho para seu irmão.

– Se não está com raiva de mim, o que faz aqui?

Ele bufou, exasperado, e passou a mão no cabelo.

– Vim impedir você de fugir. Para a Europa. Por Apthorp.

Alguma coisa estranha acontecia em seu coração. Aquilo na voz do irmão seria... afeto?

– Bem, eu não queria fugir, mas sabia que não teria opção assim que você descobrisse o que fiz.

– E o que foi que você fez de tão terrível a ponto de obrigá-la a fugir? – perguntou ele em voz baixa.

– A história no jornal de Evesham não é exatamente a verdade. Eu expus seu clube. Usei fofocas. Arruinei Julian. Apesar de ter jurado a você que não escreveria nem mais uma palavra.

– Até aí eu entendi – disse Archer, entregando um jornal amassado a ela. – Não viu isto?

CONFISSÕES DE UM CONDE LIBERTINO
por Henry Evesham

Ela pegou o jornal, mal conseguindo acreditar.

Após a sensacional reportagem publicada com exclusividade nestas páginas com o relato de lady Constance Stonewell confessando ter preparado uma armadilha para seu noivo, o conde de Apthorp, ao inventar uma história sobre sua participação em um clube ilícito de açoitamento e obrigá-lo a se casar com ela, Santos & Sátiros *informa que o próprio conde nega a história. A seguir, sua confissão, em suas próprias palavras.*

Meu nome é Julian Haywood, conde de Apthorp, mas muitos de vocês talvez me conheçam como lorde Asnotorpe, se gostarem de cantigas vulgares.

Esta é minha confissão. Algum tempo atrás, quando eu era um rapaz de

18 anos, conheci uma garota genial, linda, singular. Vocês a conhecem pelo nome de lady Constance Stonewell.

Ela tentou conquistar minha atenção e, por tolice minha, eu a magoei. Passei os oito anos seguintes aumentando ainda mais aquele erro em vez de contar a ela a verdade: que conquistara minha atenção desde o momento em que pus os olhos nela. E também meu coração.

Lady Constance inventou a história que vocês leram anteriormente para me salvar da verdade. É uma mentirosa do tipo mais generoso. O tipo de mentirosa que não mereço que esteja a meu lado.

Então, pela primeira vez, permitam-me seguir seu exemplo e causar um escândalo.

Quando era jovem, cometi alguns erros e, por ter ficado sem dinheiro, entrei em desespero. Para tentar sobreviver, comecei a vender meu corpo. E confesso algo mais: eu gostava disso.

Não peço desculpas pelo meu passado. Sou um pecador, assim como todos os cristãos aos olhos do Senhor. Mas, se pequei, também me esforcei para ser um homem decente. Todos nós devemos seguir a moralidade em nossos corações. Minha consciência é um assunto entre mim e Deus.

Meu único pedido de desculpas é para lady Constance Stonewell: sinto muito se em algum momento fiz você achar que é menos do que perfeita. Sinto muito por não ter demonstrado quanto a amo. Sinto muito por não ter lhe confiado meus segredos. Sinto muito por ter feito você se sentir obrigada a partir.

Confesso, portanto, que foi tudo culpa minha.

Confesso que fui negligente com meu corpo, com minha família e com minha reputação.

Acima de tudo, confesso estar irremediavelmente apaixonado por lady Constance Stonewell.

Tão apaixonado que estou pedindo seu perdão apesar de não merecê-lo. Assinado,
Conde de Apthorp

P.S.: Podem me chamar de Asnotorpe se quiserem. Prefiro muitíssimo esse apelido a lorde Chato.

Quando terminou a leitura, as páginas estavam molhadas de lágrimas.

O irmão se aproximou e enxugou seu rosto com o lenço.

– Coisas infames, pequena Constance – disse ele em voz baixa.

Ele não a chamava de "pequena Constance" havia muito, muito tempo.

As lágrimas se transformaram em soluços. Ele a envolveu num forte abraço.

– Shhhh. Vai ficar tudo bem. Suspeito que vocês são suficientemente interessantes para se merecerem.

– Não está chateado comigo?

O irmão abriu o que, para ele, passava por um sorriso bastante caloroso.

– Na verdade, tudo isso é bastante heroico. Eu diria que você me deixou orgulhoso.

Orgulhoso.

Seu irmão a acusara de deixá-lo de muitas formas ao longo dos anos – de cabelos brancos, exaurido, pobre –, mas nunca lhe dissera que se sentia orgulhoso dela. Por que isso significava tanto para ela, Constance não sabia explicar. Talvez fosse algo que ela sempre tivesse desejado.

– Jura? – sussurrou ela.

– Juro – respondeu ele. – E, Constance... mesmo que eu não sentisse orgulho... mesmo que estivesse tão furioso que ficasse vesgo e cego de ultraje, quando recuperasse os sentidos eu ainda não iria querer que você fugisse do país. Você é minha *irmã*, pelo amor de Deus. Minha *família*. Não há nada que eventualmente faça que eu não acabe perdoando depois de resmungar por algum tempo. Eu te amo demais para ter que atravessar o maldito Canal toda vez que quisesse berrar com você.

– Ah, Archer... Eu também amo você.

Ele sorriu e fez um carinho na sua cabeça.

– Muito bem. Como está o pobre Apthorp?

– Quase morto – soluçou Constance. – O médico disse que é a gripe, mas suspeito que quase o matei.

– Pois então, minha querida – disse ele –, vamos ver o que podemos fazer para devolver-lhe a vida.

Capítulo vinte e um

A cerimônia de casamento não foi divulgada.

Não houve joias cintilantes, nem vestidos elaborados, nem vantagens políticas a conquistar.

A única testemunha foi o irmão da noiva, que deu sua bênção, assinou os papéis e logo deixou os recém-casados aproveitando a lua de mel no chalé que alugara para os dois no litoral.

Não houve o menor sinal de escândalo. De comum acordo, a noiva e o noivo pouparam o escândalo para a noite de núpcias.

Mas, às três da tarde, Apthorp tinha se cansado de esperar.

– O que você acha de irmos para o quarto? – perguntou ele à esposa.

Constance sorriu com a solicitude carinhosa que demonstrara durante toda a recuperação dele, quando se revelara uma enfermeira surpreendentemente zelosa.

– Ainda é cedo, meu amor. Mas sei que hoje foi um dia muito cansativo e que você ainda está se recuperando. Tudo bem se quiser descansar.

Ela se virou e começou a arrumar os apetrechos do chá sobre a mesa.

Ele veio por trás dela e deteve suas mãos ocupadas.

– Não estou cansado, minha noiva. Estou cheio de amor para dar.

Ela ficou paralisada nos braços dele.

E então estremeceu, fazendo Julian se derreter.

– Sobre isso, tenho uma... pergunta – disse ela com timidez, como se estivesse prestes a perguntar algo perigoso.

Ele colocou as mãos sobre seus ombros e a trouxe para perto de si, para tranquilizá-la, para garantir que ela podia fazer qualquer pergunta que quisesse.

– Hummmm? Estou ao seu dispor.

– Levando em conta que já fizemos amor... – continuou ela, brincando nervosamente com os dedos.

– Fizemos amor apaixonado, desvairado, durante uma noite inteira, você quer dizer – corrigiu ele com um sorriso, tomando suas mãos pequeninas.

Ela deu uma risada.

– Muito bem. Levando em conta que já fizemos *amor apaixonado, desvairado*, eu fiquei pensando que talvez você fosse gostar de desfrutar de suas... perversidades.

Minha nossa.

Os dois tinham conversado bastante durante as muitas horas de tranquilidade no período de convalescência. Haviam recordado aqueles anos em que ele sonhara se casar com ela enquanto agia como se ela fosse imprópria para ser sua esposa, anos em que ela fingia não gostar dele enquanto tentava chamar sua atenção. Os dois pediram desculpas e viram como tinham sido ridículos. Divagaram sobre as ambições políticas dele e o desejo secreto dela de comprar um teatro e escrever peças.

Conversaram sobre suas infâncias, suas famílias, seus medos, suas esperanças, as estratégias favoritas no carteado e as comidas que não suportavam. Discutiram os nomes dos filhos, e ela contou que nunca se sentira verdadeiramente adequada, nem boa, nem desejada. E ele contou que nunca se sentira digno do próprio título, nem capaz de grandes feitos. Então os dois se abraçaram, chocados em imaginar que o outro podia estar tão enganado sobre si mesmo.

De algum modo, porém, em todas aquelas confissões, a conversa nunca se voltara para o sexo. Julian imaginava que fosse porque era uma área em que os dois já sabiam da força de seu vínculo. Mas logo começou a supor que não tivessem tratado do assunto porque Constance temia descobrir mais sobre seu passado ou sobre seus gostos pouco ortodoxos. Ou talvez ele tivesse evitado a conversa por medo de assustá-la ou de fazê-la se sentir pressionada a compartilhar desses gostos.

Como naquele momento.

– Constance, acho que certa vez pedi que você não chamasse minhas preferências de perversidade...

– Até que eu tivesse experimentado – acrescentou ela. – Sim. Mas, veja bem, é exatamente isso que está me deixando aflita.

– Se está preocupada com meu passado, não fique. Sou irremediavelmente atraído por você. Nunca lhe pediria nada além daquilo de que você possa gostar.

Ela virou a cabeça e o olhou nos olhos.

– Agradeço, mas nem sequer imaginei que você fosse agir diferente. Não é esse tipo de aflição, Julian. É... *aflição*.

Ele a fitou. Em seguida, apertou-a com mais força e riu perto de seu cabelo. O coração acelerado foi ficando ainda mais acelerado com um pulso novo, mais urgente, vindo da região da virilha.

– Ah. Entendo...

Ela voltou a se acomodar em seus braços, suspirando.

– Que curioso, minha noiva – murmurou em seu ouvido. – Me diga, há quanto tempo essa aflição a perturba?

– Bem, isso virou uma espécie de preocupação desde o dia em que descobri seu baú de brinquedos. Tirando, é claro, os momentos em que eu o odiei e os momentos em que achei que você estava à beira da morte. E a ocasião em que fizemos amor apaixonado noite adentro.

– Hummm – sussurrou ele, compreensivo. – Deve estar sentindo mesmo muita aflição. Por que não me disse nada?

– Bem, eu não queria incomodá-lo enquanto estava adoentado. Mas agora que parece ter recuperado as forças...

– Ah, estou totalmente com forças. E curiosíssimo sobre o que você andou imaginando.

Ele podia sentir que Constance estava corando apenas pelo aumento da temperatura da pele.

– Ah, por favor, me diga. Esse suspense está provocando uma crescente aflição em mim.

Ela se virou e o beijou, ainda tímida, mas com um brilho nos olhos.

– Não sei exatamente como dizer. Mas suspeito que alguém como Mestre Damian possa ter ideias.

– Suspeito que sim.

– Como ele resolveria esse assunto?

– Em primeiro lugar, ele recomendaria que você contasse o que anda imaginando e perguntaria quais são as coisas de que gosta e de que não gosta. Depois, ele faria todo o possível para transformar sua fantasia em realidade.

Ela mordeu o lábio e depois abriu um sorriso encabulado.

– Certo. Bem, naqueles dias em que eu o provocava, espionava e tentava aborrecer você, às vezes imaginava o que aconteceria se você me pegasse no flagra. Na verdade, eu *torcia* para que me flagrasse. Achava a ideia excitante.

Ele sorriu.

– Que garota travessa.

– Exatamente. Muito maldoso da minha parte.

– E o que você acha que aconteceria se eu a flagrasse?

– Ah, Julian, sabendo como você é tão certinho, acho que ficaria muito zangado comigo.

– Muito. A não ser, é claro, que estivesse escondendo pensamentos igualmente maldosos.

– Nesse caso, poderia me perdoar se eu pedisse desculpas de uma forma bem doce e se me esforçasse muito, muito, para compensar meu comportamento...

– Talvez. Se fosse extremamente bem-comportada e se fizesse tudo o que eu pedisse...

Julian tentou dizer isso num tom que deixasse bem claro que não pediria nada que pudesse ser interpretado como "bom comportamento".

Ela entendeu o sorriso brincalhão e retribuiu.

– Ah, eu sei que você não facilitaria. – Ela o encarou, bem direta. – De fato, você provavelmente me atormentaria um pouco, não é? Gosta desse tipo de coisa, pelo que ouvi dizer.

– Ah, é? – perguntou ele, arrastando a voz. – E você consegue imaginar como seria esse tormento?

Ela sorriu para ele e sussurrou todo tipo de teoria deliciosa em seus ouvidos.

⌒

O marido a fez esperar.

O que era justo, porque ela havia solicitado tormento. Mas ele se demorou tanto que ela chegou a pensar que ele talvez tivesse mudado de ideia. Bem no momento em que estava prestes a parar de fingir que lia o diário que ele deixara na mesa da saleta, Julian abriu a porta.

Parecia furioso.

Ela deu um sorriso torto. Mestre Damian, ao que parecia, era dedicado à sua arte.

Vestia calça e uma camisa branca, solta, como se tivesse chegado de uma cavalgada e a pegasse inadvertidamente. Ela se lembrou de seu papel e deixou que as páginas caíssem no chão com estrondo exagerado.

– O que está fazendo nos meus aposentos, lady Constance?

Ele havia se barbeado e passado água no cabelo. O rosto e a voz pareciam diferentes. Estava belo como sempre, mas a postura era mais arrogante, e o tom, mais assustador.

Se tivesse falado assim na vida real, ela o esbofetearia. Em vez disso, deu um sorriso amarelo fingido, bastante feliz por ter sido apanhada.

– Nada, meu senhor. Estava... procurando uma pena. Perdão, eu já estava de saída.

Ele atravessou o aposento e a pegou pela mão. Como sempre, estava coberta de manchinhas de tinta.

– Não acredito em você, lady Constance. Porque se a senhorita tem algo em abundância, são penas. – Ele pegou uma folha do chão e ergueu os olhos lentamente até encontrar os dela. – Andou lendo meu diário?

O tom desafiador provocou um calafrio de alerta pela espinha dela. A emoção de fazer o que não deveria e de não se importar com isso. Ali, culpada, diante daquele olhar, Constance ficou excitada.

– Sinto muito – disse ela, encontrando o olhar dele com malícia. – Estava só tentando descobrir onde você poderia estar esta tarde. Onde eu poderia encontrá-lo *a sós*.

– E por que iria querer isso quando sabe que é muito inapropriado que jovens fiquem sozinhas com homens mais velhos? – indagou ele em uma voz arrastada, passando os olhos por seu corpo de uma maneira tão rude que, vinda de qualquer outro homem, teria levado Constance a dar-lhe um tapa.

– Queria ficar sozinha com você – respondeu ela, chegando perto dele e passando, atrevida, o polegar sobre o lábio perfeito e desdenhoso dele. – Porque, veja bem, me parece que você me deve um beijo.

Embora a essência da cena tivesse sido ensaiada, fazer a confissão ainda provocava nela uma onda quente de desejo. Olhou para ele, sentindo que tamanha ousadia coloria seu rosto até um vermelho de crepúsculo de verão.

Ele ergueu uma sobrancelha.

– Ah. Ela quer um beijo... Entendo. – Ele fingiu pensar no assunto. – Não lhe ocorreu que me espionar não é a melhor forma de obter favores, lady Constance?

Ela olhou para os lábios dele.

– Sim. E, como fui tão travessa, suponho que primeiro terei que conquistar o seu perdão.

Ele levou os dedos dela até sua calça, apertando-os contra sua ereção, uma bem-vinda evidência de que o jogo provocava nele o mesmo efeito.

– Pois fique sabendo – disse ele, esfregando a mão dela para cima e para baixo – que o que vou pedir será absolutamente maldoso.

Julian já tinha feito aquilo muitas vezes com amantes que mal conhecia e algumas vezes com pessoas por quem nutria alguma estima. Mas nunca fizera nada parecido com alguém por quem sentia tamanha ternura. De fato, nunca se pegara tão tomado pela emoção.

Esperava não estar cometendo um erro.

O caso de amor entre os dois – não a paixão dramática que irrompera durante o falso namoro, mas sim a afeição mais tranquila que desabrochara naquelas últimas semanas entre cochilos no quarto abafado da estalagem e as longas caminhadas pela praia com Camarãozinho – era ainda muito novo. Parecia delicado, doce e frágil. Ele se preocupava com a ideia de vir a estragar tudo misturando isso com suas tendências mais desvairadas.

Naquele momento, porém, quando já tinham começado, ele percebeu que tinha se preocupado com a coisa errada.

A emoção não diminuía a potência de seus jogos favoritos. Só aumentava o risco.

Ele falou com Constance numa voz que havia aperfeiçoado com anos de cenas como aquela. Um pouco divertida, um pouco fria, um pouco perigosa.

– Suspeito que seja corrupta o suficiente para ter sonhado com isso. Você tem pensado em mim, não é? É por isso que quer me beijar.

– Tenho – sussurrou ela. – E penso em você entrando no meu quarto tarde da noite, quando estou sozinha. Imagino que as mãos que me tocam são as suas. Que você está desesperado para fazer amor comigo.

– Ah, eu quero fazer amor com você, lady Constance – gemeu ele, aproximando-se. Os olhos dela o seguiam, famintos. – Mas, como tem sido uma garota muito travessa, primeiro você vai receber seu castigo. Levante-se.

Ela veio e ficou parada diante dele, tímida, excitada, insegura e bem parecida com a versão mais jovem de si que imaginara essa cena no passado.

– Suas mãos.

Ela fechou os olhos enquanto ele as amarrava com um lenço. Ele apertou com força e ela gemeu.

Ele admirou os mamilos rígidos, a boca entreaberta, a pulsação forte no pescoço.

– Curve-se.

Ele se sentou na cama e a colocou sobre os joelhos, levantando a saia. Jogou os quadris para a frente para que ela sentisse a pressão da ereção protuberante bem na altura das coxas.

– Olhe só você, menina malvada...

Ele passou a mão sobre seu traseiro belo e arredondado. Traçou os contornos das nádegas, o vão entre elas, deixando que a mão chegasse suficientemente próxima de seu sexo para que ela estremecesse.

– Diga que você sente muito, Constance – instruiu ele. – Ou terei que espancá-la.

– Mas eu não sinto muito – sussurrou ela. – Nem um pouco.

Ele bateu em seu traseiro, um golpe veloz e leve, mas com força suficiente para ser sentido.

– Talvez esteja arrependida agora...

– Não – respondeu ela, numa voz mais clara. – Nem um pouquinho.

Ele voltou a bater. Com mais força. Ela soltou um gemido.

Ele esperou que ela desse o sinal de que desejava encerrar o jogo, mas Constance apenas se contorceu em seu colo.

– Não acho que esteja muito zangado, meu senhor. Acho que até queria que eu lesse seus diários. Acho que queria uma oportunidade para me beijar.

Ele sorriu, grato por ela não poder ver aquilo, e bateu nela três vezes, com força e depressa. Um belo tom rosado apareceu na pele branca em seu traseiro.

Ela soltou um gemidinho.

– Acho que você gosta disto, menina malvada – rosnou ele, enfiando um dedo nela.

– É. Tenho sido muito má, mas não me arrependo nem um pouco – disse ela, ofegante. – Não estou nada penitente.

Ela estava molhada. Muito molhada. Indiscutivelmente molhada. Descontroladamente molhada.

– Abra as pernas para mim – rugiu ele.

Ela obedeceu, acolhendo os dedos dele dentro dela. Primeiro um, depois dois.

Ele acertou seu traseiro enquanto dava o que ela queria.

– Pode pedir desculpas *a qualquer momento* – provocou ele.

Ela abriu mais as pernas, convidando-o a mergulhar cada vez mais enquanto se balançava contra ele. Estava tão molhada que ensopou a ceroula dele. O que era justo, pois ele sentia o pênis pulsando enquanto ela se contorcia para cima e para baixo.

Ela gritou. Ele soube que estava próxima do clímax.

Então parou de mexer o dedo e bateu nela com tanta força que deixou uma marca avermelhada. Ela gemeu e caiu sobre ele, desesperada para gozar, mas incapaz, ele sabia, a menos que ele lhe desse mais.

Em vez disso, ele voltou a bater em seu traseiro.

⁓

Ela se contorcia sob os tapas, absolutamente entregue, sem se importar. A pele ardia deliciosamente e a vagina roçava no tecido áspero das calças. Constance se sentia absolutamente libertina e estava adorando.

– Ah, sim. Você quer muito isso, não é, criatura malvada? – sussurrou ele enquanto ela se esfregava em seus dedos e passava a coxa em seu pênis, gostando da sensação de senti-lo duro, se projetando para ela.

Criatura malvada. As palavras a fizeram pegar fogo. Durante toda a sua vida, ela pensara que era uma criatura malvada e exatamente assim tinha sido julgada. Mas, da forma como ele dizia, naquele tom intenso e sedutor, gostando daquilo, ela se sentia vaidosa. Ele a via como a garota ligeiramente malvada que ela era e aquilo o excitava.

Ela podia ser tão malvada quanto queria enquanto ele observava.

E não se arrependia de nada.

E não havia nada que ela desejasse consertar em si a não ser a necessidade louca de gozar.

Ela mudou a posição dos quadris para permitir a ele um acesso maior enquanto a acariciava.

– Você gosta disso – sussurrou ele. – Minha mão está completamente molhada porque você adora isso...

A tal mão, úmida com aquela ânsia, subiu até seus seios, cobrindo os mamilos com seu próprio desejo até fazê-los arrepiar no ar frio.

– Mas isso não basta, não é, lady Constance? Você quer mais, quer lá dentro.

– Sim, meu senhor. Faça amor comigo, por favor.

– Pobrezinha – disse ele. – Mas eu avisei que não facilitaria. Ainda não perdoei você por ter me espionado.

O desgraçado riu.

– Você é cruel – afirmou ela.

– Ah, lady Constance. Você não faz ideia.

Ele a tirou do colo e a levou para a cama, encostando-a na cabeceira como se ela fosse sua boneca.

– Abra as pernas.

Ele mexeu os lábios junto às coxas dela, chupou, provocou e chegou pertinho do clitóris, mas não perto o suficiente para lhe dar satisfação.

– Ah, você está tão perto... Seria tão fácil fazê-la gozar...

Ela, de fato, se encontrava tão perto da morte que a simples sensação dos lábios dele roçando em sua carne a fazia estremecer até o cerne. Mais um pouquinho e ela...

– Não sou totalmente cruel, minha garota malvada – disse ele com compaixão, vendo-a se contorcer. – O que acha de receber um pouco do meu membro?

– Sim, sim... – gemeu ela, levantando os quadris para recebê-lo.

Ele voltou a dar uma risada.

– Ah, temo dizer que não aí. Estava pensando em sua boca.

Ela gemeu enquanto ele subia para envolver seu peito, apreciando a visão de seu órgão junto daqueles belos lábios.

Constance lambeu a ponta e sorriu.

– Ora, ora... Vejo que você quer muito me comer, lorde Apthorp. Está tão duro. Está pingando.

Seu tom sedutor, a bela voz ronronando aquelas palavras sujas, tudo aquilo surtiu efeito em seus testículos. Ele precisou respirar fundo para manter a compostura.

– É verdade – concordou ele, com a voz mais suave do que as sensações. – E vou comer você direitinho... Mas antes quero vê-la enquanto me proporciona prazer.

Ela abriu a boca e o recebeu. Ele teve o cuidado de não dar demais, mas ela era ansiosa e o engolia cada vez mais profundamente.

– Boa menina – respondeu ele, ofegante. – Isso, assim... o máximo que conseguir.

Ela obedeceu e ele gemeu e prendeu os dedos em seu cabelo, puxando até que ela também gemesse.

– Isso, geme com o meu membro na boca... Eu gosto disso.

Ela chupou cada vez mais, fazendo o tipo de barulho que só se consegue fazer quando não há nada na cabeça além de desejo.

– Vou corromper você de tantas e tantas formas, lady Constance – informou ele. – Vou visitá-la todas as noites quando todos estiverem dormindo e vamos fazer coisas que você nunca imaginou.

Ela gritou, girando os quadris como se o ar pudesse se esfregar nela e trazer alívio. Aquele desespero puro quase o fez perder a compostura. Por isso ele se afastou delicadamente de sua boca.

Voltou a deslizar para o corpo dela, arrastando o membro úmido entre seus seios, sua barriga, sua vagina.

Ela envolveu as pernas em torno das coxas dele.

– Por favor, eu quero tanto você – sussurrou ela. – Sempre quis. Sempre.

– Não se preocupe, lady Constance – disse ele, posicionando-se na sua entrada. – Sei bem do que você precisa.

Ele cumpriu sua palavra.

Quando finalmente a penetrou, o quarto desapareceu.

Ela só tinha consciência do próprio corpo. E do corpo dele.

As estocadas alcançaram um lugar tão profundo nela que de repente Constance viu estrelas. Ele a agarrou pelas nádegas e a abriu, enfiando lentamente um dedo em seu traseiro, fazendo com que ela se sentisse plena e, ao mesmo tempo, tensa, como se seu corpo inteiro fosse uma vara de prazer enquanto ele a preenchia.

Quando os dois estavam estremecendo, ofegando, sem conseguir dizer uma frase completa, ele parou, ainda dentro dela.

– Já atormentei você o bastante, minha querida?

Se ele não lhe desse satisfação logo, talvez ela morresse de tanto desejo.

– Por favor, lorde Apthorp. Me fode... – disse, ofegante.

– Meu Deus, eu adoro quando você me diz coisas sujas.

Ele a abriu por inteiro e a penetrou.

Constance gritou o nome dele. Não o chamou de lorde Apthorp. Nem de Mestre Damian. Chamou de Julian.

Porque aquilo não era uma fantasia.

Era a coisa mais real que ela havia sentido.

Ele a penetrou, bruto, gemendo. Ela se abriu e ensopou seu membro, as pernas e os lençóis, vibrando de prazer, de desespero, de amor por ele.

– Vou gozar também – disse ele, ofegante, e a violência dos seus tremores despertou outra onda de prazer.

Quando finalmente Constance terminou de estremecer, enterrou o rosto junto ao dele e lágrimas rolaram pela sua face.

– Não, querida – sussurrou ele.

Julian abraçou Constance e a aninhou no peito, envolvendo todo o seu corpo. Ela se encolheu junto ao seu calor e soluçou.

Detestava chorar e tinha chorado tanto naquele último mês que estava farta. Mas parecia bom e certo chorar naquele momento. Porque sua fantasia era ser punida por ele por ser travessa e, em vez disso, ele a fizera se sentir valorizada, adorada e capaz de ser quem ela era e o que ela era.

– Pare com isso, meu amor. Sinto muito. Foi intenso demais.

– Não – gemeu ela. – Não é por isso que estou chorando. Estou chorando porque foi maravilhoso. Eu me senti livre.

Uma semana depois, enquanto a carruagem se aproximava da propriedade da família de Apthorp, Constance não se impressionou com a beleza do local. Cheshire não exibia as glórias verdejantes das terras de sua família em Wiltshire, nem a fartura provençal da zona rural francesa onde passara a juventude, nem tinha a vista marcante para os penhascos brancos da orla de Dover, de onde vinham.

Mas a terra de aparência insignificante estava em condições bem melhores do que a casa do marido, com suas vigas de madeira cobertas de betume e a cobertura de palha.

O Solar Apthorp não era uma residência grandiosa. Na verdade, parecia estar tombando para um lado.

– Seja bem-vinda a seu reino, lady Apthorp – disse Julian, com amargura, enquanto a carregava pela entrada.

Ela sorriu. Porque aquele lugar não se adequava a seu marido de forma nenhuma.

Julian era um espécime espetacular de masculinidade, que parecia ter sido esculpido na pedra pelas mentes mais otimistas da Antiguidade. Esperava-se que ele viesse de uma terra igualmente formidável. De uma praia de areia dourada com águas azuis e cristalinas, ou de campos de trigo amarelo ondulando sob um céu claro.

– Adorei – sussurrou ela para aquele lugar em péssimas condições. – É perfeito.

E era. Porque parecia muito frágil, como se corresse o risco de desabar com uma ventania. Como se fosse alagar na mais fraca das chuvas. Como se fosse arder instantaneamente caso alguém ousasse acender a lareira.

E, por Deus, *juntos, eles o consertariam.*

Epílogo

Um ano depois
Teatro Stonewell, Londres

— Está nervosa, querida? – sussurrou o conde de Apthorp no ouvido da condessa.

Era a noite da inauguração de seu teatro e, do camarote, os dois examinavam a multidão que aguardava a estreia de *Lorde prostituto*, da princesa Cosima Ballade.

– Não, querido. Sei que só receberei elogios. Afinal de contas, subornei metade de Grub Street, a outra me deve favores e tomei a liberdade de escrever pessoalmente três críticas favoráveis, só por precaução.

Ele vasculhou a plateia, acenando para os amigos. Os Rosecrofts e os Westmeads, que ajudaram a financiar o teatro de Constance, estavam próximos do marquês de Avondale, ladeado não por uma de suas amantes, mas por duas. Cornish Lane Day, ainda iluminado por seu recente casamento, estava ao lado de lady Margaret, que descobrira um gosto renovado pela cidade depois que lorde Harlan Stoke havia se retirado para a residência da família de sua esposa na Pensilvânia. Valeria Parc, que desenhara todos os figurinos para a produção de Constance, parecia carrancuda e inacessível ao lado de Elena Brearley, que havia tirado uma rara folga de certo clube em Charlotte Street para ver seu ex-cortesão mais infame ser imortalizado no palco.

Ele encontrou o olhar de Elena e piscou para ela. Ela deu o sorriso que era sua marca registrada: quase imperceptível nos lábios, mas desconcertantemente caloroso nos olhos.

Atrás dela, um homem de altura formidável e cabelo ruivo chamou sua atenção e inclinou a cabeça, afável.

Apthorp bufou, incrédulo.

– Henry Evesham está aqui.

– Eu sei – disse Constance, sorrindo. – Eu o convidei. Ele deu algumas desculpas, mas argumentei que o risco que sua alma mortal correria ao comparecer ao teatro valeria a pena pela chance de estudar o vício em seu ambiente natural. Ele acabou concordando em prol de ser mais versado em licenciosidade moral.

– E porque ele a adora, apesar dessa licenciosidade moral – suspirou Julian, não sem sorrir.

No último ano, Evesham havia se tornado um frequentador assíduo dos salões de Constance na casa na Strand. Uma presença tão assídua que ele próprio oferecera a Evesham conselhos sobre como lidar com a prostituição a fim de evitar o abuso e as doenças, dentro de seu papel de lorde-tenente. Estava se tornando um amigo, por mais estranho que isso parecesse.

E tinha mantido a palavra. O clube de Elena, por enquanto, estava em segurança.

– Sabe – disse Constance, acenando para Evesham no meio da multidão –, se ele se vestisse de uma forma menos sombria e sorrisse mais, seria extremamente bem-apessoado. Talvez eu procure uma esposa para ele, alguém que possa servir de baluarte contra suas inclinações pecaminosas.

– Não ouse. E como sabe que ele tem inclinações pecaminosas?

Ela ergueu uma sobrancelha.

– Ora, ele está *aqui*, não está? Além do mais, é tão sério e tão solene... Exatamente como você antes que eu o corrompesse, lorde Chato.

– Eu fui o responsável pela corrupção, lady Apthorp – argumentou ele, abraçando sua cintura.

– De fato, você me corrompeu – concordou ela com doçura. – Que bom que finalmente conseguiu.

As dramáticas cortinas de veludo se afastaram e o narrador da peça de Constance, vestido como um jornaleiro, apareceu em meio a uma tempestade de papeizinhos caindo do alto.

Os dois ocuparam seus assentos, e Constance descansou a cabeça no lugar habitual, no ombro dele.

O narrador começou:

Na bela cidade de Londres
Onde patifes e salafrários conviviam
Vivia uma bela dama chamada Constance
E o libertino que a perseguia

No palco apareceram dois amantes. Uma mulher com um vestido cor-de-rosa amplo como uma carruagem e o cabelo prateado preso em um penteado altíssimo, cheia de joias, era perseguida por um homem de belíssima aparência que usava uma peruca muito respeitável.

Milorde parecia empertigado e correto
Lady o achava bastante entediante
Poucas pessoas espertas discordariam
Que conversar com ele em geral merecia um bocejo

A atriz enfatizou isso fingindo adormecer ante a visão de seu colega.

A cidade inteira ficou estarrecida quando se apaixonaram
Pois formavam um par de estranhos companheiros
As pessoas não conseguiam acreditar
Que lady C. podia ter sentimentos verdadeiros

– Estou começando a sentir que há um viés em favor da heroína – observou Julian enquanto o herói desempenhava o papel de apaixonado aos pés da atriz, cercada por um grupo de admiradores. – É quase como se a autora da peça gostasse mais dela do que dele.

– *Alguém* tem que favorecer as damas – respondeu Constance. – Espere até minha peça sobre o Ato Hardwicke estrear em 1756. Além do mais, acho que gostará do resto.

Mas lady C. descobrira seu segredinho
Um talento que o jovem ocultava
Pois ele era um prostituto de primeira linha
E nenhuma moça ele poupava

No palco, a atriz arrancou os elegantes trajes parlamentares do herói, revelando que por baixo ele estava vestido como um salteador, de chicote na mão.

Ao redor deles, os amigos mais queridos – que enchiam a casa na Strand e que se transformaram em sua família na cidade quando os Rosecrofts se recolhiam no interior e os Westmeads se ocupavam com botânica e comércio – se contorciam de tanto rir.

Quem fazia o tipo religioso ficou choroso
Pois esse comportamento nada tinha de piedoso
Mas lady C. apreciava escândalos imensamente
E em breve foi vista caminhando estranhamente

Julian gemeu. A multidão começou a bater o pé.

– Minha querida, você vai ser processada por obscenidade? – sussurrou no ouvido da esposa.

– Só me resta torcer para que isso aconteça. Vai fazer maravilhas pela bilheteria.

Ela lançou um olhar malicioso e riu ao ver o rosto dele.

– O que houve, lorde Chato, você ficou todo vermelho. Está muito humilhado?

Ele se inclinou e beijou o rosto dela, inalando o perfume de jasmim e fumaça em sua pele, como não conseguia parar de fazer, independentemente de estarem em público ou a sós.

– Não, minha linda garota malvada. Estou muito orgulhoso.

Lady Constance Stonewell sempre pretendera se apaixonar de forma desvairada, extravagante.

Algum dia.

E, agora que tinha se apaixonado, percebia que não era nada parecido com aquilo que imaginara.

Não era como ser arrebatada por um homem que surgisse subitamente, como se caído do céu, projetado por Deus para adorar cada respiração sua, cada pensamento.

Era mais como se sentir, por fim, em casa.

Só que a casa não era um lugar, mas alguém.

Alguém que reclamava quando você o estava irritando, que ria quando você estava absurda, que admirava vê-la agir de acordo com suas melhores qualidades e que se desfazia em carinhos nas raríssimas ocasiões em que você agia com doçura.

Alguém para quem não era preciso fingir ser mais ou menos – boa ou má, indecorosa ou encantadora –, porque esse alguém demonstrava seu amor todos os dias.

Constance segurou os dedos finos e elegantes daquele alguém em suas mãos miúdas, manchadas de tinta, enquanto esse alguém ria de suas piadas indecentes, algumas feitas às custas dele e outras às custas de si mesma. Assim como tinha segurado as mãos dele na noite anterior, em um jantar na praça St. James, enquanto ela o observara negociar apoio para bancar uma obra de caridade que ofereceria cuidados médicos e parteiras para trabalhadoras de bordéis. Assim como tinha feito um mês antes enquanto brindavam o início das obras do seu primeiro canal fluvial, cercados pela família e por um grupo de arrendatários de Cheshire. Assim como tinha feito naquela mesma manhã, quando levaram Camarãozinho para dar uma volta na Strand. Assim como continuava a segurá-las uma hora depois enquanto a multidão vibrava e o narrador dizia as últimas falas de sua primeira peça.

Deixem para lá o que dizem os jornais
– os boatos que vêm e que vão
E brindem ao lorde e à lady incompatíveis que encontraram o amor
E que trocaram votos de todo o coração!

Agradecimentos

A gradeço, como sempre, à minha brilhante agente Sarah Younger, sem a qual o amor de Constance e Julian jamais seria consumado. (E estou falando isso de um modo muito literal.)

Sou muito grata aos Rebelles por me ajudarem a manter a sanidade enquanto eu escrevia este livro.

Obrigada a todos os amigos que fizeram as primeiras leituras, em especial a Emily Tomson, que me ajudou a encontrar o enredo, e a Colette Dixon, que heroicamente leu tudo em um dia só.

Também sou grata a meus editores Peter Sentfleben e Michele Alpern. A Kerry Hynds, pela deslumbrante capa da edição original. E à felina assistente editorial Nonie.

CONHEÇA OS LIVROS DE SCARLETT PECKHAM

SEGREDOS DA CHARLOTTE STREET

O duque que eu conquistei

O conde que eu arruinei

Para saber mais sobre os títulos e autores da Editora Arqueiro,
visite o nosso site e siga as nossas redes sociais.
Além de informações sobre os próximos lançamentos,
você terá acesso a conteúdos exclusivos
e poderá participar de promoções e sorteios.

editoraarqueiro.com.br